Querida señora Bird

Querida señora Bird

A. J. Pearce

Traducción de
María Enguix Tercero

Rocaeditorial

Título original: *Dear Mrs. Bird*

© 2018, A. J. Pearce

Primera edición: enero de 2019

© de la traducción: 2019, María Enguix Tercero
© de esta edición: 2019, Roca Editorial de Libros, S. L.
Av. Marquès de l'Argentera 17, pral.
08003 Barcelona
actualidad@rocaeditorial.com
www.rocalibros.com

Impreso por LIBERDÚPLEX, S. L. U.
Sant Llorenç d'Hortons (Barcelona)

ISBN: 978-84-17305-59-8
Depósito legal: B. 26923-2018
Código IBIC: FA; FV

RE05598

Para mamá y papá

LONDRES, DICIEMBRE DE 1940

1

Un anuncio en el periódico

Cuando vi el anuncio en el periódico pensé que me iba a dar un patatús. Había tenido un buen día hasta entonces, a pesar de que todo el mundo llegó tarde al trabajo porque la Luftwaffe se dedicó a incordiarnos, y después conseguí hacerme con una cebolla, lo que me venía de perlas para el estofado. Pero, al ver el anuncio, me puse más contenta que unas pascuas.

Eran las tres y cuarto de una de esas míseras tardes de diciembre en que parecía que el día empezaba a oscurecerse antes de haberse decidido a brillar siquiera, y resultaba imposible entrar en calor ni aun con dos chalecos y un abrigo encima. Sentada en el segundo piso del autobús número 24, podía ver mi aliento al exhalarlo.

Iba camino de casa desde el despacho de abogados Strawman's, donde trabajaba de secretaria. Quería descansar un poco antes de mi turno de noche en la centralita telefónica de la estación de bomberos. Después de haber leído todas y cada una de las palabras de las páginas de noticias de *The Evening Chronicle*, me entretuve con los horóscopos, en los que no creía, pero merecía la pena echarles una ojeada, por si acaso. El de mi mejor amiga Bunty decía: «Nadarás en la abundancia muy pronto. Animal de la suerte: turón». Era prometedor. El mío decía: «Tu situación mejorará finalmente. Pez de la suerte: bacalao». Comparado con el de mi amiga, era un fiasco.

En ese instante fue cuando lo vi, debajo de Ofertas de

Empleo, apretujado entre un puesto para Fabricantes de Mermeladas (experiencia no necesaria) y otro de Supervisor Experto para una fábrica de guardapolvos (se valorarán referencias).

> SE BUSCA APRENDIZA: Aprendiza a tiempo parcial en Launceston Press Ltd., editores de *The London Evening Chronicle*. Se requiere trabajadora capacitada, entusiasta y responsable con 60 p. p. m. en mecanografía / 110 p. p. m. en taquigrafía. Remitir cartas a la mayor prontitud a la señora H. Bird, Launceston Press Ltd., Launceston House, Londres EC4.

Era el mejor empleo que había visto en mi vida.

Si había una cosa que deseaba en este mundo (aparte, claro, de que terminase la guerra y Hitler tuviera una muerte tirando a espeluznante), era ser periodista. O, para ser precisa, lo que la gente del gremio llamaba una Dama Corresponsal de Guerra.

Durante los últimos diez años —desde que ganara una excursión a un periódico local como premio por haber escrito un poema bastante espantoso a los doce años— hacer la carrera periodística había sido mi sueño.

En esos momentos, el corazón me latió como nunca, golpeando el chaleco y el abrigo, y amenazando con salirse de un bote contra la mujer sentada en el asiento contiguo. Me sentía la mar de agradecida por tener un empleo en Strawman's, pero ansiaba con desesperación aprender el oficio de reportera: la clase de persona que andaba cuaderno en mano, siempre dispuesta a husmear intrigas políticas, lanzar Preguntas Difíciles A Los Representantes Gubernamentales o, mejor aún, saltar dentro del último avión con destino a un país remoto para enviar desde allí Vitales Informes de resistencia y guerra.

En clase, mis profesores me decían que me calmara y que no albergara tales aspiraciones, incluso si lo que mejor se me daba era la asignatura de Inglés. También me impidieron escribir al primer ministro para preguntarle acerca de su política exterior para la revista del colegio. Fue un comienzo desalentador.

Desde entonces no dejé de perseverar. Sin embargo, encontrar empleo sin apenas experiencia había tenido su complejidad, especialmente porque todas mis ilusiones estaban depositadas en trabajar para uno de los periódicos de Fleet Street. Aunque era de naturaleza optimista, ni me había pasado por la cabeza que tres vacaciones estivales dedicadas a escribir para la *Little Whitfield Gazette* fueran a llevarme a Berlín.

Pero ahora se presentaba mi oportunidad.

Examiné el anuncio de nuevo, preguntándome si daría la talla.

«**Capacitada**»

Esa era yo, incluso si no estaba segura de para qué querían que fuera capaz.

«**Entusiasta**»

Yo diría que sí. Había estado a punto de ponerme a gritar como una loca en el autobús.

«**Trabajadora**»

Dormiría en el suelo de la oficina si era necesario.

No veía el momento de responder.

Toqué la campana para bajar en la siguiente parada y, al soniquete del jovial tintineo, el autobús empezó a ralentizar. Agarré mi bolso, la máscara de gas y la cebolla, me encajé el periódico doblado bajo el brazo y descendí las escaleras en un santiamén, consiguiendo olvidarme uno de los guantes con las prisas.

—Gracias —grité a la cobradora, evitando aplastarla por los pelos, mientras me apeaba del autobús por la parte de atrás.

El autobús no se había detenido aún junto a Boots the Chemist (que seguía abierto pese a que le habían reventado todas las ventanas dos semanas atrás) cuando aterricé de un salto en lo que quedaba de acera y me encaminé hacia casa.

Boots no era la única tienda que se había llevado lo suyo durante los ataques aéreos. La calle entera había salido mal parada. La tienda de ultramarinos había quedado en poco más de media pared y algunos escombros; cuatro de los apartamentos vecinos habían sido blanco de los bombardeos, y solo se veía un enorme boquete donde antes se alzaba la lanería del señor Parsons. Puede que Pimlico siguiera manteniendo la cabeza alta, pero no sin haber sufrido pérdidas.

Sorteando cráteres, corrí al otro lado de la calle, aminorando la marcha al saludar al señor Bone,* el vendedor de periódicos («¡Con mi nombre cualquiera creería que soy carnicero!»), que estaba atareado recolocando un fajo de periódicos fuera de su quiosco. Llevaba puesto el guardapolvo de encargado y se soplaba los dedos para guardar el calor.

—Buenas tardes, Emmy —dijo resoplando—. ¿Has visto la edición de la mañana? Preciosa foto la de sus majestades en portada. —Sonrió radiante. A pesar de los estragos de la guerra, el señor Bone era el hombre más jovial que conocía. Por muy horripilantes que fueran las noticias, él siempre extraía algo bueno—. Nada, nada, no te pares, ya veo que llevas prisa.

Cualquier otro día me hubiera detenido a comentar con él las noticias del día. El señor Bone a veces me daba ejemplares de periódicos atrasados o del *Picture Post* si algún cliente lo había reservado, pero luego olvidaba ir a recogerlo, aunque su obligación fuera devolverlos al editor, pero esta vez estaba deseosa de llegar a casa cuanto antes.

—Página dos, señor Bone —grité agradecida—. El *Chronicle* necesita una aprendiza. ¡Creo que esta es la mía!

El señor Bone respaldaba como el que más mi sueño de convertirme en Dama Corresponsal De Guerra, aunque no le hacía gracia mi deseo de situarme tras las líneas enemigas. Al oírme, su rostro se abrió en una sonrisa aún mayor y agitó un ejemplar del periódico vespertino en señal de triunfo.

—¡Ese es el espíritu, Emmy! —exclamó—. Mucha suerte. Te guardaré el *Times* de hoy.

---

* *Bone* en inglés significa «hueso». *(N. de la T.)*

Lancé un «gracias» a voz en grito y agité la mano que tenía libre con grandes aspavientos, mientras corría por el último tramo de la calle. Unos minutos más y luego un giro brusco, esquivando a dos ancianas que mostraban gran interés en Walter, el hombre de las patatas calientes, probablemente por el calorcito que desprendía su puesto, y pasados los salones de té, por fin mi casa.

Bunty y yo compartíamos apartamento en la última planta de la casa de su abuela en Braybon Street. Si se producía un ataque aéreo, la carrera escaleras abajo para alcanzar el refugio antiaéreo en el jardín podía ser desenfrenada, pero a estas alturas ya estábamos acostumbradas, de manera que no nos preocupaba demasiado y nos sentíamos muy afortunadas de poder vivir allí gratuitamente.

Abrí la cancela, atravesé corriendo el zaguán y subí las escaleras.

—¡Bunty! —grité, esperando que pudiera oírme tres plantas más arriba—. No te lo vas a creer. Traigo las mejores noticias del mundo.

Cuando llegué a lo alto de las escaleras, Bunty había salido de su dormitorio con el batín puesto y quitándose el sueño de los ojos. Bunty trabajaba de noche en el Ministerio de Guerra como secretaria, pero, por supuesto, debía mantener la boca cerrada sobre qué hacía exactamente.

—¿Hemos ganado la guerra? —preguntó—. No han dicho nada en el ministerio.

—Solo es cuestión de tiempo —dije—. No, pero mira esto.

Le encajé el periódico en la mano.

—¿Fabricante de mermelada?

—No, tonta. Abajo.

Bunty sonrió y recorrió la página por segunda vez, sus ojos agrandándose al ver el anuncio.

—¡Oh, cielo santo! —Su voz se hizo más fuerte al pronunciar cada palabra—. ¡EMMY, ESTE TRABAJO ES PARA TI!

Asentí enérgicamente con la cabeza.

—¿Eso te parece? ¿De verdad? Sí, ¿no? —dije sin saber lo que decía.

—Pues claro que sí. Te va como anillo al dedo.

Bunty era la amiga más fiel del mundo. También era tremendamente práctica, y era capaz de ponerse manos a la obra de forma inmediata.

—Tienes que escribirles hoy mismo. Ser la primera. El señor Strawman redactará una recomendación para ti, ¿verdad que sí? Y el capitán Davies…, en la estación. Ay, madre, ¿podrás seguir haciendo los turnos allí?

Aparte de mi puesto de día en el bufete de abogados, me había enrolado de voluntaria en el Servicio de Bomberos Auxiliares antes de que el Blitz empezara. Mi hermano Jack pilotaba y combatía en el frente como un loco, y ya era hora de que yo cumpliera con mi parte. El novio de Bunty, William, era bombero a tiempo completo en la brigada de operaciones conocida como «B Watch»; cuando me sugirió que podía ser operadora de teléfonos voluntaria en la estación de bomberos de Carlton Street, me pareció ideal. Trabajaría tres noches a la semana y me las arreglaría para compaginarlo con mi empleo de secretaria. Una entrevista con el capitán Davies de la estación y un reconocimiento médico para garantizar que no estaba a punto de estirar la pata fueron suficientes. Con mi elegante uniforme azul marino de botones relucientes y unos sólidos zapatos negros, me mostraba bien ufana bajo mi gorro con la insignia «AFS» del cuerpo de bomberos del Ejército.

Bunty y yo conocíamos a William desde que éramos pequeñas; cuando me enrolé en el servicio, el periódico de nuestro pueblo subió a Londres para sacarnos una foto a los tres. La sacaron con el titular «LITTLE WHITFIELD AL RESCATE», y cualquiera habría dicho que William, Bunty y yo éramos responsables de la salvaguarda de la ciudad entera y del funcionamiento del Ministerio de Guerra. Así: nosotros solitos. También mencionaron a mi prometido, Edmund, lo cual fue todo un detalle, pues él también era de Little Whitfield, como nosotros. Dejaron entrever que media Artillería Real estaba a su cargo, cosa que a Edmund le pareció excederse. Le envié el recorte. Se echó unas cuantas risas. Estuvo muy bien que el periódico hablara de todos nosotros. Nos hizo recordar los viejos tiempos, antes de que la guerra se interpusiera en nuestro camino y a Edmund lo despacharan a recorrer medio mundo.

A las dos semanas de enrolarme en el Servicio de Bomberos, los alemanes empezaron a atacar Londres. Me complació ser de alguna utilidad. Mi amiga Thelma, de B Watch, dijo que, aunque de momento no pudiera ser Dama Corresponsal De Guerra, por lo menos estaba poniendo mi granito de arena.

—Ah, vale, es a tiempo parcial —dijo Bunty, leyendo de nuevo el anuncio y contestándose a sí misma. Había dejado de gritar y me habló muy en serio—. Sinceramente, Emmy —dijo—: esta podría ser tu gran oportunidad.

Nos miramos la una a la otra durante un rato considerando lo enorme que era aquel asunto.

—Apuesto a que estás muy al día en «temas de actualidad» —dijo—. Los dejarás impresionadísimos.

—No lo sé, Bunts —dije, de pronto nerviosa—. Seguro que ponen el listón muy alto, incluso para una aprendiza. ¿Y si me haces una prueba?

Nos dirigimos a la salita, donde dos pilas de revistas y tres álbumes de recortes de prensa se balanceaban precariamente en la mesa de centro. Me quité el gorro y alcancé mi bolso, del cual extraje el cuaderno que siempre llevaba «por si acaso» y hojeé el final, buscando la página donde había escrito APÉNDICE en mayúsculas rojas y luego, en la siguiente línea, MIEMBROS DEL GABINETE DE GUERRA.

Se lo entregué a Bunty, que se había hundido en el sofá.

—Voy a hacer como si te entrevistara —dijo, señalando la silla menos cómoda de la sala—. Y voy a ser muy severa. Para empezar, ¿quién es el canciller de Hacienda?

—Sir Kingsley Wood —dije mientras me desabotonaba el abrigo y me sentaba—. Esa es fácil.

—¡Muy bien! —dijo Bunty—. Y ahora, ¿el lord presidente del Consejo? ¿Sabes una cosa? Estoy deseando que empieces. Tus padres se van a poner muy contentos.

—Sir John Anderson —dije, respondiendo a la pregunta—. No te anticipes, que todavía no me han dado el empleo. Espero que madre y padre se alegren. Seguramente les dará miedo que tenga que hacer cosas peligrosas.

—Pero fingirán que no pasa absolutamente nada —replicó Bunty. Las dos sonreímos. Bunty conocía a mis padres casi tan bien como yo. Nuestros padres habían sido amigos en la Gran Guerra. De hecho, ella era una más de la familia.

—Pregúntame una difícil de verdad —dije.

—Hecho —contestó Bunty, y luego se paró—. Oye, justo estaba pensando, ¿qué crees que dirá Edmund? Imagino que le dará un ataque —añadió antes de que pudiera contestar.

Quise saltar en su defensa, pero Bunty tenía algo de razón. Edmund y yo llevábamos siglos viéndonos y dieciocho meses saliendo. Era maravilloso (listo, considerado y atento), pero no aplaudía exactamente mis deseos de abrirme carrera en la prensa. A veces podía ser un poco chapado a la antigua.

—No es tan malo —dije, mostrándome leal—. Estoy segura de que se alegrará.

—Y aceptarás el trabajo, aunque no lo haga —añadió Bunty, confiada.

—Y tanto que sí, caramba —dije—. Si me lo ofrecen. —Yo quería a Edmund, pero no iba a dejar que nadie me pisoteara.

—Espero que te den el trabajo —afirmó Bunty cruzando los dedos—. Tienen que hacerlo.

—¿Te lo imaginas? Aprendiza en *The Evening Chronicle.* —Miré al vacío y me imaginé recorriendo Londres en taxi, a la caza de la exclusiva—. El comienzo de una carrera periodística.

—¡Ojalá! —dijo Bunty de todo corazón—. ¿Crees que te especializarás como dama corresponsal de guerra?

—Huy, sí, eso espero. Llevaré pantalones gastados y, después de que hayamos ganado la guerra, ahorraré para comprarme mi propio coche, y Edmund y yo podremos alquilar un apartamento en Westminster, y seguramente fumaré y me pasaré las tardes en el teatro o diciendo cosas chistosas en el Café de París.

Bunty parecía entusiasmada.

—¡Qué ganas! —dijo como si fuésemos a hacer una reserva para la semana siguiente—. Si Bill no me pide que me case con él, puede que me meta en política.

Antes de que estallara la guerra, el novio de Bunty había estudiado para ser arquitecto. Había planeado sacarse el título y empezar a ganar algún dinerillo antes de su compromiso con ella.

—Oh, Bunts, esa es una idea espléndida —dije impresionada—. ¡No sabía que te interesara algo así!

—Bueno, tampoco es que sepa mucho, por lo menos por ahora. Pero estoy segura de que montones de diputados querrán un descanso una vez que hayamos vencido, y siempre me ha gustado la idea de estar en la radio.

—Bien pensado. Y la gente te respetará porque has trabajado en el Ministerio de Guerra.

—Pero jamás hablaré de ello.

—Claro.

Las cosas se estaban animando de verdad. Yo iba a ser periodista y Bunty iba a trabajar en la BBC.

—Bueno —dije, levantándome—, voy a escribir mi solicitud y después bajaré a la estación para intentar ver al capitán Davies. No veo muy claro cómo puede una operadora de teléfonos voluntaria conseguir un puesto en *The Evening Chronicle*, pero por intentarlo…

—Bobadas —dijo Bunty—. Es perfecto. Si eres capaz de contestar al teléfono mientras Hitler intenta por todos los medios que saltemos por los aires, serás un as como dama corresponsal de guerra bajo el fuego enemigo. William dice que eres la chica con más agallas de la estación y que ni siquiera pestañeaste cuando Derek Hobson volvió completamente magullado de una misión.

—Bueno, soy monitora de primeros auxilios —dije.

No quería darle más vueltas. No armabas un escándalo por una cosa así, pero había sido una noche espantosa. Y Derek seguía de baja.

Bunty cogió el periódico otra vez.

—Eres la mar de valiente —dijo—. Y vas a bordarlo en tu nuevo empleo. Y ahora será mejor que espabiles —dijo, devolviéndome el periódico—. Dice «cartas a la mayor prontitud…».

—Sinceramente —dije, recuperando el periódico y con los ojos un poco vidriosos—, no puedo creer que pueda ser verdad.

Bunty sonrió y dijo:

—Tú espera y ya verás.

Alcancé mi bolso, saqué mi mejor estilográfica y comencé a escribir.

2

Señor Collins, cronista y redactor general

*U*na semana después del anuncio del periódico, yo hacía todo lo posible para mantener la calma. Tras haberme propuesto Estar al Corriente de las Noticias con un nivel de obsesión sin precedentes después de haber escrito la carta a la señora H. Bird, me hallaba de camino a una entrevista en *The London Evening Chronicle*.

Bunty había seguido poniéndome a prueba hasta rozar el interrogatorio. Cuando se lo conté a mi familia y a las chicas de B Watch, todo el mundo se emocionó muchísimo y se mostró injustificadamente confiado en la perspectiva de que me darían el trabajo. Yo había escrito a Edmund acerca de la entrevista. Era muy pronto para obtener alguna respuesta suya, pero sí que encontré un gran apoyo en otras personas. El día anterior había terminado mi turno en la estación de bomberos al grito de ¡Buena Suerte! de las chicas, y chillidos de Detengan la Portada y A Por ellos, Pequeña por parte de William y los chicos, en un fogoso intento de sonar como la gente de la prensa que ves en las películas. Fueron muy cariñosos y sentí que medio Londres (y todo Little Whitfield) me respaldaba.

Londres se movía bajo un cielo bajo y plomizo, semejante a un niño gigantesco que se hubiera despojado del suéter de la escuela, cubriendo el West End sin quererlo. Desafiando el frío, me había puesto un elegante traje recto de sarga azul, mis mejores zapatos y un sombrerito negro ladeado que le había pedido prestado a Bunty. Deseé tener un aspecto tan formal como despierto. La clase de persona que podría olfatear una exclusiva y calibrar su importancia en un pispás. La clase de persona a la que no se le notaba que el corazón se le iba a desbocar de la emoción.

Me habían dado el día libre y, aunque habría tardado menos de una hora en llegar a pie, me había subido a dos autobuses para que el viento no me despeinara y no presentarme desaliñada a la entrevista. Después de llegar escandalosamente temprano, permanecí en el exterior de Launceston House, nerviosa, contemplando el imponente edificio *art déco* que se alzaba ante mí.

¿Que a lo mejor trabajaba «allí»? La sola idea me mareaba.

Mientras echaba la cabeza atrás, sujetando el sombrero de Bunty con una mano y aferrándome a mi bolso con la otra, noté que ya estaba algo desequilibrada cuando una voz muy enojada estalló: «¡Venga, espabile! ¡A nadie le gustan las tortugas!».

Una dama importante había salido del edificio y se acercaba hacia mí bajo lo que parecía un sombrero fedora de hombre. Una pluma corta de faisán en el ala le daba un aire campestre inusual para la ciudad, mientras que otra parte del ave muerta había aunado fuerzas con un pedazo de conejo para formar un elegante broche en la solapa de su abrigo. Me recordó a mi tía Tiny, que había ido a su primera cacería de urogallos a los tres años y desde ese día se había dedicado a espantar cosas de los setos a tiro limpio.

—Disculpe —dije—. Solo estaba…

La dama hizo una mueca y pasó por delante de mí en una nube de olor a jabón carbólico.

—… mirando.

Mientras observaba su resuelta cabeza cruzando la calle, tuve la extraña sensación de estar en el colegio. De un minuto a otro, sonaría la campana para la clase de gimnasia.

Me sacudí de encima aquella sensación. Había venido por un empleo que consistía en Noticias Serias Sobre Cosas De Vital Importancia y no me quedaba otro remedio que espabilar y entrar de una vez por todas. Respirando hondo, miré el reloj por enésima vez, subí los anchos peldaños de mármol y atravesé la puerta giratoria.

Dentro, el vestíbulo era majestuoso y hacía casi tanto frío como en la calle. Las paredes estaban cubiertas de enormes retratos de hombres malcarados: doscientos años de editores miraban con oleoso desdén a una joven con un sombrero prestado que soñaba con ser corresponsal de guerra. En cualquier instante, alguno de ellos chasquearía la lengua.

Procurando no resbalar por el suelo pulido, me acerqué a la alta recepción de nogal.

—Buenos días. Soy Emmeline Lake. He venido a ver a la señora Bird, si es tan amable. Es para una entrevista.

La joven mujer detrás del mostrador me sonrió con amabilidad.

—Quinta planta, señorita Lake. Tome el ascensor a la tercera, gire a la izquierda por el pasillo, suba dos tramos de escaleras y verá la puerta doble cuando llegue allí. Pase sin llamar. No habrá nadie para hacerla entrar.

—Gracias —dije sonriéndole también, y deseando que todo el mundo fuera tan simpático como ella.

—Quinta planta —repitió—. Toda la suerte del mundo.

Envalentonada por su amabilidad y habiendo olvidado ya casi a la desconcertante dama de la entrada, llegué junto a dos caballeros de mediana edad vestidos con largos abrigos, que esperaban el ascensor y discutían sobre la emisión de radio que el primer ministro había dado la víspera. Uno de ellos hablaba acaloradamente de la actividad de los aliados en África y hacía aspavientos hasta que la ceniza salió despedida de la punta de su cigarrillo, cayendo a pocos milímetros de su amigo. El otro no parecía prestarle atención, pero seguía emitiendo sonoras exclamaciones de «¡Bah!».

Agucé el oído mientras la flecha de latón sobre la puerta se detenía en la cuarta planta y los hombres seguían discutiendo.

23

—Es un movimiento ridículo. No tienen la menor posibilidad. Y, además, Selassie no sabe lo que está haciendo.

—Soberana tontería. Lo tuyo es pura palabrería.

—¡Bah! Cinco chelines a que te equivocas.

—Lamentaré quitártelos.

Yo no me había dado cuenta de que los estaba mirando hasta que el del cigarro echó una ojeada en mi dirección.

—¿Y tú que piensas, cielo? ¿Está en las últimas Eritrea? ¿Debería preocuparnos cuando está a punto de caramelo?

Dios mío. Me estaban pidiendo una opinión política y ni siquiera había llegado aún a la entrevista.

—Bueno —dije, sintiéndome preparada—, no estoy completamente segura, pero si el señor Churchill cree que es una buena idea, yo diría que atacarles desde Sudán es la mejor apuesta.

El hombre casi se traga el cigarro. Su amigo vaciló un segundo y luego soltó una carcajada.

—¿Qué te dije, Henry? No pinta todo tan negro como parece.

El otro hizo un mohín.

—Cualquiera puede repetir una frase que ha oído en la radio.

—En realidad, lo leí en el *Times* —aclaré, lo cual era cierto.

Ninguno de los dos respondió, pero reanudaron la discusión mientras el ascensor llegaba.

Entré después de ellos y solicité amablemente la tercera planta al botones. Después levanté la barbilla y adopté cierta arrogancia debajo de mi sombrero. Convertirme en una dama corresponsal de guerra sería difícilmente un paseo por el parque, pero no me venía de nuevas. Mi madre siempre decía que muchos hombres creen que por el hecho de tener senos ya eres una mema. Decía que lo más inteligente era dejar que creyeran que eras idiota, y luego darles un buen chasco y dejarles en evidencia.

Quería a mi madre, sobre todo porque cada vez que decía cosas como «senos» delante de la gente, padre entornaba los ojos y fingía agarrarse el corazón con ademán teatral.

Pensar en mis padres me reconfortó cuando salí del ascensor en mi planta y empecé a subir las escaleras. Una vez arriba, me detuve durante un segundo para empolvarme la nariz y remeterme un mechón suelto detrás de la oreja, y procuré no sentirme cohibida delante de una gran fotografía enmarcada de un caballero de aspecto severo, con cabellos canos y pobladas cejas. Lo reconocí a la primera. Era lord Overton, filántropo millonario y propietario de Launceston Press. Él y su esposa siempre estaban en las noticias por sus obras da caridad y yo los admiraba enormemente a ambos.

Durante un momento, casi me traicionaron los nervios. Vacilé ante la puerta de doble batiente que conducía a la señora Bird y a mi entrevista.

Respiración profunda, hombros hacia atrás.

Empujé la puerta, abriéndola de par en par, y pasé a un angosto y oscuro pasillo. Me llegó un grito lejano desde las imponentes escaleras del vestíbulo. Como me habían advertido, no había recepcionista. Ante mí se desplegaba una hilera de puertas, todas cerradas, salvo dos. Aparte de un amortiguado tecleo, apenas se oía una mosca. Si había esperado encontrarme con una bulliciosa sala de redacción llena de tipos como la pareja del ascensor, me había equivocado. Quizá todo el mundo estuviera fuera de la oficina a la caza de reportajes.

Apretando mi cartera contra el pecho, vi una puerta medio abierta un poco más adelante a la derecha y me pregunté si un saludo moderado del tipo «Eh, hola» sería demasiado atrevido como comienzo.

Descarté la idea y decidí llamar a una de las puertas. Si me daban el empleo, puede que tuviera que telefonear a Estados Unidos y pedir que me pusieran con la Casa Blanca. Este no era lugar para pusilánimes.

El despacho a mi derecha tenía «SEÑORITA KNIGHTON» escrito con letra cuidada sobre una tarjeta pegada a la puerta. En la pared contigua había un cartel de moda enmarcado de una mujer paseando a un caniche y visiblemente encantada de hacerlo. No entendí qué tenía eso que ver con Importantes Acontecimientos Mundiales, pero cada cual a lo suyo. En la pared de enfrente había un cartel parecido, solo que en este caso la mujer lucía ropa veraniega y sonreía de oreja a oreja a un gatito.

Fruncí el ceño. Me gustaban los animales, pero no entendía qué hacía un periódico tan importante colgando este tipo de fotografías en tiempos difíciles. ¿No habría sido más idóneo colocar en la pared un retrato del rey o de algún miembro del Gabinete de Guerra?

Quizá significaba que la gente de la oficina era jovial. En cualquier caso, había una terrible quietud.

—¡SEÑORITA KNIGHTON! —bramó un hombre desde detrás de la otra puerta entornada—. ¡SEÑORITA KNIGHTON! Por el amor de Dios… Señorita Knighton. ¿Dónde se habrá metido esta mujer? Nada, es como hablarle a una tapia. ¡DEJE, QUE YA LO HAGO YO…!

Se oyeron estruendos y luego un golpe.

—Oh, por el amor de… Idiota.

—¿Hola? —dije yendo hacia donde había sonado el golpe—. ¿Se encuentra bien? ¿Puedo ayudarle?

—Pues claro que me encuentro bien. Kathleen, ¿es usted? Espere, no se vaya.

Se oyeron más correteos; luego, un caballero delgado en la cuarentena apareció en el pasillo dando un traspié. Iba bien vestido, con unos pantalones de *tweed* y un chaleco a juego, aunque su estado era desaliñado. Llevaba la camisa arremangada, sus cabellos castaños pedían a gritos un corte y sus manos estaban cubiertas de tinta negra.

Era un periodista, sin lugar a dudas. Me pareció muy emocionante, aunque tuviera pinta de asesino.

El periodista, que no se presentó, pero que me miró resentido por no ser la señorita Knighton, se apartó el pelo de los ojos y se manchó la frente de tinta. Por guardar las formas, hice como que no lo advertía.

—¡¿CÓMO ESTÁ?! —dije en voz alta, puesto que cuando me pongo nerviosa tengo tendencia a gritar—. Me llamo Emmeline Lake. Tengo una entrevista con la señora Bird.

—Cielos —dijo mirándome con cierta alarma—. ¿Ya es la hora?

Le sonreí de una manera que deseé que fuera amable, pero también inteligente. Al menos parecía estar al corriente de mi entrevista.

—Es a las dos —dije tratando de ser útil.

—Bien. Bueno, me temo que ella no está aquí. Claro que nunca está, lo cual es un plus. Favorcillos y todo eso. Probablemente, andará organizando alguna obra benéfica…, pero es lo que hay.

Se calló. A mí se me había caído la cara a las botas.

—Correcto —dije, intentando permanecer optimista.

—Así que ha venido para la entrevista, señorita…

—Lake. Sí. Pero puedo esperar, si eso ayuda y si no es molestia.

Miré a mi alrededor buscando donde sentarme, pero el pasillo estaba vacío.

—Oh, no se preocupe por eso —dijo sin mala fe—. Me temo que tendrá que conformarse conmigo. Pero tengo las manos cubiertas de esta dichosa tinta…

Decidí no mencionar que también la tenía por toda la cara, no fuera que mi comentario suscitara algún que otro juramento más. Hurgué en mi cartera y le ofrecí mi pañuelo. Mi madre había bordado en él una flor y mis iniciales por Navidad.

—Gracias. Desastre sorteado. —Empezó a destrozar la obra de mi madre—. Bien. Pues entremos entonces.

Le seguí al interior del despacho, fijándome en el gastado nombre de la puerta.

SR. COLLINS

CRONISTA Y REDACTOR GENERAL

—Tenga cuidado. La tinta ha salido disparada por todas partes —dijo el señor Collins, y entré en la estancia más desordenada que había visto en mi vida.

El señor Collins se encogió para pasar por detrás de una

mesa de despacho con altas pilas de libros y papeles; vi también un cenicero rebosante y el tintero infelizmente volcado. El conjunto de la escena adquiría un aire dramático a la única luz de la estancia, una lámpara industrial Anglepoise que parecía haber sido requisada de una fábrica de suministros médicos declarada en quiebra.

Vi un secante de color azul claro en el suelo junto al escritorio y me agaché para recogerlo, tendiéndoselo como si fueran mis credenciales.

—Ah, bien. Sí. —Dio unos toquecitos a la tinta derramada, con aire de desaliento.

Al cabo de unos segundos, durante los cuales eché un vistazo a la habitación y me pregunté si era una práctica general entre los periodistas utilizar una botella de brandi medio vacía como sujetalibros, el señor Collins suspiró profundamente, emergió del caos y me miró.

—Vale —dijo—. Entremos en materia. Ahora, la señorita Emmeline Lake, llegada puntualmente a las dos para la entrevista con la señora Bird y propietaria de un pequeño pero hoy por hoy apreciado pañuelo…

A pesar del desaguisado, el cronista y redactor general no había perdido detalle.

—Cuénteme —dijo—. ¿Qué diantres la ha poseído para querer solicitar un puesto de trabajo con nosotros?

No era así como había pensado que empezaría la entrevista.

—Bueno —dije, recordando lo que había practicado con Bunty en casa—, soy muy trabajadora y puedo mecanografiar sesenta y cinco palabras por minuto y taquigrafiar ciento veinticinco palabras…

El señor Collins ahogó un bostezo que me desconcentró, pero no cejé en mi empeño.

—Mis referencias dicen que estoy muy capacitada y…

Él cerró los ojos durante un momento. Yo intenté añadir algo de más peso.

—He trabajado en un bufete de abogados en los dos últimos años y medio, de modo que…

—No se preocupe por eso —dijo—. Vayamos al asunto que nos ocupa.

Me preparé, lista para que me interrogaran sobre los miembros más activos del Gobierno.

—¿Se asusta fácilmente?

Iba directo al meollo de la cuestión. Intenté que no se me notara el entusiasmo mientras me imaginaba saliendo a la carga por Londres para entrevistar a gente durante un ataque aéreo.

—No lo creo —dije, restando importancia a mi inconmensurable valor si lo necesitaban.

—Humm. Veremos. ¿Se le da bien el dictado?

O siendo la sombra de un corresponsal de primera, anotando cada una de sus palabras mientras localizábamos Información de Interés Nacional.

—La mejor. Ciento veinti…

—… cinco palabras por minuto, sí, lo ha dicho.

El señor Collins no se mostró nada entusiasmando. Pensé que entrevistar a aprendices posiblemente se me antojaría un aburrimiento si yo fuera un Cronista y Redactor General que trabajara contrarreloj para cumplir plazos brutales. No era de extrañar que su despacho fuera un caos. No podía ser fácil mantenerlo todo bajo control, especialmente cuando la señorita Knighton era tan poco fiable. Seguro que se sentía exhausto.

Mi mente empezó a divagar. ¿Consistiría en esto mi empleo? En ayudar al señor Collins a cumplir con sus plazos. En tomar el dictado de Personas del Mundillo mientras los acribillaba despiadadamente a preguntas para conseguir las mejores noticias. En recordar la reunión extraoficial de un secretario parlamentario a las tres de la tarde.

—Lo que viene a decir, esencialmente, es: ¿tiene mano con las viejas cascarrabias…, las gallinas cluecas, por decirlo claro?

Comprendí que había dejado de escucharle sin darme cuenta.

No podía entender qué tenían que ver las gallinas cluecas con *The Evening Chronicle*. Pensé en mi abuela, de quien padre decía que no había vuelto a sonreír desde la última guerra.

—Sí, claro —dije confiada—. Soy muy buena con las gallinas, hum…, con ellas.

El señor Collins enarcó una ceja y casi sonrió, pero claramente se lo pensó mejor mientras introducía una mano en el bolsillo del chaleco y extraía una pitillera.

—De acuerdo —dijo, apoyándose en su codo mientras encendía un cigarro. Chupó una prolongada calada e hizo una mueca—. Ahora escúcheme, señorita Lake. Parece usted una persona agradable.

Intenté que no se me notase la emoción.

—¿Está segura de esto? La última aprendiza duró una semana. Y la anterior no llegó ni a la hora del té. Eso sí, en parte, fue culpa mía. —Hizo una pausa—. Me dicen que de vez en cuando grito —añadió para aclararlo.

—Estoy segura de que eso no es cierto —mentí, recordando que había llamado a la señorita Knighton a voz en cuello—. Y, de todas maneras, a palabras necias…

—¿Hum?

—Oídos sordos —me atreví a añadir—. Pero seguro que usted nunca dirá palabras necias.

El señor Collins volvió a mirarme, y tuve la sensación de que estaba pensando algo que no iba a decirme. Finalmente, frunció los labios y asintió.

—Creo que valdrá para el puesto —dijo—. Creo que valdrá de verdad. ¿Cuándo puede empezar?

Si le había oído bien, este era el mejor día de mi vida. No me importó ni por un momento que no me hubiese preguntado nada sobre los temas que llevaba días revisando, y todas las concienzudas preguntas que había pensado preguntar desaparecieron de mi mente tan pronto como oí la palabra «empezar».

—¡Caramba! —dije, sin conseguir la clase de efecto sofisticado que había pretendido. Volví a intentarlo—: Gracias, señor. Muchísimas gracias, de veras. Puedo presentar mi renuncia de inmediato, si le parece bien.

Vi un mínimo atisbo de sonrisa en su rostro.

—Me atrevería a decir que sí —dijo—. Aunque puede que no me lo agradezca una vez que esté aquí, ¿sabe?

«Me apuesto lo que sea a que sí», pensé, pero no lo dije, pues estar tan cerca de pertenecer al personal de un famoso periódico era lo único que importaba. El señor Collins parecía un tipo irónico, y supe con seguridad que sus advertencias solo eran parte de su carácter.

—Gracias, señor Collins —dije mientras nos dábamos un apretón de manos—. Le prometo que no le decepcionaré.

3

La saluda atentamente, la señora Bird

Viéndolo en retrospectiva, no haberle hecho ni una sola pregunta al señor Collins sobre el empleo fue un error garrafal.

Pero con la historia de ¿Es Usted la Señorita Knighton?, las preguntas sobre mi Mano con las Gallinas Cluecas y la emoción de estar en el despacho de un redactor, se me fue el santo al cielo. Eso explica que, cuando llegué tres semanas más tarde para empezar a trabajar, ligeramente nerviosa en mi nuevo traje de chaqueta marrón que en realidad era uno de los viejos trajes de mi madre retocado, y con mi estilográfica favorita, tres lápices nuevos y un pañuelo de sobra en la cartera, afloró cierta confusión en mí.

Había dejado mi empleo en Strawman's con los buenos deseos e instrucciones de no olvidarles, y estaba de vuelta en Little Whitfield para pasar las Navidades en casa de mis padres. Con mi nuevo empleo por delante y las tiendas tratando de dejar bonitos los escaparates pese a todo, fue una Navidad feliz, a pesar, incluso, de que mi hermano Jack no pudo obtener un permiso. Como era Navidad, todos fingimos que este hecho no nos entristecía, o que no estábamos preocupados por él, aunque lo estuviéramos. Sin embargo, Bunty y su abuela nos visitaron en Boxing Day, la festividad del día después de Navidad, y eso nos subió la moral a todos. Yo seguía sin tener noticias de Edmund, pero eso no me desanimaba, porque a veces podían pasar semanas sin que una supiera nada del frente, y luego llegaban cuatro cartas de golpe. Estaba segura de que pronto recibiría un mensaje suyo, probablemente con un dibujo de un árbol navideño o una escena de nieve, porque a Edmund le gustaba mucho dibujar. Yo le había escrito contándole lo de mi nuevo empleo, claro, e incluso aunque él había menospreciado mi sueño de ser corresponsal de guerra en el pasado, estaba segura de que se alegraría por mí. Intenté no preocuparme por lo que pasaría si me pedía que dejara mi trabajo cuando nos casáramos; todavía no habíamos fijado una fecha para la boda, así que desterré este pensamiento al fondo de mi mente.

De vuelta en Londres, el comienzo de enero había arrancado con un frío mordiente. Habríamos podido prescindir del frío perfectamente, pero las chicas de la estación de bomberos consideraron que, después del espantoso bombardeo de la Luftwaffe sobre la ciudad al concluir las Navidades, la inclemencia del tiempo había conseguido amilanarlos. Thelma estaba segura de que era Muy Buena Señal. Por su parte, Joan estaba convencida de que, si una ola de frío capaz de apagarles los ánimos, la cosa concluiría en un periquete.

Pasara lo que pasara, nada pudo impedir que me sintiera en la cima del mundo cuando llegué a Launceston Press enarbolando la carta más maravillosa del mundo.

Launceston Press S. A.
Launceston House
Londres EC4

Lunes, 16 de diciembre de 1940

Querida señora Lake:
Con relación a su entrevista con el señor Collins, le confirmo su nombramiento como aprendiza a media jornada. Empezará el lunes 6 de enero de 1941.
Trabajará todos los días de nueve a una. Esto incluye una pausa de diez minutos para tomar el té, pero no la pausa para el almuerzo.

Su salario será de diecinueve chelines a la semana y contará con siete días de vacaciones pagadas al año.

Deberá informarme a mí personalmente, la señora Bird, a las nueve en punto el día que dé comienzo su trabajo.

La saluda atentamente,

H. Bird

Sra. H. Bird
Editora interina

¡Editora interina! No tenía ni idea de que la señora Bird fuera la editora interina y que el puesto implicase trabajar para alguien tan importante. Y toda una señora, además. Me sentía profundamente impresionada. Aunque la mayoría de nuestros jóvenes muchachos habían sido llamados a filas, que *The Chronicle* tuviera a una mujer al frente era una idea muy avanzada.

Esta vez me sentía más emocionada que nerviosa cuando llegué a Launceston House. Habría subido las escaleras de dos en dos si mis zapatos de trabajo me lo hubieran permitido, pero por prudencia me conformé con el ascensor para intentar llegar con decoro y con todo el resuello.

Sabía que, como aprendiza, iba a empezar por lo más bajo, pero eso no me importaba lo más mínimo. Me imaginé haciendo buenas migas con Colegas Vivaces, comentando las noticias del día entre admirables cantidades de duro trabajo, mecanografiando a todo trapo o escribiendo al dictado a una velocidad imposible. Quizá —con el tiempo— sugiriendo también una idea para un reportaje o, en caso de que alguien tuviera la mala fortuna de caer enfermo, haciéndome cargo y supliéndolo en la escena de un crimen atroz o durante un ataque aéreo en mitad de la noche.

Llegué a la quina planta, entusiasmada pero lista para que me devolvieran directamente abajo, a las plantas más grandes y prometedoras del edificio, donde sin duda debía de estar el despacho de la señora Bird. No me importaba si a mí me ponían a trabajar en un armario trastero, pero la Editora Interina debía de tener, por fuerza, un despacho muy importante, o quizás incluso una *suite*.

Empujé las puertas dobles, y lo que me recibió fue un pasillo vacío. Había imaginado un gran ajetreo en las oficinas un lunes por la mañana; al fin y al cabo, no escaseaban las noticias. Intenté no pensar en que, probablemente, tendría que pasar a máquina algún artículo sombrío como parte de mi trabajo. Era lo menos que podía hacer, la verdad. Me regocijó ver que la señorita Knighton parecía hallarse en la oficina, pues la puerta de su despacho estaba entreabierta y pude oírla mecanografiando: era rápida como un rayo.

—Hola —dije, asomando la cabeza por el minúsculo espacio—. Siento molestarla, pero soy la nueva aprendiza. ¿Podría decirme cuál es la planta de la señora Bird, por favor?

La señorita Knighton, una chica pecosa más o menos de mi edad, de bonitos ojos verdes y cabello poco agraciado, me miró sin comprender.

—¿Planta?

—Sí, ¿en qué planta está su oficina, por favor?

—Pues. —Hizo una pausa, como si fuera una pregunta trampa—. Es esta.

Me asombró que, para su edad, la señorita Knighton fuera Una Excéntrica, pero me dije «vale», porque era nueva y porque si vas de estirada no haces migas.

—Justo al otro lado del pasillo —continuó—. La puerta sin nombre. Se cayó hace una semana y no ha venido nadie a ponerlo. —La voz de la señorita Knighton se redujo a un susurro, como si aquello fuera el más terrible de los crímenes.

El súbito rechinar de una puerta que se abría bruscamente le hizo dar un respingo en su silla, y se puso a teclear más rápido que antes. Yo lo tomé como una indirecta y salí disparada del cuartito; me di de bruces con la abridora de la puerta en cuestión.

—¡Huy, caramba! —dije retrocediendo y alzando los ojos hacia su amenazante figura—. Lo siento muchísimo.

—Yo diría —dijo la mujer— que ese era mi pie.

Bajé la mirada y vi un zapato sólido perfectamente pulido con la huella de mi pie impresa en él e intenté no hacer un mohín. La había reconocido al instante. Era la dama importante con la que me había topado a la entrada del edificio el día de mi entrevista. Ataviada con el mismo sombrero de plumas, lucía el mismo semblante que Churchill había puesto en el noticiario el día en que Hitler le tomó el pelo.

Ella también pareció reconocerme, lo cual daba menos cabida al optimismo. Volví a mirar su zapato y consideré un ataque de histeria.

—No sabe lo mucho que lo siento —dije—. Me llamo Emmeline Lake. He venido a ver a la señora Bird.

Lanzando toda precaución por la borda, sonreí de forma alentadora. Existían muchas posibilidades de quedar como una tonta.

—Yo soy la señora Bird —anunció la mujer.

—¿Cómo está usted? —dije con timidez, intentando mostrar sorpresa, emoción y un respeto absoluto: todo a la vez.

La señora Bird me miró como si yo acabara de aterrizar de la Luna. Era una mujer llamativa a sus sesenta y muchos años, de cabeza oblonga, mandíbula formidablemente cuadrada y cabello ondulado gris ceniza. Tenía la mirada de una reina Victoria al final de su madurez, solo que más enojada. Era difícil no amedrentarse.

—Señorita Lake, ¿siempre se presenta usted arrojándose sobre la gente? Un momento —añadió, antes de que se me ocurriera qué responderle—. Tengo mucho calor con este abrigo.

Con sorprendente movilidad para una mujer de su alta estatura y de su edad, se volvió sobre sus talones y entró resueltamente en el despacho de enfrente, cerrando con elegancia la puerta tras de sí.

Me quedé en el gélido pasillo. El corazón me latía con fuerza.

Después de un momento que se me hizo eterno, un grito de «Ya puede entrar» tronó desde el otro lado de la puerta a la manera de alguien que entiende los megáfonos como un signo de debilidad.

Respiré hondo, imaginando una habitación con un amplio escritorio de caoba y un aparador varonil repleto de fuentes de plata y licoreras de cristal para brindar con los periodistas cuando alguno conseguía una gran exclusiva.

Pero no podía estar más equivocada. La habitación tenía el mismo tamaño que el despacho del señor Collins, aunque con una ventana y sin la caótica anarquía. En vez de presidir desde una enorme butaca de piel a la cabecera de un escritorio magnífico, la señora Bird estaba sentada detrás de un ordinario armatoste de madera.

La ventana, que ocupaba la mitad de la pared trasera, estaba abierta de par en par, pese a que estábamos en enero, y entraban por ella ráfagas de aire gélido. Aquello no parecía importunar a la señora Bird lo más mínimo. Se había despojado de su abrigo y de su sombrero, que ahora aplastaban un perchero en la esquina de la habitación.

En lugar de un gran archivador de acero y dos sillas para las mecanógrafas, la estancia rebosaba austeridad, con escasos indicios de que esa mujer estuviera al timón de un periódico activo. La mesa de escritorio aparecía prácticamente desnuda, aparte del papel secante intacto ribeteado de cuero verde, un teléfono y una fotografía grande enmarcada de la señora Bird delante de un estanque. Vestida de diario con un atuendo de lana gruesa y guantes de piel, estaba rodeada de una manada de perros de caza, todos ellos mirándola fijamente con fanática devoción.

—Ajá —dijo la señora Bird—. Ya ha visto a Los Muchachos. Cerebros de papilla, claro.

La cara de la señora Bird dejaba bien clarito que mataría con sus propias manos a cualquiera que pensara siquiera en atreverse a tocarlos.

—Idiotas de remate —añadió, el pecho henchido de orgullo.

—¿Son todos suyos, señora Bird? —pregunté, dispuesta a recuperar terreno.

—Lo son —dijo—. Déjeme que le dé un consejo, señorita Lake. —Se inclinó hacia delante, lo cual me alarmó—. Los perros son como los niños. Ruidosos, adiestrables, pero lerdos y dispuestos a olfatear con desagrado a los nuevos invitados. —Hizo una mueca—. Tengo ocho.

Volví a mirar la fotografía.

—«Perros» —espetó la señora Bird como aclaración—. Si hablamos de niños, con cuatro vas sobrada. Uno más y rozas peligrosamente las clases trabajadoras o el catolicismo.

Asentí, sin saber cuál sería la respuesta adecuada. Pero la señora Bird siguió hablando.

—Por supuesto, si estuvieran en Alemania, los Muchachos estarían todos muertos. Cincuenta y tres centímetros hasta el hombro. Un poco más y, a menos que sean pastores alsacianos, los matan. —Dio un puñetazo en la mesa.

—Qué espanto —dije pensando en Brian, el gran danés de mi tía Tiny que todos adorábamos. Me pregunté si le molestaría aprender a agacharse.

—Eso son los nazis —dijo la señora Bird con tono sombrío.

Volví a asentir. El Führer no tenía ni idea de a quién se enfrentaba.

—Y ahora —se aclaró la garganta—. Estos chismes no nos serán de mucha utilidad. Señorita Lake, ¿tengo entendido que tiene experiencia en publicaciones periódicas?

Llamar «publicación periódica» a la *Little Whitfield Gazette* era un poco excesivo.

—No exactamente —dije—. Pero quiero trabajar para un periódico desde hace siglos. Espero ser Corresponsal de Guerra algún día.

Mis cartas estaban encima de la mesa. Me sentí algo atrevida.

—¿Guerra? —tronó la señora Bird, como si la palabra hubiera salido de la nada, a pesar de que todo Londres estaba bajo la amenaza perpetua de la aviación enemiga—. No queremos dar la lata con eso. Sabe que sus funciones se limitarán a mecanografiar cartas, ¿no?

La miré perpleja.

—¿No le explicó el señor Collins cuáles serían sus funciones? —La señora Bird frunció el ceño y apoyó el dedo índice derecho en la mesa, visiblemente enojada.

Dudé. Ahora que lo pensaba, no me había dicho nada al respecto.

—Mecanografiar cartas —dije, más pensando en voz alta que respondiendo a la pregunta.

—Exacto. Y, desde luego, cualquier otra cosa que necesite que me mecanografíe.

—Mecanografiar —repetí.

La señora Bird me miró como si yo fuera idiota, cosa que tuve la horrible sensación de que podía ser cierta.

—Solo eso. ¿Nada de... ayudar a los reporteros?

Otra gélida ráfaga de viento entró por la ventana abierta.

—¿Reporteros? No sea ridícula —vociferó la señora Bird—. Es usted Auxiliar de Mecanografía, señorita Lake. No entiendo la confusión.

Intenté pensar sobre la marcha. Algo no cuadraba. No tenía nada en contra de mecanografiar; de hecho, pensaba que me tocaría hacer mucho de eso.

Respiré profundamente. No quería defraudar al señor Collins ya desde el primer día. Era el hombre al que debía agradecer mi puesto.

Recobré el ánimo. Si el empleo era un poco menos emocionante de lo que había deseado, no pasaba nada. Seguía estando en *The London Evening Chronicle*. Continuaba entrando en el mundo del periodismo. Puede que me llevara un poco más de tiempo del que había anticipado, pero tendría que trabajar más duro, nada más.

—Sí, señora Bird —dije, tratando de animarme—. No. Sí. Sin duda.

No me sentía en absoluto animada.

La señora Bird siguió dando golpecitos con el dedo.

—Humm —dijo—. Veremos cómo progresa. La señorita Knighton le enseñará cómo funciona esto. Debe firmar el acuerdo de confidencialidad hoy mismo, y nada de entretenerse leyendo las cartas. Ni una sola palabra fuera de esta oficina. Y, al primer indicio de Mal Gusto, irá a parar a la papelera. ¿Está claro?

—Como el agua —dije con convencimiento, aunque no tenía ni la más remota idea de por dónde iban los tiros. Pero oír «mal gusto» y «confidencialidad» me animó. Sonaba emocionante. Es posible que no quisieran dar la lata con la guerra, pero estaba claro que trataban noticias muy duras.

—Bien. Cuando no esté a mi servicio, ayudará al señor Collins. La señorita Knighton le indicará cuándo podré prescindir de usted. —La señora Bird adoptó un semblante severo—. Descubrirá que estoy muy ocupada. Este no es mi único compromiso.

—Por supuesto —dije sumisamente—. Gracias.

Echó un vistazo a su reloj de pulsera.

—Se me hace tarde. Buenos días, señorita Lake.

Estuve a punto de hacer una genuflexión, pero recordé a tiempo que la señora Bird no era la directora de mi colegio y me retiré al pasillo.

Las tornas habían cambiado un poco. Pero aun así...

«Acuerdo de confidencialidad.» «Ni una palabra fuera de esta oficina.» «Veremos cómo progresa.»

A pesar de todo, aquel seguía siendo el día más emocionante de mi vida.

—Me llamo Kathleen —dijo con timidez la señorita Knighton cuando volví a su minúsculo despacho—. Espero que seamos amigas.

Kathleen era risueña y amable, aunque casi más susurraba que hablaba. Me costaba imaginarla tratando con la estruendosa señora Bird. Los rizados caballos pelirrojos rebotaban cuando hablaba, sobresaliendo por todos los ángulos. Daba la impresión de que había metido los dedos en un enchufe.

—Gracias —dije—. Yo también lo espero. Por favor, llámame Emmy. Tu rebeca es preciosa.

—La he hecho este fin de semana —dijo sonriendo, y luego miró nerviosamente hacia la puerta—. ¿Ha salido la señora Bird? Es que no le gusta que charlemos. —Puso cara de apuro—. Cuando no hay nadie más, siempre soy yo quien pone a todo el mundo al corriente, así que puedo enseñarte cómo funciona esto.

La deslucida mesa de roble de Kathleen daba a la puerta; la mía estaba metida justo detrás de la suya. Encajado junto a cada una de las mesas, de tal modo que tenías que apretujarte para llegar a tu silla, había un armario alto de madera con archivadores. Kathleen tenía un tiesto encima del suyo, que velaba parcialmente mi visión de un tablero sobre el que había un calendario mensual con un círculo alrededor de cada jueves, varias fotografías de prendas de lana de revistas y una lista de nombres con extensiones de números de teléfono. Cada mesa tenía apiladas tres bandejas de madera para documentos y una máquina de escribir. La mía era enorme, antigua y de color verde, con la marca «Corona» impresa delante en letras doradas. Solo conservaba tres filas de teclas y tenía toda la pinta de necesitar la ayuda de un ariete para que me sirviera. Estaba casi segura de que iba por su segunda guerra. Me pareció que debía de ser robusta. Me senté y saqué mi lapicero.

—Kathleen, ¿qué clase de artículos escribe la señora Bird? —pregunté.

Kathleen me miró con perplejidad.

—¿Qué clase de artículos? —repitió—. Es la «señora Bird» —añadió, como si hubiera llegado tarde al reparto de cerebros.

—Bueno —dije—, habló de no decir una palabra fuera de la oficina. —Bajé la voz—. ¿Su trabajo es *top secret*?

Quedaba claro que Kathleen estaba acostumbrada a que le hicieran preguntas sobre información sensible. Su rostro siguió impasible.

—¿Cómo?

Aquella chica era una profesional. El manto del secretismo no caía.

—Pues claro —dije, mientras empezaba a tomarle gusto

a mi nuevo trabajo—. Entiendo que lo mejor es callar. Las paredes oyen, incluso aquí.

Kathleen frunció el ceño y arrugó la nariz. Puso la mirada de alguien que tiene que realizar un cálculo mental especialmente complicado. Lo hacíamos todo por secretismo. Ojalá no siempre fuese así. Se haría más que difícil mantener una conversación.

—¡Caray! —dijo finalmente—. Ahora entiendo por qué te han dado el empleo. La confidencialidad es lo tuyo.

Noté que se me encendía un poco el rostro con el cumplido.

—Bueno —dije heroicamente—, lo intento.

—Todavía te falta firmar el acuerdo, claro. —Se puso a rebuscar en un cajón—. Aquí lo tienes.

Rápida como un rayo, saqué mi nueva pluma de la cartera y firmé con mi nombre. Luego me puse a leer lo que decía el papel.

Yo...

[nombre] por la presente acepto que, como empleada de Launceston Press S. A., toda la correspondencia de las lectoras de *La Amiga de la Mujer* será tratada con la más estricta confidencialidad. Asimismo, acuerdo no reproducir el contenido de las cartas a ninguna persona que no sea miembro permanente del personal de *La Amiga de la Mujer*…

Aquello era lamentable. Kathleen me había entregado el contrato que no era.

—Oh, querida —dije—. Lo lamento mucho, pero aquí dicen no sé qué de «La Amiga de la Mujer».

—Sí. —Me ofreció una ancha y alentadora sonrisa—. No te preocupes: lo único importante es que no vayas contando por ahí lo que escriben las lectoras. La señora Bird es muy estricta con esto. —Hizo una pausa—. Algunas cosas son extremadamente «personales», como podrás imaginar.

Yo le devolví la sonrisa, aunque no podía imaginármelo para nada.

Kathleen interpretó mi silencio como inquietud.

—Tú tranquila, Emmy —dijo—. La señora Bird no contestará nada picante, así que no te verás en ningún compromiso.

Miré de reojo una estantería de libros que había a la derecha de Kathleen. Estaba repleta de revistas. Caí en la cuenta de que una de las dos andaba algo desencaminada.

—Kathleen —dije—, ¿qué hace exactamente la señora Bird?

Ella se rio y cogió una revista en color de un estante donde había muchas apiladas.

—Seguro que has oído hablar de «Henrietta Bird al habla». Era famosa en *La Amiga de la Mujer* antes de que tú y yo hubiéramos nacido. —Se inclinó y me pasó la revista—. Penúltima página.

—Perdona —dije, todavía perpleja—, ¿qué tiene que ver «Henrietta Bird al habla» con *The Evening Chronicle*?

Kathleen se echó a reír otra vez, pero entonces calló de pronto y cogió aliento.

—Oh, no. ¿No pensarías que este era un empleo para *The Chronicle*? ¡Ay, Dios mío, lo pensaste!

—Pero esto ES *The Evening Chronicle* —dije ahora con más esperanza que certidumbre.

—No, no lo es. Están abajo. En la zona chic. Launceston Press es propietario de los dos, pero ellos nunca nos dirigen la palabra. Nosotros somos el pariente pobre. —Parecía extraordinariamente optimista al respecto—. ¡Diantre! Yo escribí el anuncio para la señora Bird. ¿No lo mencionaba?

Pasé las páginas hasta la portada de la revista. Orgullosa como ninguna, ahí estaba, en horrendos y anticuados caracteres:

LA AMIGA DE LA MUJER

Para la mujer moderna

Teja su propio tapete para tocador.
¡Adorables patrones en el interior!

Debajo del titular se veía un florido dibujo de algo con encaje. El resto de la portada lo ocupaba una fotografía de una mujer con un niño descomunal en brazos y unas letras en círculo que decían: «La enfermera McClay dice: "¡Abra la ventana y que le dé el aire al bebé!"».

Era un enfoque entusiasta para el mes de enero, pero yo no era una experta. Intenté asimilarlo todo.

—La señora Bird fue la «consejera más querida» de *La Amiga de la Mujer* durante más de veinte años —explicó Kathleen—. Se jubiló en 1932, pero lord Overton le pidió personalmente que volviera cuando llamaron a filas a nuestro editor el año pasado.

Lord Overton. El propietario de Launceston Press. El propietario de *The Evening Chronicle*. Se lo pidió personalmente a la señora Bird.

Contemplé a aquel bebé gigante.

—Emmy —prosiguió Kathleen en un tono que usarías para dirigirte a alguien corto de entendederas—, *La Amiga de la Mujer* es una revista de mujeres semanal. Tu trabajo es pasar a máquina las cartas para la «Página de problemas».

Asentí con la cabeza, pero no podía hablar. Kathleen esperó a que lo digiriera.

Finalmente concedí lo que deseé que fuera una valiente sonrisa tipo Esto Es El No Va Más.

Sin embargo, las cosas no eran así ni por asomo. Mi moral había entrado en fase terminal.

Como Kathleen se había ofrecido a enseñarme la oficina, intenté concentrarme. Esto no se acercaba ni de lejos al primer peldaño de una carrera periodística. Estaba a años luz de ir corriendo detrás de reporteros o de poner conferencias a la Casa Blanca.

Me había equivocado por completo de trabajo.

4

La señora Bird al habla

El circuito relámpago de Kathleen por la redacción de *La Amiga de la Mujer* avanzó a buen ritmo mientras yo la seguía por el angosto y desangelado pasillo cavilando frenéticamente. ¿Qué clase de idiota dejaba un empleo más que decente en un despacho de abogados para mecanografiar cartas ñoñas en una revista femenina? En concreto, una revista que, al decir de mi nueva colega, parecía estar en las últimas.

—En los tiempos en que *La Amiga de la Mujer* vendía montones de ejemplares, solíamos tener muchos más periodistas y todo el mundo trabajaba en las oficinas, solo que ya no los tenemos y está todo vacío —dijo Kathleen mientras pasábamos por delante del despacho del señor Collins, que estaba cerrado, como me explicó. Abrió la siguiente puerta a nuestra derecha—. Las mecanógrafas no cabían en la otra punta del pasillo, pero ahora solo estamos tú y yo.

Miré la estrecha y larga sala de los periodistas, con dos filas de mesas vacías. Encima de la más próxima a la puerta se apilaban cajas de cartón, lo que garantizaba el peligro de incendio; pero las demás estaban vacías, sin el menor rastro de máquinas de escribir, tinteros o bandejas de documentos. Hileras de tablones recorrían las paredes, algunos todavía con artículos arrancados de revistas, dejando entrever lo que en su día habría sido un hervidero de actividad. Algunas hojas habían empezado a rizarse en los extremos y la sala olía a humedad. Era una curiosa combinación de tabaco y bocadillos de queso y pepinillos.

—¿Cuánto tiempo hace que nadie trabaja aquí? —pregunté.

Kathleen cruzó los brazos y miró a la nada, pensativa.

—Siglos. —Bajó la voz—. *La Amiga de la Mujer* no se ha puesto al día. Se ha quedado un poco anticuada, supongo. Aunque yo siempre la leo —añadió.

Asentí con la cabeza y noté que mi pesimismo aumentaba mientras Kathleen siguió hablando.

—Casi todos se alistaron y nunca los reemplazaron. El señor Collins escribe toda la ficción; se le da muy bien. Contratan a personas para que envíen el resto, y así se ahorran dinero. En fin, ven y te presentaré a todo el mundo.

Se alejó resueltamente por el pasillo mientras yo le echaba una ojeada a mi reloj. Eran las nueve y veinte, y ni rastro del señor Collins. Tuve la sensación de estar en un museo después de que hubiera cerrado sus puertas por la noche.

—Al otro lado del pasillo está el equipo de Publicidad, constituido únicamente por el señor Newton. —Kathleen bajó la voz mientras avanzaba hacia la siguiente puerta—. Hoy no ha venido. No tiene mucha faena, ya que los anunciantes no abundan. Y este es el Departamento de Arte. Hacen las ilustraciones y las fotografías de los trajes. —Llamó a la siguiente puerta y entró sin esperar la respuesta—. Buenas, señor Brand. ¿Cómo está usted? Esta es la señorita Lake, nuestra nueva aprendiza.

La seguí dentro del despacho, que, al igual que los anteriores, presentaba un panorama sombrío, pero al menos tenía algo de vidilla. Un hombre mayor con gruesas gafas de carey y el cabello con toneladas de brillantina se entretenía dibujando una escena de un hombre apuesto en uniforme naval sosteniendo a una mujer que parecía haberse desmayado.

—¿Cómo está? —dijo el señor Brand—. «Solo nos reímos ayer.»

Era un saludo poco usual, pero estaba claro que era un tipo creativo.

—¿Cómo está? —respondí—. Disculpe..., ¿que solo se rieron...?

—Ayer. Es el artículo principal de la próxima semana. Estoy trabajando en ello en estos momentos.

—Ya veo —dije, haciéndome la enterada—. Es precioso.

El señor Brand sonrió satisfecho.

—Y esta es la señora Mahoney —dijo Kathleen al tiempo que una mujer rolliza de mediana edad y rostro plácido me saludaba con la mano desde detrás de un montón de enormes hojas de papel.

—Hola, señorita Lake. Yo soy Producción. Soy muy comprensiva, pero, por favor, cumpla los plazos. —Me ofreció una sonrisa alentadora mientras yo la saludaba a mi vez.

Luego Kathleen me condujo fuera de la oficina.

Aparte de la aterradora señora Bird, los demás se habían mostrado muy amables. Intenté recobrar el ánimo, pero aquello era descorazonador. Mientras el resto del país se alzaba contra Hitler y se dejaba las uñas en la guerra, yo me dedicaría a pasar a máquina los problemas y los frívolos relatos ficticios de las lectoras de una revista. No podía haber nada que se pareciera menos a trabajar en un periódico. Lamenté habérselo contado a Edmund por carta. Me tomaría por una estúpida. Lo mismo que Bunty. Y las chicas de la estación de bomberos, especialmente la Horrible Vera de A. Watch. Se divertiría de lo lindo a mi costa. Me estaba bien empleado por pensar que me hallaba en la senda de una carrera extremadamente emocionante.

De vuelta en nuestro pequeño despacho, Kathleen empezó a explicarme el sistema interfono. Procuré mostrarme entusiasta. Mi corta experiencia con la fuerza vocal de la señora Bird sugería que, en realidad, lo del interfono no era muy necesario.

—Lo primero —decía Kathleen— es abrir el correo y dejar las cartas en la mesa de la señora Bird. Pero solamente las que son «aceptables». En absoluto nada que sea subido de tono. —Se puso más seria que un muerto.

Miré la revista que había dejado abierta en mi escritorio.

Junto a una fotografía de una decidida señora Bird, tomada en torno a 1915 y en la que parecía a punto de zumbar a alguien, un breve texto hablaba por sí solo:

La señora Henrietta Bird al habla

No hay nada que no pueda resolverse con un poco
de sentido común y una voluntad férrea.
La señora Bird está aquí para remediar sus problemas.
Si desea una respuesta confidencial por correo, envíe un
sobre franqueado con su dirección, pero tenga en cuenta
que la correspondencia de la señora Bird es muy
voluminosa y puede producirse una demora temporal.

Pensé en Bunty, pasando a máquina correspondencia en el Ministerio de Guerra. No estaba exactamente a la misma altura.

—Entonces tendré un montón de trabajo, seguro —dije alegremente—. ¿Cómo de voluminosa es la correspondencia de la señora Bird?

Kathleen se encogió de hombros.

—No mucho.

—Pero dice «muy voluminosa», ¿no?

—Ah, bueno, pero eso lo ponemos porque las otras revistas lo hacen. Pero no recibimos tantas cartas.

—Vale —dije mirando la revista, en la que alguien llamada «Cohibida» había escrito algo acerca de un problema de brazos gruesos.

Piense que son las palas de las hélices de un avión y muévalas alrededor de su cabeza con cierto vigor.

Sentí una desesperada melancolía. Gran Bretaña estaba a unos treinta y tres kilómetros de una Europa maltrecha y *La Amiga de la Mujer* daba consejos sobre brazos gruesos a las escasas lectoras que le quedaban. Y yo que creí que, a estas alturas, estaría pasando a máquina noticias sobre Mussolini.

—Lo más importante —decía Kathleen, todavía muy seria— es que la señora Bird no responderá a ninguna carta de Mal Gusto. En esto es «absolutamente» tajante. —Kathleen se calló y lanzó una mirada a la puerta—. La señora Bird dice que a nuestra generación «se le han ido las cosas de las manos por completo». —Hizo una pausa antes de añadir—: La señora Bird está dispuesta a remediarlo. En conciencia, nada más veas algo que esté en la Lista de Temas Inaceptables, tienes que tirarlo a la basura.

Abrió un cajón de su escritorio y revolvió dentro mientras yo leía una carta de una joven lectora que luchaba con unas encías inflamadas. La señora Bird contestaba que era culpa de la chica por comer caramelos y que debía esforzarse, sin más. No era una respuesta compasiva.

—Como te iba diciendo, si alguien envía un problema inaceptable, hay que cortar la carta; si han enviado un sello para la respuesta, lo destinamos a una de las Buenas Obras de la señora Bird. Es decir, a sus obras benéficas. —Kathleen señaló una caja de cartón grande con las palabras SELLOS POSTALES y volvió a hurgar en el cajón.

Leí la siguiente carta, que era de una mujer que había adoptado a tres chiquillos evacuados. Si bien eran adorables, le preocupaba que sus propios hijos hubiesen empezado a decir palabrotas. Como era de esperar, la señora Bird no se mostraba muy entusiasta acerca de las Vulgaridades y su respuesta no se andaba con rodeos.

Me pregunté qué haría conmigo.

Querida señora Bird:

He aceptado por accidente un empleo desafortunado, debido a que no presté atención durante mi entrevista.

Ahora resulta que estoy trabajando en un barco que se va a pique, mecanografiando cartas para una mujer cuyos gritos son capaces de atravesar sólidas paredes.

¿He sido inmensamente estúpida? Por favor, dígame qué debo hacer.

Atentamente,

Por lo general No Tan Corta de Entendederas

Imaginé la respuesta.

Querida Corta de Entendederas:
Lo que cuenta es todo culpa suya. Sugiero que deje de quejarse
y espabile.
Atentamente,

Henrietta Bird

—¡Eureka! —exclamó Kathleen entregándome una hoja
titulada TEMAS INACEPTABLES DE LA SEÑORA BIRD. Alguien
había estampado SUMAMENTE CONFIDENCIAL en lo alto, con
tinta roja.

<u>Temas que la señora Bird no publicará</u>
<u>o a los que no responderá</u>

<u>(N. B.: la lista no es exclusiva y podrá</u>
<u>ampliarse en caso de necesidad)</u>

Relaciones matrimoniales.

Relaciones prematrimoniales.

Relaciones extramatrimoniales.

Relaciones físicas.

Relaciones sexuales en general (todas las cuestiones, menciones, sugerencias o resultados de).

Actividades ilegales.

Actividades y opiniones políticas.

Actividades y opiniones religiosas (salvo preguntas relativas a grupos y servicios eclesiásticos).

La guerra (salvo preguntas relativas al racionamiento, servicios voluntarios, clubes y detalles prácticos).

Cocina.

—¿Cocina?

A menos que me hubiera perdido algo amenazante en
la clase de Economía Doméstica, parecía una compañera de
cama muy sosa al lado de las relaciones extramatrimoniales
y las actividades ilegales.

—Eso se lo remites a la señora Croft —dijo Kathleen—, que se encarga de la sección «¿Qué hay en la cazuela?». Casi todo es sobre racionamiento. ¡Ah, te encontré! —Me entregó un montoncito de cartas—. Ándate con ojo. Algunas te parecerán chocantes. —Kathleen se mordió el labio—. Normalmente, intenta reclutar a una anciana mujer casada para que las pase a máquina. Tú pareces aún más joven que yo.

—Tengo casi veintitrés —dije esperando parecer madura.

Kathleen sonrió y me pidió que le preguntara cualquier duda que me surgiera.

Me centré de nuevo en la hoja con un entusiasmo impropio de una dama. No es que yo fuera de esa clase de gente socarrona, pero tener una lista de «elementos picantes» que evitar sí que sonaba bastante divertido.

<u>Palabras y frases que la señora Bird no publicará o a los que no responderá</u>

<u>Para más referencias véase *De moza a esposa: consejos prácticos de un médico* (1921)</u>

<u>A-C</u>
Alcoba
Apasionada
Ardiente
Aventura
Bata
Berlín…

La lista se alargaba páginas y páginas.

Viendo la idea que la señora Bird tenía de la degeneración, en Sodoma y Gomorra no habrían perdido el sueño que digamos. Naturalmente, antes de casarte, «Ir Muy Deprisa» era un plato fuera de carta. «Dejarse Llevar» quedaba estrictamente excluido. Y «Meterse en Líos» no era culpa de nadie más que de una misma.

De hecho, si virabas hacia relaciones sentimentales, incluso con toda la inocencia del mundo, no te quedaba otra que calmarte *ipso facto* porque era muy improbable que la señora Bird («Aquí para resolver sus problemas») se dignara responderte.

Con una sensación de alas cortadas, me puse manos a la obra y empecé a abrir las cartas.

Algunas estaban prolijamente escritas con tinta, con el nombre real al final, mientras que otras estaban a lápiz y sin firmar, o con un nombre inventado como «Prometida Preocupada» o «La Chica de un Marinero». Otras habían incluido un sobre franqueado, con la clara esperanza de una pronta respuesta. Casi todas las cartas eran de mujeres y chicas, aparte de una o dos de hombres que habían escrito a propósito de sus mujeres.

Abrí la carta de una mujer llamada Florence cuyos comprimidos de calcio no habían aliviado en lo más mínimo sus sabañones. «Caminar se ha convertido en todo un reto», informaba. Tuve la seguridad de que este tema no estaría fuera del alcance de la señora Bird y me animé un poco. A continuación, una mujer optimista llamada señora Ditton ayudaba con «Mi hija ha aprobado su primer examen de auxiliar, ¿cree que podría escoger la carrera de enfermera en el ejército?».

Deseé que esto contara como un servicio al esfuerzo bélico y puse la carta junto con la de Florence en mi archivo «Aceptable».

Sin embargo, a medida que fui abriendo otras, me costaba encontrar alguna más que añadir. Una lectora se había enamorado de un tipo que estaba divorciado, lo cual, de acuerdo con la lista de la señora Bird, era zona prohibida, mientras que a otra le gustaba un hombre joven, pero le habían dicho que «mostraba su afecto de un modo embarazoso». No tuve necesidad de comprobar la lista para saber que iría a parar al montón de «Mal Gusto». Encontré unas tijeras en mi escritorio, corté diligentemente las cartas en pedazos y los tiré a la papelera.

Con otras cartas no lo tuve tan claro. Aunque estaban en la Lista de Temas Inaceptables de la señora Bird, algunas no parecían nada descabelladas.

Querida señora Bird:

Tengo quince años y mis amigas dicen que dejan que sus novios les den un beso de buenas noches. ¿Hago bien en negarme? ¿Y es distinto besarse antes que después de casarse?

Me preocupa que, si dejo que los chicos me besen, piensen que soy una fresca.

Atentamente,

Adolescente Tímida

A mí me parecía una pregunta perfectamente decente para una chica de quince años. Volví a mirar la sección A-C de la lista de la señora Bird. «Beso, besos y besar» estaban definitivamente descartados. Añadí con desgana a Adolescente Tímida al montón de cartas rechazadas para cortar y tirar a la papelera. El tema abordado no era nada escandaloso y me sentí culpable de que la chica no fuera a recibir ayuda.

Como otras cartas incumplían las normas de la lista de la señora Bird, empecé a leérselas a Kathleen con la esperanza de que me fuera de alguna ayuda.

—«Querida señora Bird, mi esposo me dice que soy poco comprensiva y fría» —me aventuré—.

—Ooooh, no —dijo Kathleen antes de que pudiera llegar a lo importante del asunto.

La rompí en dos y lo intenté con otra.

—«Querida señora Bird, voy a casarme con mi prometido cuando vuelva a casa de permiso del Ejército...»

Kathleen tenía un semblante alentadoramente optimista.

—«Pero presiento que no sé nada de la Vida Matrimonial». Vida Matrimonial está en mayúscula —dije, mientras Kathleen miraba al vacío con un semblante fiero que debía de ser el que ponía cuando se quedaba pensativa.

—Estoy segura de que «vida matrimonial» no entra —dijo.

53

—«Más específicamente, la parte íntima...» —añadí esperanzada.

—¡Huy, ni por asomo! —exclamó con un grito ahogado y mirando hacia la puerta, como si la señora Bird estuviese a punto de entrar por ella completamente dominada por la ira—. «Íntima» no colará. —Bajó la voz—. La señora Bird dice que no tuvo que responder a esa clase de horrores en 1911 y que no tiene intención de hacerlo ahora.

Kathleen transmitió el *diktat* con tal sinceridad que no me atreví a llevarle la contraria. Lo intenté con otra.

—«Querida señora Bird, ¿tiene algún consejo sobre cómo no quemarse cuando gotea la sartén?» Oh, esta es para la señora Croft, ¿verdad? —me respondí yo misma, y continué escudriñando el correo restante.

—«¿Qué Hay en la Cazuela?» —dijo Kathleen con un hilo de voz y una mirada de alivio.

Desplegué una carta escrita con mano elegante y titulada «Relaciones deslucidas», que era de una amable mujer que se hacía llamar Decepcionada del Noreste.

Decepcionada estaba casada con un buen hombre, pero este mostraba escaso interés en Cogerle El Tranquillo A Las Cosas una vez apagadas las luces. La carta estaba escrita con formas delicadas y pensé que teníamos posibilidades con ella.

—No, pues claro que no —dijo Kathleen jugueteando con un mechón de pelo cual buque abandonado de un moño mal hecho—. Dice «relaciones». A la señora Bird no le gustan las «relaciones».

—Pero están casados —repliqué.

—Eso no importa.

—Y él no muestra interés.

—*Emmeline...*

—Lo que no puede ser muy divertido.

—A ver, un momento —dijo Kathleen—. Se supone que no debes leer los detalles. Deberías haber parado después de la tercera línea.

—Lo he hecho —mentí.

—¿Estás segura?

—Bueno, vale, puede que un poco después. Pero suena fatal. Llevan casados un año y no lo ha visto sin su pijama.

—¡*Emmeline*! —Kathleen se puso colorada. Decidí no mencionar la siguiente frase, no fuera a ser que se desmayara—. Se supone que no debes leer nada de lo que figura en la lista de la señora Bird. Eres muy joven.

Se levantó, con semblante preocupado.

Pensé que eso tenía su gracia, pues Kathleen no parecía mayor que yo, pero no quería meter la pata de nuevo. Así pues, me disculpé otra vez y le dije que no volvería a ocurrir.

Sin embargo, todo aquello me hacía sentir mal. No solo por el caso de esa mujer, sino también por Adolescente Tímida y por el resto de las lectoras a cuyos problemas nadie prestaría atención.

Me di cuenta de que las personas eran más francas cuando escribían. Era algo muy valiente. La señora Bird solo era una extraña en una revista, pero las lectoras le contaban sus secretos de todas maneras. Algunas parecían de verdad en apuros; estaban solas, mientras sus maridos luchaban en el frente o les daban la espalda, o solo eran jóvenes y necesitaban un poco de orientación. Las cosas se habían puesto difíciles para todo el mundo y pensé que era mezquino por parte de la señora Bird no responderles. Después de todo, la revista se llamaba *La Amiga de la Mujer*. ¡Menuda amiga estaba hecha la señora Bird! Casi todas las cartas que yo había leído acabarían en la papelera, hechas trizas.

Abrí el último sobre de mi escritorio. La lectora había trazado débiles líneas con un lápiz y una regla. Si bien tenía muy buena letra, se notaba que le había costado una eternidad escribirla.

Querida señora Bird:

Tengo diecisiete años y amo a un muchacho de la marina que es amable y generoso, y que dice que también me ama. Me saca fuera y a bailar, y ahora se lo he devuelto de una manera que sé que está muy mal. A mi amiga Annie le pasa lo mismo con su chico y ambas estamos preocupadas. Annie tiene miedo de que su padre lo descubra. Por favor, ¿puede ayudarnos? No queremos perder a nuestros novios.

He incluido un sobre franqueado y un giro postal para el patrón del abrigo de la semana anterior; así mi madre pensará que es para eso.

Le saluda cordialmente,

Hecha Un Lío

Kathleen estaba mirando una compleja doble página de patrones de vestidos de principio de primavera, así que volví a leer en silencio la carta de Hecha Un Lío. Si había sentido lástima por las otras lectoras, sentí especial preocupación por esta y por su amiga. No imaginaban lo que se les podía venir encima.

Bunty y yo habíamos hablado de esas mismas cosas sentadas en el refugio antiaéreo y charlando hasta la madrugada, como haces con tu mejor amiga. A Bunty le chiflaba William, y si bien Edmund se había mostrado algo esquivo respecto de mis sueños profesionales, siempre había sido atento y cariñoso conmigo. Y, además, estaba guapísimo con su uniforme.

Eso sonaba como la pobre Hecha Un Lío.

Sin embargo, la diferencia era que nosotras sabíamos dónde estaba la raya y, nos gustara o no, no pensamos cruzarla. Nuestra resolución de Permanecer Firmes seguramente era muy provinciana, estuviésemos o no en guerra. Pero Bunty y yo habíamos visto que las cosas podían torcerse desfavorablemente si caminabas por ese peligroso camino. Podía traer consigo desdicha a raudales.

Me senté a mi mesa e hice como que leía otra vez la carta de Hecha Un Lío, pero lo cierto es que estaba a años luz de allí.

Durante el colegio, Bunty y yo tuvimos nuestra pequeña pandilla. Bunty y yo, Olive y Kitty. Todo lo hacíamos las cuatro juntas: íbamos a los mismos clubes escolares, jugábamos en los mismos equipos, bebíamos los vientos por las mismas estrellas de cine, presumíamos de los mismos chicos. Nada especial, solo las cosas normales que hacía todo el mundo.

Sin embargo, cuando cumplimos los dieciséis y las cuatro aprobamos el certificado escolar, Kitty empezó a salir con un muchacho que era mayor que nosotras. Se llamaba Doug y tenía veinte años. Kitty decía que era muy maduro y empezó a pensar que nosotras éramos infantiles, lo cual posiblemente era cierto. En cualquier caso, mientras todas perdíamos el sentido por Gary Cooper y Errol Flynn, Kitty se enamoró de Doug. Nos dijo que él también la quería. Entonces se quedó embarazada. Y cuando Doug lo descubrió, se esfumó sin más.

Me mordí el labio y miré la carta de Hecha Un Lío. Kathleen tenía razón, yo era joven. Pero eso no significaba que me hubiera pasado la vida metida en una cueva.

A Kitty la enviaron a Edimburgo con una tía a la que no conocía. No nos dejaban visitarla, así que se quedó sola. Ella quería desesperadamente conservar a su bebé, pero a los cuatro días de nacer se lo quitaron. Convencí a Bunty para que me acompañara a casa de los padres de Kitty y suplicarles que lo reconsideraran, pero se sentían avergonzados y furiosos. Se negaron.

Kitty llamó a su bebé Peter. Pronto debía de cumplir seis años.

Apoyé los codos en la mesa y descansé la barbilla en mis manos, olvidando que estaba en un nuevo empleo y debía guardar las formas.

—¿Te encuentras bien, Emmeline? —El semblante de Kathleen era amistoso—. No te preocupes. Ya le cogerás el tranquillo a todo.

—Sin duda —dije—. Todo es una novedad para mí, nada más.

Ella se mostró comprensiva.

—¿Hay alguna otra carta Inaceptable? —preguntó, viendo el sobre franqueado de Hecha Un Lío—. ¿Quieres que ponga el sello en la caja?

—No, no —dije, pensando sobre la marcha—. Es de Preocupada Por Un Gato. Creo que a la señora Bird le gustará.

Kathleen vaciló un momento y luego sonrió.

—Bien hecho. Los animales de compañía siempre causan sensación. —Hizo otra pausa—. Emmy, sé que parece cruel desechar algunas de estas cartas, pero la señora Bird dice que si la gente se mete en un berenjenal, es porque se lo han buscado ellos solitos.

No creí que Hecha Un Lío fuese la única culpable de su situación. Ella había creído que ese chico la amaba, así de simple. La única diferencia entre nosotras era que yo lo tenía claro, así como que Edmund no era un engatusador como Doug. Si nadie ayudaba a Hecha Un Lío, correría el riesgo de terminar como Kitty.

—Pues claro, Kathleen —dije—. La cortaré junto con las otras.

Kathleen sonrió afectuosamente y volvió a su máquina de escribir.

Esperé un rato, fingiendo que ordenaba los papeles esparcidos por mi mesa. Luego guardé la carta de Hecha Un Lío en mi cajón.

5

Querida Hecha Un Lío

*E*n las siguientes semanas le cogí el ritmo al trabajo e intenté sacarle el mejor partido posible. Bunty me apoyó como nunca cuando le conté que *The Evening Chronicle* era en realidad *La Amiga de la Mujer*. Dijo que le parecía maravilloso igualmente. Thelma y Joan y la joven Mary, de la estación de bomberos, estuvieron fantásticas también y me dijeron que este empleo podría llevarme a Grandes Cosas, lo cual me alentó. Escribí a Edmund, presentándolo todo como una historia disparatada y chistosa, deseando que viera la parte cómica, pero no me respondió. La verdad es que, aparte de una breve nota navideña que llegó a mediados de enero, llevaba siglos sin saber nada de él y empezaba a preocuparme por que estuviera en aprietos. No quise parecer puntillosa, y solo lo mencioné una vez que salí a comer panecillos de ciruela horneados con Bunty y William, pero advertí que ellos habían pensado lo mismo. Bunty dijo con palabras apuradas que el Ejército siempre te avisaba si había pasado algo malo, así que No Tener Noticias Es Una Buena Noticia. Luego Bill recogió el testigo y dijo No Te Preocupes, Emmy, Edmund Está Hecho De Material Resistente. Después se lanzaron una mirada cuando creían que yo no los veía.

Les tomé la palabra, no obstante, y, decidida a cumplir mi parte, les dije que no estaba nada preocupada. Era lo mínimo que podía hacer por la pobre Bunty, que siempre tenía que poner buena cara delante de William, cuyo trabajo de bombero era más que peligroso, como ambas sabíamos.

Cuando sus extraños oídos (por dentro, por fuera no se notaba nada) disuadieron al ejército de reclutarlo, Bill ingresó en la Brigada contra Incendios. Cuando Edmund y mi hermano Jack se enrolaron y se marcharon al frente, para él fue muy doloroso, pero se las ingeniaba muy bien. Por eso no pensaba dar la murga con Edmund, cuando Bunty podía mirar por su ventana prácticamente todas las noches y ver las bombas y los incendios y otros espantos con los que su chico tenía que lidiar.

En la revista, la inercia de la señora Bird era enojarse con casi todo en general, y con las lectoras en particular, la mayoría de las cuales constituían una penosa decepción para ella. Yo esperaba con impaciencia el correo, deseosa de que se filtraran un puñado de problemas. Mi optimismo por recibir material interesante pero aceptable seguía firme, aunque difícilmente llegaba en avalancha. Solo en contadas ocasiones la publicación podía sugerir ingresar en un Club Juvenil para la moral.

La carta de Hecha Un Lío seguía en el cajón de mi escritorio. Yo quería ayudarla desesperadamente, pero Kathleen me había dejado muy claras las reglas: no existía la mínima posibilidad de que la señora Bird la tomase en consideración. Llegué a pensar en contestarle yo misma, como lo haría una amiga, pero la idea quedaba fuera de toda cuestión. Para empezar, Hecha Un Lío se preguntaría quién carajo era yo y, de todas maneras, ¿y si la señora Bird lo descubría? *La Amiga de la Mujer* no había sido mi trabajo soñado en un periódico, pero al menos estaba en el mismo edificio que *The Evening Chronicle*. Un día podría llegarme la oportunidad de formar parte del periódico y unas buenas referencias de la señora Bird podrían resultar decisivas. Kathleen dijo que lord Overton era un amigo personal, así que nunca sabías.

No obstante, me habría gustado poder hacer algo. Hecha Un Lío no era la única lectora que estaba pasando por un mal trago, y la lista de Temas Inaceptables de la señora Bird las excluía a casi todas. Se negaba a ayudarlas.

Querida señora Bird:

Tengo veintiún años y estoy muy enamorada de un chico de mi misma edad. Sé que él también me quiere y me ha pedido en matrimonio antes de que lo envíen al extranjero, pero no sé si debería aceptar. Verá, me ha contado que salió con otra chica antes que conmigo y, aunque esto ocurrió algún tiempo antes de que nos conociéramos, ¿es sensato perdonarle por haber tenido relaciones íntimas con otra persona?

Por favor, ¿puede decirme qué debo hacer?

Se lo agradezco muchísimo,

D. Watson (Señorita)

La señorita Watson parecía una chica decente, lo mismo que su chico. Yo no creía que lo que contaba fuera un crimen tan horrible; después de todo, era algo del pasado y él le había dicho la verdad, cuando se la podía haber guardado tranquilamente para él. Probé suerte y le di la carta a la señora Bird, pero no cedió. La carta me fue devuelta en cuatro pedazos y con un NO en grande y un círculo rodeando «ÍNTIMO» en furiosa tinta roja.

Querida señora Bird:

Llevo casada cinco años con un hombre que pensé que me amaba. Ahora me dice que se ha prendado de una chica que conoció mientras estaba en las fuerzas armadas. Dice que no me abandonará, pero sé que salen juntos los fines de semana, y ahora he descubierto que ella está embarazada. No puedo soportar la idea de vivir sin él. ¿Qué debo hacer?

¿Podría imprimir mi carta, por favor? No me atrevo a pedirle que me responda a casa por si él se entera.

Atentamente,

Esposa Infeliz

Era la carta más triste. No se me ocurría qué podrían aconsejarle, pero como Esposa Infeliz no había hecho absolutamente nada malo, seguro que hasta la señora Bird se compadecería de ella. La incluí junto a dos cartas muy sosas

61

y crucé los dedos, pero no tuvo la menor oportunidad. Junto a una línea roja enorme que tachaba la carta entera, la señora Bird había escrito NO con tanta firmeza que un borrón de tinta se había corrido por toda la hoja. Después había escrito AVENTURAS y lo había subrayado tres veces.

Era difícil no sentirse frustrada. Por lo que había visto en mi corta vida en la revista, Esposa Infeliz no estaba ni mucho menos sola. Yo no era tan ingenua como para creer que estos problemas no habían existido antes, pero no hacía falta ser una lumbreras para entender que la guerra había empeorado las cosas. Desconocía la respuesta a montones de problemas, pero sí sabía que algún tipo de respuesta era mejor que nada. Odiaba tener que tirar las cartas.

Kathleen empezó a asignarme numerosas tareas del señor Collins. Ella prefería pasar a máquina los patrones y los consejos de belleza de la señora Bird, que, como cabía esperar, eran rotundos y se basaban casi exclusivamente en no llevar maquillaje y aplicarse en el rostro un alarmante mejunje que mezclabas en una pasta. El señor Collins escribía las crónicas y la ficción, y tuve que reconocer que, aunque no era lo mismo que escribir a máquina cómo la RAF zurraba a los bombarderos del Eje cerca de Tobruk, constituyó un buen cambio en contraste con los documentos legales de mi último empleo.

La señora Bird pasaba más tiempo fuera de la oficina que dentro, puesto que tenía a su cargo un ingente número de Buenas Obras. Cada vez que salía a sus reuniones, oíamos un tremendo rugido desde el pasillo anunciando tanto su destino como la hora de regreso estimada. Tardé un tiempo en habituarme a ello, pues un vigoroso bramido de «¡Literas Estación De Metro! ¡Tres y cuarto!», como que te sobresaltaba.

Una mañana, cuando llevaba unas semanas en mi nuevo empleo, se oyó un golpe tenue en el pasillo y un avanzar pesado.

—Ese será Clarence —dijo Kathleen cuando una voz aguda chilló «¡Segundo reparto!», y luego una voz muy profunda añadía: «El correo, señorita Knighton».

—Entra, Clarence —respondió Kathleen.

—Vale, pues entro —dijo la voz, que, sonando presa del pánico, subió al tono de soprano.

Clarence era el chico del correo más delicado y vergonzoso de Launceston. Con quince años y rozando el metro ochenta de estatura, con una tez impredecible que era un verdadero tormento, hacía sus rondas varias veces al día. Equilibraba un vivo interés por la guerra con la tragedia de la parálisis casi total que sufría debido a su incontrolable pasión por Kathleen.

Como Clarence se quedaba sin habla cuando ella lo miraba, me dirigía a mí todo lo que quería decirle a ella.

—Buenas, señorita Lake —dijo, canturreando tres octavas—. Señorita Knighton —añadió con un tono lo bastante alto como para iniciar una conversación con un murciélago.

—Buenos días, Clarence —dije.

—Hola, Clarence —dijo Kathleen.

Clarence puso cara de querer morirse.

—Paquete para usted, señorita Lake —dijo, y dándole la espalda a Kathleen para soportar la situación, añadió—: Les estamos dando su merecido en Abisinia. —Lo dijo como si los dos temas guardaran alguna conexión.

—Nuestros muchachos son imbatibles —dije, sabiendo que le arrancaría una sonrisa.

—Será mejor que vuelvas a la faena, Clarence —dijo Kath cariñosamente—. O la señora Bird se te echará encima.

Clarence echó un vistazo en su dirección, pero el resultado lo dejó pasmado y, con un gesto de la mano embarazoso, salió pitando.

Me puse con la correspondencia del día enseguida y me gratificó comprobar que la primera carta pedía consejo a la señora Bird sobre los bonos de ahorro de guerra. El tema era aceptable y sin riesgo, así que empezaba con buen pie. La segunda carta era de una mujer que acababa de padecer bocio. No fue una lectura relajada precisamente, y eso que yo no era una persona aprensiva. Comprobé una vez más la lista de temas y decidí que si suprimíamos algunos de los elementos más crudamente médicos, tendría un pase.

Por supuesto, la siguiente carta era de una mujer que quería divorciarse; la corté en pedazos y la tiré a la papelera con pesar. Solo quedaba la última postal, escrita con letra briosa y directa al grano.

> Querida señora Bird:
>
> ¿Conoce algún ejercicio para los tobillos? De momento es soportable, porque llevo botas de piel durante el día y solo asisto a reuniones si es con vestida de noche, pero el verano es una tortura y ya no lo soporto más. Le agradeceré su consejo.
>
> Atentamente,
>
> Sufridas Piernas

Pensé que para Sufridas Piernas la vida ya constituía un suficiente desafío de momento, sin limitar su disfrute a un vestido largo, pero ciertamente me había sacado del apuro. Ya tenía bastantes cartas para la página de problemas de este número de la revista.

Tras guardarlas todas en un clasificador de piel para la señora Bird, me encogí para pasar por delante de la mesa de Kathleen hasta el pasillo, que se encontraba desierto, como de costumbre. Siempre desprendía un débil aroma a repollo hervido y sopa. Era una mezcla disparatada que atribuí a cañerías en mal estado.

La señora Bird estaba fuera, en una reunión de Evacuación de Gatos, de modo que dejé el archivo en su escritorio y luego llamé a la puerta del Departamento de Arte para decirle a la señora Mahoney que llegaba a tiempo al plazo de entrega de esta semana. La señora Mahoney estaba explicándole al señor Brand cómo se hacía un Guiso de Salchicha Sencillo. Me uní alegremente a ellos. Me caían bien y pensé que era una pena que no compartiéramos todos juntos la antigua oficina de periodistas, pues sería millones de veces más divertido que seguir enjaulados en nuestros sombríos y angostos despachos.

La señora Mahoney me pidió que apremiara al señor Collins con su columna sobre reseñas de cine, así que dejé en contra de mi voluntad la conversación y llamé a su puerta. Seguía recelando de sus volubles modales, pero esta vez, en lugar de encontrarlo solo, con su aire reconcentrado y taciturno, parecía de muy buen talante.

—Señorita Lake, ¿es usted? —dijo sin despegar la mirada de su mesa—. Vamos, entre.

El señor Collins estaba trabajando en la penumbra, rodeado de un caos que, como aprendí rápidamente, era su salsa. Me había acostumbrado a sus manuscritos, desordenados y arrugados, y a veces rotos en dos y después pegados otra vez. En un manuscrito había tachado media página entera y vuelto a empezar. A pesar de su aire cínico, me inclinaba a pensar que ponía interés en lo que escribía y que no se limitaba a esbozar precipitadamente cualquier tema.

—Entonces —dijo—, ¿cómo van las cosas? Ya ha durado más que los dos aprendices anteriores. ¿Se comporta Henrietta?

El señor Collins era la única persona que llamaba a la señora Bird por su nombre de pila.

—Todo el mundo es encantador —dije con diplomacia—. Estoy aprendiendo mucho de los problemas de las lectoras.

—Ya veo —dijo el señor Collins—. Kathleen me informa de que es todo un desafío llenar la página.

Asentí. Me pregunté si tenía constancia de todas las personas cuyas cartas desechábamos.

—Hay cartas de sobra —dije—, pero la señora Bird no responde a la mayoría de ellas. Algunas personas están en verdaderos apuros, pero ella se limita a ponerlas en la lista de Mal Gusto.

—No me extraña —dijo el señor Collins—. He de decir que a mí todo eso me suena a chino. Por eso me dedico a la ficción. Inventarse las cosas resulta más sencillo que intentar arreglar problemas de la vida real.

Eché un vistazo a las estanterías. La botella de brandi seguía ahí.

—Lo siento por ellas —dije con tristeza, pensando en Hecha Un Lío—. Me parece una lástima no ayudarlas a todas.

El señor Collins se reclinó en su silla y se rascó la barbilla, pensativo. No parecía que se hubiera afeitado. Luego volvió a inclinarse hacia delante.

—No se venga abajo, Emmeline. Henrietta ya se dedicaba a esto de los consejos cuando yo era todavía prácticamente un crío y me temo que no la cambiará. Para ser justos con nuestra adorada Editora Interna, a mí me deja seguir adelante con las historias y las crónicas porque sabe que es lo que sé hacer, e intento hacerlo de la manera más decente posible. Lo crea o no, en el fondo espero que a la gente le guste.

Estaba hablando casi para sí mismo. Asentí y empecé a decirle lo mucho que me gustaba este trabajo, pero me interrumpió con un gesto de la mano.

—No es exactamente literatura —dijo—. Y Dios sabe bien que la competencia nos está machacando y que esta pobre vieja revista se consume poco a poco. Pero los pocos que quedamos estamos haciendo lo que podemos. Mire las ilustraciones del señor Brand. Una preciosidad, de verdad. Emmeline, deje de preocuparse por Henrietta. Haga lo que pueda, y hágalo lo mejor que pueda. Le prometo que un día el esfuerzo habrá valido la pena.

Se rascó la nuca y luego se desperezó como si fuera a bostezar.

—¡Diantre! Corro el peligro de aburrirnos a los dos. Se acabó el sermón. Descubra en qué es usted buena, señorita Lake, y luego aplíquese. Esa es la clave.

Bajó la vista hacia el desorden de su mesa, lo que interpreté como un signo de que quería retomar el trabajo, de modo que le transmití el mensaje de la señora Mahoney y regresé a mi despacho. Curiosamente, noté que me sentía mejor, animada incluso.

«Descubra en qué es usted buena, señorita Lake, y luego aplíquese.»

Resultaba raro sentirse inspirada por un cínico bebedor de brandi de una incierta mediana edad, que a veces parecía incluso más infeliz que yo en *La Amiga de la Mujer*, pero me sentía así. El señor Collins tenía razón con lo de sus historias: nunca dejaba en la estacada a las lectoras de *La Amiga de la Mujer*. Sus héroes eran audaces, sus heroínas tenían agallas, y siempre había un final feliz. Era mucho más de lo que la señora Bird hacía por los problemas de sus lectoras.

Kathleen me había dejado una nota en mi mesa diciendo que había salido a hacer un recado, de modo que me senté sola royendo el extremo de un lápiz, pensativa.

No sabía en qué podía ser buena, la verdad, al menos no de momento. Lo único que sabía era que había querido ser Corresponsal de Guerra para contar noticias importantes a la gente y destacar en algo. Y aquí estaba, atrapada en *La Amiga de la Mujer*, haciendo oídos sordos incluso al modesto número de personas cuyas vidas la señora Bird tenía la posibilidad de cambiar.

«Haga lo que pueda, y hágalo lo mejor que pueda.»

Y entonces tomé una decisión. Con el corazón acelerado y preguntándome a cuánta velocidad era capaz de escribir, puse una nueva cuartilla en la máquina de escribir y luego saqué la carta de Hecha Un Lío del cajón. Las lectoras como Esposa Infeliz tenían problemas que me venían grandes, pero sabía muy bien qué decirle a Hecha Un Lío. Había visto a mi amiga Kitty en la misma situación y, cuando las cosas se pusieron feas para ella, no hice lo suficiente por ayudarla.

Volví a leer la carta de Hecha Un Lío, mordiéndome el labio e intentando imaginar qué le diría una persona experimentada en una crisis. Un versión amable de la señora Bird, de veras preocupada. Si me descubrían, me caería una buena, pero tenía que intentarlo. Empecé a escribir, utilizando un estilo similar al estilo sensato de la señora Bird, pero mucho menos despiadado. Fue más fácil de lo que había creído: le dije a Hecha Un Lío que, por muchas invitaciones al cine o regalos que recibiera, no tenía ninguna obligación de «recompensar» al muchacho de ninguna de las maneras. Debía mantenerse en sus trece; si él cortaba con ella, quien saldría perdiendo sería él.

Hasta me pareció que la señora Bird daría su aprobación.

Pero al final de la carta me detuve. ¿Cómo diantres iba a firmarla?

Oí que la puerta del pasillo se abría de golpe. Sería Kathleen, que volvía de hacer su recado. No podía arriesgarme a que me pillara. Arranqué la hoja de la máquina de escribir y cogiendo mi estilográfica, escribí apresuradamente:

Deseándole la mejor de las suertes,
Sra. Henrietta Bird

6

No todo el mundo es bueno

Cuando Kathleen entró parloteando de que por poco se deja la máscara de gas en el metro, yo había metido la carta en mi cartera y me dediqué a mecanografiar un artículo como si no ocurriera nada fuera de lo normal. Quitando el detalle de que había firmado como «Sra. Henrietta Bird» la respuesta a Hecha Un Lío, bien podía parecer que le escribía a una amiga.

Pero no era el caso. Había falsificado su firma. Y había utilizado una hoja con membrete de *La Amiga de la Mujer*. Y había escrito la carta durante mi jornada laboral.

De manera que, en realidad, nada más lejos de estar escribiéndole a una amiga.

Cuando me marché de la oficina, tras estar disimulando toda la tarde, apenas pude mirar a Kathleen a los ojos.

—HUY, MIRA QUÉ HORAS: SE ME HA HECHO MUY TARDE. TENGO QUE IRME A CASA. NOS VEMOS MAÑANA. ADIÓS. —dije impostando la voz y sin hacer una pausa para respirar.

Luego me escabullí de la oficina con mi sombrero y el abrigo en la mano antes de que Kathleen reparara en que me había puesto colorada por los remordimientos.

Salir del edificio se me hizo interminable. Ya en el ascensor sudé a mares mientras este se detenía en cada planta; después avancé como un pato mareado por el vestíbulo, en una torcida combinación entre pasitos cortos y trotes, mientras esperaba que de un momento a otro una pesada mano se posara sobre mi hombro y me arrestara *ipso facto*.

Para cuando logré salir a la calle a calarme por el agua-
nieve, no veía la hora de depositar la prueba del crimen en el
buzón de correos antes de saltar dentro del bus equivocado
que me llevó a ningún sitio cercano a mi casa.

Lo que acababa de hacer nunca debía repetirse. Había cometido un terrible error. Incluso aunque confiara en que la
señora Bird nunca lo descubriera, era una completa locura.

Me pregunté qué diría Bunty. Tuve el presentimiento de
que me diría que no tenía un gramo de cerebro y de que me
pondrían de patitas en la calle si alguien se enteraba. Y tendría toda la razón. Me quedaba la esperanza de poder ser de
ayuda a Hecha Un Lío, pero ¿fingir que el consejo era de la
señora Bird? Bunty pensaría que había perdido el juicio. Y
en cuanto a Edmund, no me atrevía ni a pensarlo.

Decidí que lo mejor era no decírselo a nadie.

Durante el resto de la semana, trabajé con ahínco, intentando ser la esencia misma de una buena chica. La decepción de haber hecho mal las cosas y de haber terminado en
La Amiga de la Mujer seguía pesándome, pero, como había conservado los turnos en la estación de bomberos, seguí
intentando aportar mi granito de arena. Continué leyendo
todos los periódicos, dispuesta a empaparme de una visión
política sesuda, no fuera a ser que, cuando menos lo espe-
rara, se me abrieran las puertas de *The Evening Chronicle*.
Seguí escribiendo a Edmund todos los días, dando un toque
fresco y ligero a mis cartas.

En la oficina mecanografié los problemas para la página
de la señora Bird en un santiamén, tecleé a golpetazo limpio dos historias románticas del señor Collins en la antigua
máquina de escribir y me presté voluntaria para realizar
cualquier tarea que Kathleen, o cualquier otro, no mostra-
ra mucho interés en llevar a cabo. Todo iba sobre ruedas.
Cuando la señora Mahoney, que me gustaba mucho, me
llamó «tesoro», la vida en *La Amiga de la Mujer* empezó a
ser más llevadera.

Y entonces, a la semana siguiente, la cosa empezó a com-
plicarse de nuevo.

Sinceramente, intentaba descartar las cartas que no eran del gusto de la señora Bird, pero con la ínfima cantidad de correspondencia que recibíamos y la barrera de la inmoralidad fijada en un punto tan bajo, era difícil hacer bulto. Empezaba cada carta con esperanza, estimulada por un arranque moderado, pero enseguida mis esperanzas se frustraban cuando un «ha dejado de hacerme el amor» o «y ahora voy a tener un hijo» ponía un palo en la rueda ya en la segunda línea. Mientras que la señora Bird tenía el convencimiento de que una mentalidad robusta y un vigoroso paseo resolverían invariablemente los problemas de cualquiera, la mayoría de las lectoras de *La Amiga de la Mujer* tenían tribulaciones que ni toda la carga de un autobús lleno de aire fresco podría resolver.

Yo seguía sin poder soportar la idea de hacer trizas algunas de las cartas inaceptables. Las guardaba secretamente en mi escritorio, aunque no pudiera hacer nada al respecto.

Un lunes recibí una sonora bronca de la señora Bird por haberle pasado la carta de una mujer cuyo esposo había tenido una aventura. Sentí una gran lástima por ella. «Tengo el corazón roto —escribía—, porque acabo de descubrir que mi esposo, al que sigo amando después de veinte años, me ha dejado por una amiga del trabajo…»

Pero la señora Bird ni se inmutó.

—Señorita Lake —estalló—. Aventuras. ¿Se ha vuelto usted loca de remate?

Dos días más tarde me metí en un berenjenal a raíz de una joven inquieta por su noche de bodas. «Mi amiga dice que es placentero y no es nada del otro mundo, pero me preocupa qué voy a encontrarme» me trajo otra respuesta del tipo:

—¿Me permite que le pregunte, señorita Lake, si Placentero figura en la lista?

Pero un día logré un éxito sin precedentes. Una carta inconformista que deseaba aclarar si la señora Beeton había existido de verdad y si era cierto que había muerto joven («Pues claro que existió de verdad, señorita Lake, falleció a los veintinueve años») y otra de una lectora de ultramar cuya vida en Canadá le parecía muy solitaria («Con la monotonía no ganamos nada, señorita Lake, tenemos que decirles que espabilen») tuvieron buena acogida, pero muy pocas cartas se libraron del grado aceptable de Mal Gusto.

—Sinceramente, Kathleen —dije una mañana en que me las veía y me las deseaba para encontrar suficiente correo que remitirle a la señora Bird—, si no respondemos a los problemas de verdad, no me extraña que nadie nos escriba.

—Hay quien sigue haciéndolo —dijo Kathleen. Llevaba una rebeca de intrincado punto doble y parecía inquieta.

—No muchas —dije—. Si miras otros semanarios, están llenos de consejos sobre pésimos esposos y acerca de tener o no tener hijos, y acerca de qué hacer cuando tu novio lleva un año combatiendo fuera de casa y te preguntas si volverás a verlo algún día. —Pensé en Edmund y en que la mayoría de las veces ni siquiera sabía su paradero—. Esto es lo que le preocupa a la gente, no si las hormigas serán un problema este junio. ¿A quién le importa eso?

Kathleen miró nerviosamente en dirección a la puerta.

—Por el amor de Dios, Kathleen, ahora no está en la oficina.

No era justo estallar solo porque estaba cansada. El ataque aéreo de la víspera había sido implacable. Yo tuve que trabajar otro largo turno en la estación de bomberos y medio Londres seguramente tampoco habría dormido. Estábamos todos en el mismo barco. Pero hacer caso omiso de las lectoras seguía pareciéndome mal.

—Tendríamos que estar ayudando a personas como esta mujer —dije, y me puse a leer la carta de alguien que había firmado «Confusa»—. «Querida señora Bird, estoy muy enamorada de mi prometido, pero él se ha vuelto muy frío conmigo de la noche a la mañana. Dice que siente cariño por mí, pero nada pasional.»

—Emmeline —susurró Kathleen palideciendo—. Para.

Seguí leyendo.

—«¿Debería casarme con él y esperar a que recapacite?

La miré desafiante, lo cual era completamente injusto, porque no era ella quien se me había atravesado.

—¿Por qué no puede ayudarla la señora Bird? —pregunté—. Esta chica lo va a pasar de pena si él no la quiere de verdad. Solo tendríamos que decirle que hay muchos peces en el mar. O… esta de aquí. —Abrí el cajón del escritorio donde había guardado una carta desesperadamente triste que era incapaz de tirar—: «Querida señora Bird, soy madre de tres hijos y enviudé antes de la guerra. No tengo muchos amigos, y cuando un soldado muy amable fue alojado en nuestra casa, él y yo intimamos. Ahora, para mi espanto, descubro que voy a tener un hijo. Le he escrito, pero no me responde. Estoy desesperada… Por favor, indíqueme qué debo hacer».

—Emmeline, déjalo ya —dijo Kathleen, que empezaba a impacientarse—. Sabes que estas son la clase de personas a las que la señora Bird no prestará atención.

—¿Clase de personas? —dije, pensando en Kitty y en su crío pequeño—. Por el amor de Dios, Kathleen, a ti o a mí nos podría pasar algo parecido. No es una «clase de personas». Escucha esta:

Querida señora Bird:

Cuando tuvimos que evacuar a los chiquitines de Londres, no pude soportar separarme de mi niñito. Hace dos meses nos bombardearon y ahora mi niño ha quedado tullido de por vida.

Me detuve. No era una llorona, pero noté que se me hacía un nudo en la garganta. Le había enseñado esta carta a la señora Bird: dijo que solo ella tenía la culpa.

—Sinceramente, Kathleen —dije—, ¿qué sentido tiene que *La Amiga de la Mujer* dedique una página entera a resolver problemas si no ayudamos a nadie?

Sabía que estaba hablando con la persona que no correspondía. Tendría que intentar persuadir a la señora Bird.

Kathleen suspiró.

—Emmy, mira —dijo en su tono bajo—, sé que puede ser horrible. A mí, a veces, también me deja muy tristona.

Pero no hay nada que puedas hacer. Si la señora Bird dice que no hagamos caso a alguien que tiene, hum, ya sabes, que va a tener… un bebé, pues eso es lo que tenemos que hacer. —Sacudió la cabeza, y su melena se unió al movimiento—. Incluso si no nos gusta.

Me incliné a recoger un sobre que había caído debajo de la mesa.

—Si yo estuviera esperando un bebé —le dije al suelo de madera oscura—, me gustaría pensar que alguien puede ayudarme.

Oí que la silla de Kathleen rascaba el suelo. Luego, una voz diferente, decididamente fría, dijo:

—¿Y existe esa posibilidad, señorita Lake?

El reloj de pared que había detrás de la mesa de Kathleen empezó a marcar las horas, un recordatorio muy útil de que la señora Bird regresaría a la oficina a las once, después de haberse dedicado a meter en cintura a un dipsómano al que habían atropellado en la calle.

Seguí con la cabeza debajo de la mesa mientras el reloj daba la hora. Me pregunté si podría quedarme ahí abajo el tiempo que duraran las once campanadas.

—¿Señorita Lake?

—¿Sí, señora Bird? —dije finalmente emergiendo del suelo.

Kathleen estaba en posición de firmes. Se le había demudado el rostro. Se le había puesto el mismo color que a cierta señora que yo había visto salir apresuradamente de una exposición del doctor Crippen en el museo de Madame Tussaud.

—Confío, señorita Lake —dijo la señora Bird, el semblante tranquilo frente a una posible depravación—, en que estábamos siendo hipotéticas, ¿cierto?

—¡Huy, sí, caray, desde luego! —dije sin escapatoria posible—. Kathleen y yo solo estábamos comentando una de las cartas de las lectoras.

Vi que Kathleen palidecía y recordé, demasiado tarde, que comentar las cartas estaba claramente Prohibido.

—Ya veo —dijo la señora Bird, que no parecía verlo en absoluto.

—Bueno, he dicho que estábamos comentándola —dije, intentando deshacer el entuerto—. En realidad, era yo la que se lo estaba contando a ella. Kathleen no tenía más remedio que escucharme, la pobre.

Esperaba, al menos, poder sacar a mi amiga del lodazal.

—¿Y qué es lo que le estaba contando, señorita Lake? —preguntó la señora Bird, que era capaz de conciliar una mirada iracunda y glacial. Vestía un abrigo de pieles antiguo y holgado que le daba el aspecto de un enorme oso al que venía de escapársele un pez especialmente jugoso—. Porque no estaba al tanto de que, como Auxiliar de Mecanografía a tiempo parcial, la hubiésemos empleado para contar «nada» en absoluto.

Me preparé para lo peor. No llevaba ni un mes en *La Amiga de la Mujer* y estaban a punto de ponerme de patitas en la calle.

Si perdía mi empleo, no me quedaría más alternativa que enrolarme en el ejército, aunque madre y padre se llevarían las manos a la cabeza. Al menos tendría una experiencia real de la guerra; hasta me serviría para encontrar un empleo como Corresponsal de Guerra algún día.

Me enrolaría, quizá, en la Fuerza Aérea Auxiliar Femenina. Era una idea fantástica. Me formaría para doblar paracaídas y después me uniría al escuadrón de mi hermano Jack y me aseguraría de encargarme del suyo. O en el ATA, como auxiliar de transporte aéreo, y así poder pilotar aviones, aunque existieran normas que no me dejaran derribar a nadie.

Mientras la señora Bird se entretenía regañándome, consideré más opciones. Quizá pudiera quedarme en el Cuerpo de Bomberos y hacer el curso de motocicleta para ser mensajera. Había conocido a un par de chicas que se dedicaban a eso y eran excelentes; brillantes y trabajadoras, y siempre corriendo raudas adonde se cocía algo. Jack se desternillaría de risa si se enteraba de que había aprendido a conducir una motocicleta, pero eso también significaría que podría quedarme en Londres, cosa que haría con mucho gusto. Allí estarían Bunty y las chicas de la estación, y William y sus camaradas, para ir al cine y a bailar y cosas de esas. Realmente, nada cambiaría. Incluso podríamos invitar a Kathleen.

Dejar *La Amiga de la Mujer* no era tan mala idea. Incluso si el hecho de que me despidieran a las pocas semanas de haber empezado dejase un borrón en mi currículo. Podría decir que había sido todo una gran malentendido y que simplemente me moría de ganas de hacer más por el esfuerzo bélico. Me sentiría mal por abandonar a las lectoras que la señora Bird menospreciaba, pero, de todos modos, tampoco había nada que pudiera hacer por ellas.

—Y me cuesta pensar que la lectora de *La Amiga de la Mujer* quiera perder una tarde con Esta Clase de Chismes, ¿verdad?

La señora Bird había terminado su filípica. Se había explayado de lo lindo.

—No —dije con firmeza—. No, no quiere.

Me calmé buscando una salida, aunque resultó que la señora Bird solo había suspendido la partida para tomar el té, y ya volvía decidida al terreno de juego.

—Señorita Lake. Es Usted Una Inocentona —bramó, como si hubiera cometido un crimen—. Aprenderá que NO TODO EL MUNDO ES BUENO SIEMPRE.

La señora Bird se puso las manos detrás de la espalda como si estuviera inspeccionando a las tropas.

—Particularmente, los que son como estas —dijo señalando con la cabeza el desorden de cartas en mi mesa.

—Aventuras…, perder la cabeza…, embarazos… MAL GUSTO —estalló, haciendo una pausa para dejar que calara la abominación—. E, incluso, señorita Lake…, CARADURAS.

La mirada que acompañó esto sugería que habíamos pasado a un nivel de ofensa más que razonable.

—Estas mujeres se lo están pasando divinamente mientras nuestros hombres están ahí fuera combatiendo por el futuro de un mundo libre. Me cuesta decir que eso es digno de ayuda, ¿a usted no?

A mí lo que me costaba era creer que esto fuera la verdad después de lo que había leído, pero con la señora Bird pisando a fondo discutir con ella no tenía razón de ser. Y, en serio, ¿por qué debía preocuparme la página de problemas a fin de cuentas?

No obstante, mientras la señora Bird cogía carrerilla para la segunda etapa de su arenga sobre lo mala que era la gente, lo supe. Supe que me importaba. Y mucho.

Me importaban las mujeres que escribían en esta vetusta y fallida revista semanal. La señora Bird recibía tan poco correo que le habría sido perfectamente posible sacar tiempo para responder cada una de las cartas. Pero en vez de eso tenía a una modesta asistente como yo para que le cortara las cartas mientras ella se desplazaba por todo Londres con sus comités santurrones. Tenía que ser terrible que te bombardearan la casa, pongamos, y que la señora Bird ni se inmutara, e insistiera, por el contrario, en discursos movilizadores y recordatorios sobre la importancia de resistir y aguantar el tipo.

Puede que a ella no le importaran estas lectoras, pero a mí sí.

Incorporarse a *La Amiga de la Mujer* había sido un error. Pero renunciar lo empeoraría. Era posible que no llegara muy lejos en mi intento de plantarle cara a la señora Bird, pero si yo perdía mi empleo, ¿qué ocurriría si la siguiente Auxiliar de Mecanografía ni siquiera lo intentaba? ¿Y si nadie defendía a esas mujeres que estaban lo suficientemente desesperadas como para escribir a la revista?

Siempre había pensado que la verdadera acción bélica se relataba en los periódicos; las batallas, las bajas enemigas y los comunicados importantes de políticos y lectores. Pero empezaba a pensar que había estado equivocada. El Gobierno siempre decía que quien se quedaba en casa era vital para el esfuerzo bélico: debía infundir ánimos en nuestros muchachos y seguir con su vida normal como si nada hubiera cambiado; de esta manera, Adolf jamás pensaría que nos desmoralizaba. Y que debíamos ser mujeres risueñas y estoicas, y estar exultantes, y ponernos carmín y acicalarnos para cuando los hombres volvieran de permiso, y no llorar ni deprimirnos cuando regresaran al frente. Y desde luego que a mí me parecía bien, «desde luego».

Pero ¿y si las cosas se complicaban o se torcían? Los periódicos no hablaban de mujeres como las que escribían a la señora Bird. Mujeres cuyos mundos estaban patas arriba por culpa de la guerra, mujeres que añoraban a sus esposos o se sentían solas y caían rendidas a los pies de un hombre que no les correspondía. O mujeres que eran jóvenes e ilusas, que habían perdido el norte en tiempos difíciles. Eran problemas que las mujeres siempre habían tenido, solo que ahora todo estaba manga por hombro. Se esperaba de ellas una actitud combativa.

¿Quién apoyaba a estas mujeres?

Yo seguía queriendo ser una buena corresponsal. Una reportera de guerra como esas que, había leído, partían sin pensárselo dos veces a informar sobre la guerra civil en España con dos abrigos de pieles y, por todo equipaje, la fiera determinación de descubrir la verdad. Yo quería ser parte de la acción y la aventura.

Sin embargo, intentar ser periodista podía esperar. La señora Bird estaba atascada en otra época. Puede que sus opiniones tuvieran validez treinta años atrás, pero en los tiempos que corrían habían caducado. Esta no era solo su guerra. Era la de todos. Era la nuestra.

Decidí que quería intentarlo. Quería quedarme en *La Amiga de la Mujer* e intentar ayudar a las lectoras. Aún no sabía cómo lo haría exactamente, pero las lectoras necesitaban que les echaran una mano.

Había llegado la hora de darse un buen atracón de humildad.

—Señora Bird —dije con vigor—, lo siento en el alma. Me temo que todavía le estoy cogiendo el tranquillo a todo esto. —Mostrarse un poco lerda parecía el mejor camino—. Ahora lo entiendo todo con mucha más claridad. De verdad que siento «muchísimo» haber sido tan corta de entendederas. No tendrá que repetírmelo. ¿Me deja que le enseñe esta carta de una mujer que está decepcionada con Francia?

Le alargué la carta, que la señora Bird cogió todavía con semblante furioso. Después de un rato muy largo, hizo un breve gesto de aprobación.

—Señorita Lake, sus principios morales salen del arroyo. Son extraordinariamente bajos.

Pareció, por cómo lo decía, que me había criado un grupo de prostitutas de la peor calaña o que me gustaba machacar a los débiles. No obstante, puse toda la cara de arrepentimiento que pude.

—No quiero ver esa clase de cartas —dijo señalando mi mesa en una declaración final—. No las leeré ni las contestaré. La gente que las ha escrito no es gente decente.

Acto seguido, cogió un puñado de cartas que yo le había estado leyendo a Kathleen y las tiró todas a la papelera.

Después, como un galeón que ha flanqueado a toda una armada a pesar de tener un día pachucho, hizo una salida tan esplendorosa como el tamaño de la estancia le permitió.

Kathleen y yo permanecimos en silencio hasta que oímos cerrarse de golpe la puerta de su despacho.

—¡Caray! —dije embriagada de triunfo.

—He de reconocer —susurró Kathleen, los ojos como platos soperos— que eso ha sido valiente.

—¿Crees que podemos llamarlo empate? —dije, presa de una repentina risa tonta.

—Creí que nos iba a caer una buena —dijo Kathleen—. Miles de gracias por decir que no era yo.

—Bueno, es que no eras tú. Tú eras la que me estaba mandando callar. Perdona por meterte en el lío. No volveré a decir ni mu de las dichosas cartas.

—No pasa nada —dijo Kathleen—. Me lo he pasado muy bien. Ahora voy a la sala de correos. —Parecía muy aliviada por que aquello hubiera terminado y se apresuró en dirección a las escaleras.

Cuando Kathleen hubo salido, me recliné en mi silla y solté un suspiro.

«No quiero ver esa clase de cartas. No las leeré ni las contestaré.»

Estaba más claro que el agua. Yo pasaría por el aro. Seguiría las instrucciones de la señora Bird a rajatabla y jamás volvería a enseñarle otra carta que no cumpliera estrictamente los requisitos de la lista.

Y si la señora Bird no deseaba responder, escribiría yo misma a las lectoras.

Era arriesgado, desde luego. Enormemente arriesgado. Pero ya le había escrito a Hecha Un Lío firmando como la señora Bird y no había pasado nada malo. Nadie se había enterado de nada. Me mordí el labio mientras acariciaba esta idea. Sí. Podría hacer eso. Si tomaba todas las precauciones del mundo, estaba segura de que podría hacerlo.

Cogí una gran pila de trabajo del señor Collins de mi bandeja de documentos y la coloqué en la parte delantera de mi escritorio para que, si volvía, Kathleen no pudiera ver lo que estaba haciendo. Luego pesqué las cartas que la señora Bird había tirado a la papelera y las leí todas de nuevo.

Con algunas me sentía como pez fuera del agua. No tenía ni la más remota idea de qué decir. Mi experiencia personal no se acercaba ni de lejos a la de las lectoras. Me recliné en mi silla, mordiéndome la uña del dedo pulgar, y pensé en el señor Collins diciéndome que hiciera lo que pudiera, y que lo hiciera lo mejor posible.

Tendría que prepararme a fondo. Investigar qué diría una auténtica columnista asesora para no correr el riesgo de empeorar la situación de las lectoras. Inmediatamente me sentí más animada. Esto es lo que los periodistas hacían todo el tiempo: investigar una buena historia. Los corresponsales de guerra se sabían todos los trucos para ir de incógnito. Mi criterio para ayudar a las lectoras seguiría exactamente el mismo proceder.

Aunque yo no tuviera las respuestas a los problemas, montones de revistas mucho más populares que la nuestra sí que las tenían. No copiaría de ellas, pero aprendería. Me sentía más segura respondiendo a chicas de mi edad, así que, por lo menos, podría empezar ayudándolas a ellas.

Para cuando Kathleen apareció con la señora Bussell, la mujer del té, que estaba aturdida porque se le hacía tarde, yo ya me sentía motivada. Mi papelera rebosaba de una cantidad satisfactoria de sobres triturados, mientras que tres cartas se ocultaban bajo un manto de negrura en mi cartera para llevármelas a casa. Me compraría todos los semanarios de mujeres a los que pudiera echarles el guante y le pediría a Bunty y a las otras chicas de la estación que me prestaran las suyas si podían. Podría escribir cartas y enviarlas desde el buzón de correos que teníamos justo enfrente, en la calle. Si alguna respondía para agradecer los consejos de la señora Bird, como todas las cartas las abría yo, me cercioraría de que la señora Bird no las viera.

Nunca tendría por qué enterarse de nada.

Lo mío era espionaje de primer orden y se me habría revuelto el estómago si no hubiera sido porque la señora Bussell se puso a contarnos sus habituales consejos sobre los peligros del té de media mañana.

—Esperáis a cumplir los cuarenta —anunció—. Estaréis a mitad de camino de la Menopausia y todo irá a parar a vuestras caderas.

Di una respuesta adecuada a estas traumáticas noticias y presté un llamativo interés en la elección de la galleta. Como las posibillidades eran limitadas, al cabo de un momento me había incorporado detrás de mi máquina de escribir con una taza de té y una única galleta de jengibre ligeramente agrietada.

Me sentía como en las nubes con mi nuevo plan. Kathleen también estaba de un humor excelente porque había conseguido localizar un paquete extraviado para la señora Bird. Se puso a parlotear.

—Menos mal que lo he encontrado —dijo después de

que la señora Bussell nos dejara para ir a engordar a otro departamento—. Son un montón de diseños y muestras nuevas. Seguro que la señora Bird habría perdido los estribos si llegamos a extraviarlo. Después de lo de esta mañana, será mejor que tú y yo agachemos la cabeza.

Se me escapó una risa estridente que no era nada propia de mí.

—¡Ya lo creo! —rugí con la boca llena.

Kathleen se llevó un dedo a los labios y dijo «¡chis!».

Me centré en el trabajo del señor Collins.

«Cabeza en las Nubes. Más capítulos de nuestra nueva novela romántica por entregas.»

—«Necia y joven Clara —mecanografié siguiendo el guion—, queda tanto por delante en esta dorada y afortunada vida. Bastaría con que abriera los ojos y viera cuánto podría amarla el joven capitán…»

Era un material penoso y frívolo. Seguí escribiendo a medida que la historia se tornaba cada vez más dramática. No era más que una Aprendiza a tiempo parcial cumpliendo diligentemente su trabajo.

7

Un dilema sobre los siguientes pasos

*E*n el fondo, lo único que me molestaba sobre mi decisión de escribir a las lectoras era no poder contárselo a mi mejor amiga.

Bunty y yo no teníamos secretos. No puedes ser amiga de alguien durante toda tu vida y no contarle en qué andas metida. Estaba segura de que no vería mi plan con buenos ojos, pero me moría por contárselo. Pensé que si le explicaba debidamente la parte de ayudar a las lectoras, lo comprendería.

Cuando terminó mi mañana en *La Amiga de la Mujer*, llegué a casa con un pequeño fardo de cartas escondido en la cartera y una pila de revistas femeninas del señor Bone, el vendedor de periódicos, bajo el brazo. Había estado nevando intensamente de nuevo y estampé mis pies en el felpudo del vestíbulo. Rellenaría de periódicos mis zapatos y los dejaría secándose fuera. Mientras remontaba pesadamente las tres plantas hasta nuestro apartamento, saludé a Bunty con un grito, pero no respondió. Había vuelto a trabajar de noche, de modo que estaría echándose un sueñecito. Seguí subiendo hasta que llegué al apartamento y entré en el salón.

En lugar de dormir, Bunty estaba junto a la chimenea, luciendo un semblante preocupado, así como su segunda mejor falda azul.

—Emmy, no sabes cuánto lo siento —dijo, entregándome un sobre antes de que me hubiese quitado siquiera el sombrero. Era un telegrama a mi nombre. Nunca recibíamos telegramas. Una sola cosa me vino a la cabeza.

Edmund.

Sentí que palidecía. Miré a Bunty y luego otra vez el sobre. Luego respiré hondo.

Bunty se puso a pulular a mi alrededor mientras yo abría el sobre y leía las cinco líneas de su interior.

No era lo que me había temido.

De hecho, cuando el contenido reveló que Edmund no podía estar mejor, tuve una duda sobre los siguientes pasos que debía dar. Me alegró sobremanera que un alemán no le hubiera pegado un tiro, pero mis ánimos no es que se me vinieran arriba por todo lo demás.

—No sabes cuánto lo siento —repitió Bunty—. ¿Quieres un pañuelo?

Me ofreció el suyo. Era bonito y estaba limpio, ribeteado de limones.

—No, gracias —dije sin perder la compostura en lo que era claramente una Situación Difícil.

Bunty estaba afligida.

—¿No quieres sentarte? —dijo—. Quizá será mejor que me siente yo. ¿Es Edmund? Pobre querido Edmund.

Bunty apagó la radio, en la que sonaba una animada melodía. Ella sabía tan bien como cualquier otra persona que los telegramas del extranjero solo podían traer malas noticias.

—¿Fue tremendamente valiente? —preguntó, deseando obtener más información sobre la probable muerte de Edmund.

Bunty siempre sobrellevaba de perlas las crisis, pero no era famosa por su paciencia.

—No —dije despacio—. No, yo no diría eso. En realidad, Bunts, se ha largado con una enfermera.

—¿Qué? —Las cejas de Bunty empezaron a realizar ejercicios gimnásticos—. Creí que estaría muerto.

Le entregué el telegrama e intenté pensar en qué se decía en una situación así. Leyó el contenido y reaccionó con cierto enojo.

—¿Qué hace enviándote telegramas cuando es evidente que está Perfectamente Bien?

La miré boquiabierta. No era una demostración de agallas por mi parte, pero fue todo lo que pude conseguir.

Bunty se remetió el pañuelo de los limones en la manga como si fuera el sucio recordatorio de una pena mal informada.

—¿UN TELEGRAMA? —Su voz sonó como un aullido—. ¿Qué hace ENVIANDO UN TELEGRAMA SI ESTÁ MUERTO?

Se puso a leer el texto en voz alta, cosa que no supe si era buena idea, pues parecía que iba a darle un patatús.

—«… enamorado de Wendy. La boda se celebra el sábado. Sin resentimientos. Hasta la vista pues Edmund. P. S…». —Bunty dejó de leer y alzó la mirada—. Emmy, te ha plantado. MENUDO CERDO.

A Bunty siempre se le había dado bien dejar las cosas más que claras.

Recuperé el telegrama antes de que lo hiciera trizas en un ataque de furia y lo dejé sobre la repisa, lo cual fue un error, porque ahora parecía una invitación de última hora a algún tipo de celebración. En realidad, ese debía de ser el caso de Wendy.

Intenté pensar con calma. Que Edmund estuviese sano y salvo era todo un alivio. Sin embargo, aparte de esto, era como recibir un puñetazo en el estómago. Tenía ganas de vomitar.

—Bueno —logré articular finalmente—, tenemos que estar contentas de que Edmund esté bien. Y no muerto. Eso son unas noticias estupendas.

—Bueno, sí. Claro. —Bunty asintió—. Sí —volvió a decir, poniendo todo de su parte por darme la razón. Luego cejó en su empeño y añadió—: Pero sigue siendo mezquino.

Estaba en lo cierto. Yo luchaba por asimilarlo. Edmund no había dado señales de vida en las últimas semanas, pero me había dicho a mí misma que estaría combatiendo, lo que había sido preferible a preocuparme por que estuviera bien. Ni se me había pasado por la cabeza que pudiera estar enamorándose de otra mujer.

—¿Cómo ha sido capaz? ¡Acababas de enviarle el chaleco! —dijo Bunty, como si hubiera logrado construirle un tanque para él solito.

En eso también tenía razón. Yo podía coser casi cualquier cosa que me dieran, pero se me daba fatal hacer punto; terminar el chaleco me había llevado un siglo.

—Quizá no lo ha recibido —dije.

Me desplomé en el asiento cuando mis rodillas decidieron rendirse.

—Voy a ponerte una copa —dijo Bunty.

Ninguna de las dos bebía mucho, pero, como el día tampoco era como para dar saltos de alegría, quizás fuera un buen momento para empezar a hacerlo.

Levantó la tapa del mueble-bar, que tenía forma de globo. Era un armatoste enorme y espantoso, pero la abuela de Bunty pensó que lo encontraríamos moderno. Habíamos decidido que si los alemanes invadían Londres e irrumpían en casa, lo empujaríamos escaleras abajo contra ellos. La magnitud del Imperio británico se plasmaba en un certero naranja, y pensamos que eso les mosquearía divinamente.

—Estoy preparándote un whisky con soda —dijo Bunty, que adoraba las películas norteamericanas.

Eran las tres y veinte de la tarde, y ninguna de las dos bebía whisky, y menos aún de día. Probablemente, era la clase de cosas que Bette Davis hacía todo el tiempo. Habría sido emocionante si el motivo no fuera que Edmund no deseaba casarse conmigo. No tenía ni idea de que había dejado de gustarle. ¿Cómo no me había percatado antes? Me puse la cabeza entre las manos e intenté no llorar. Me sentía muy estúpida. Y herida.

Bunty me dio mi copa. Seguro que Bette Davis no se habría sentido herida. Es más, para empezar, seguro que no habría salido con Edmund. Probablemente, él era un poco demasiado sensato para ella y, de todos modos, ser una actriz famosa a él se le habría antojado muy ostentoso. A fin de cuentas, se había reído de mí solo por decirle que quería ser Corresponsal de Guerra.

Le di un sorbo al whisky. Bunty, que me observaba con

ansiedad, levantó su vaso. La imité. Luego las dos dimos lo que la gente del mundillo llama un Buen Trago.

En cosa de un momento me empezó a arder el gaznate y las dos prorrumpimos en un ataque de tos. Después de un rato me sequé los ojos e intenté recomponerme.

—Bette Davis —dije—, ¿qué deberíamos hacer… con lo de Edmund?

—Dispararle con un revólver y poner pies en polvorosa —resolló Bunty, sentándose a mi lado en el sofá y alisándose la falda—. Sinceramente, Em, sé que el chaleco parecía obra de una tarada durante un apagón y probablemente le disuadió un tanto, pero largarse con otra se lleva la palma, la verdad.

—¿A que sí? —convine.

La verdad es que yo había amado a Edmund, o al menos eso creía, y llevábamos siglos saliendo juntos, por eso parecía perfectamente sensato que nos prometiéramos. Me pregunté qué habría ocurrido para hacerle cambiar de parecer sobre nuestra boda. ¿Era por culpa de algo que yo había hecho? ¿O es que Wendy era demasiado perfecta como para no caer rendido a sus pies? No sabía qué pensar.

Me parecía a una de esas lectoras que escribía a la señora Bird.

Sentada en la penumbra invernal del salón, consideré si arriesgarme a darle otro trago a mi copa. Ahora que la quemazón se había suavizado, ya no me sabía tan mal. Además, noté que me ayudaba a tomar cierta deriva filosófica.

Señalé con la cabeza el telegrama sobre la repisa de la chimenea.

—Me pregunto cómo será Wendy —dije.

—Me apuesto lo que quieras a que es fea —respondió Bunty, leal hasta la médula y sin un mínimo de pruebas.

Nos quedamos un rato en silencio, contemplando la enormidad del problema.

—Voy a tener que contárselo a todo el mundo —dije.

Bunty puso cara de compasión.

—Lo entenderán. Sinceramente, la gente solo pensará en

ayudarte y animarte. Si quieres, se lo puedo decir yo. Se lo voy a contar a William de todas formas —dijo—. Lo más seguro es que quiera linchar a Edmund. Eso si tu hermano no lo coge por su cuenta antes.

Le sonreí tímidamente y empecé con la lista de personas. No soné tan valiente como habría querido.

—Madre y padre y la abuela y el reverendo Wiffle.

El reverendo Wiffle era nuestro párroco. Tenía gota y un ojo bizco; pero en cuanto averiguabas a cuál de los dos tenías que hablarle, todo estaba en orden. Aunque un compromiso roto le parecería muy embarazoso, la verdad.

De hecho, contárselo a todo el mundo iba a ser duro. Padre diría: «Emmy, el chico es un mentecato de primer orden», y madre le interrumpiría con un «No creo que insultarlo sirva de nada, Alfred, pero debo decir que Edmund ha sido Muy Bobo, la Verdad».

En general, todo sería un poco excesivo.

—Bunts —dije—, voy a ser una solterona.

—Tranquilízate —replicó Bunty—. Todavía te queda un cartucho.

—No, ya he llegado tarde. Me voy a quedar más sola que la una.

Me estaba esforzando mucho por encajar el rechazo de Edmund. A nadie le gustaba la gente quejica y, aunque estaba hecha polvo, saldría adelante. Al fin y al cabo, yo era la que quería acudir al frente como reportera. No podía quedarme llorando por las esquinas a las primeras de cambio.

Reuní el coraje suficiente para levantarme del sofá y empecé a dar vueltas por el salón mientras hablaba.

—No pienso pasar por algo así otra vez, Bunts. A partir de ahora el matrimonio queda estrictamente vetado para mí. Voy a concentrarme en mi carrera.

—¡Bien pensado! —dijo Bunty, ignorando alegremente mi reciente y desastrosa elección de empleo—. ¿A quién le importa el canalla de Edmund de todas formas?

Dio otro trago de whisky y después se levantó.

—Lo siento mucho —añadió con un jadeo—. Creo que no puedo respirar.

Le di una palmada en la espalda, que no sirvió de nada; luego encendí la radio con la esperanza de que sí sirviera.

Era muy temprano para prepararme para mi turno en la centralita de la estación de bomberos, pero después de acabarme la copa fui a mi cuarto a ponerme el uniforme y hacer inventario. Si bien había conseguido contener las lágrimas y armarme de valor, lo cierto era que estaba destrozada. Me senté en la cama, junto a la pila de revistas que me había traído a casa. Lo que me apetecía realmente era echarme a dormir durante un mes hasta que todo pasara. Tenía su gracia que me creyera capaz de aconsejar a otras mujeres que escribían a *La Amiga de la Mujer*, cuando yo ni siquiera podía retener a mi prometido.

No estaba cualificada en absoluto, aunque supuse que por lo menos podría solidarizarme con las lectoras, hacerles saber que no estaban solas. Me habían dejado tirada sin miramientos, pero tenía amigos y familia en los que apoyarme, pasara lo que pasara y siempre que los necesitara. Mientras me quedaba desmoralizada en mi habitación, Bunty estaba al lado, en la cocina, preparándome un sándwich con el paté de carne que quedaba, porque era mi preferido. Pretendía reanimarme de aquel modo. Y, si bien sería duro contarles a madre y a padre lo de Edmund, sabía que me escucharían y me tranquilizarían diciéndome que el tiempo curaba las heridas. Y Thelma y las chicas de la estación me dirían que Edmund era idiota perdido y que, de todas maneras, nunca les había gustado el tono de su voz. Podría dolerme en lo más hondo, pero contaba con un montón de gente que me escucharía y no tendría que pasar sola por este trance.

No podía ni imaginar lo terrible que sería que nadie te escuchara. ¿Y si mi única alternativa fuese escribir a una perfecta desconocida en una revista en busca de consuelo o de consejo? Y todo para que luego me ignoraran y no me respondieran, para colmo. Eso solo empeoraría las cosas.

Me enjugué los ojos y me sorbí con fuerza la nariz. No podía quedarme sin hacer nada y deprimida. Edmund me había plantado y yo me sentía fracasada, pero él no estaba muerto y no cabía en sí de alegría por el telegrama, de modo que solo me quedaba desearle lo mejor y pasar página. Yo estaba mucho mejor que montones de personas y, de todas maneras, como decía siempre madre, la abuela no se había pasado la mitad de su vida encadenada a unas rejas para que la mujer de hoy se quedase mirando las musarañas, esperando a que algún tipo cuidara de ella.

Punto.

—Vale —dije en voz alta—. Vamos allá.

Me soné la nariz y luego cogí las cartas de las lectoras, mi estilográfica y mi cuaderno de la cartera, y alcancé la primera revista del montón. Luego fui a la sección de problemas en la penúltima página, le quité la capucha a la estilográfica y empecé a tomar notas. Los consejos eran prácticos y muy comprensivos, y respondían a preguntas sobre un sinfín de cosas que la señora Bird nunca tendría en cuenta. Mujeres que habían perdido la cabeza por un hombre, a las que había abandonado fulano o que se preocupaban por mengano. Mujeres que temían por sus hijos o estaban hartas de sus padres. Algunas lectoras habían sido unas imprudentes, pero ninguna carta era escandalosa. Unas pocas revistas prometían enviar folletos explicando cosas que no podían incluir en la página.

Miré el montoncito de cartas que me había traído a casa de las oficinas de *La Amiga de la Mujer*. Parecía poca cosa tratar de ayudar a esas una o dos que habían incluido un sello y su dirección postal, cuando estas revistas a todo color las leían miles y miles de personas.

Lo que de verdad necesitaba *La Amiga de la Mujer* era publicar consejos decentes para que más lectoras los vieran. Deseé que la señora Bird pudiera ver las otras revistas.

Releí la carta de Confusa, la chica cuyo prometido había perdido interés en ella. «Dice que siente cariño por mí, pero nada pasional.» ¿Eso es lo que Edmund había sentido por mí? Y, si me sinceraba conmigo misma, ¿era eso lo que yo sentía por él? De pronto noté un gran alivio por que no fuéramos a casarnos. ¿Y si no hubiera conocido a Wendy y, por una suerte de obligación, hubiese seguido adelante con nuestro matrimonio? Habría sido un espanto. Quizá no todo fuera tan negro como parecía.

Me sentí preparada para responder a Confusa. Decidí redactar un siguiente paso alentador. Pero no venía el remitente o un sobre para la respuesta. Así que mi momento de triunfo se desinfló. El suyo era un problema que podía entender; posiblemente podría ayudarla, pero no podía contestarle.

Con un bajón, dejé caer la carta sobre la cama.

La mezcla de un mal día y una buena copa de whisky me ofrecía una visión optimista de las cosas. ¿Por qué no debíamos intentar ayudar a Confusa? ¿O a cualquier otra chica en su situación que leyera *La Amiga de la Mujer*? Tampoco es que a la señora Bird fuese a importarle mucho. Seguramente, si incorporaba una carta extra, ella ni siquiera se percataría.

¿Y si colaba?

No, eso sería correr un riesgo demasiado grande. Una temeridad muy estúpida. Sería como ir detrás de las filas enemigas y enviar informes bajo las mismísimas narices del adversario. Solo el más chiflado… o el más audaz de los corresponsales de guerra haría algo así.

Por primera vez desde que había leído el telegrama de Edmund, sonreí.

91

8

Aroma a piña troceada

Que Edmund me hubiera dejado implicó que mi incorporación accidental a una publicación periódica femenina apenas fuera noticiable en el plano familiar. Cuando les dije que se había roto mi compromiso, mis padres me sugirieron que fuera a visitarlos el fin de semana, y la promesa de un raro pudín de melaza y la última conserva de piña troceada era demasiado buena como para desecharla. Mejor aún, mi hermano Jack estaba de permiso por primera vez desde hacía siglos, así que de paso también lo vería a él.

Durante la última semana en la revista fui un perfecto dechado de virtudes de cara a la señora Bird, y le entregué con diligencia un puñado de cartas tan seguras que ni siquiera pudo ponerles ningún pero. Aunque lo más importante, si cabe, también había enviado secretamente mis respuestas a tres lectoras, repasándolas minuciosamente mientras las esbozaba y luego mecanografiándolas en casa, e intentando que no me temblara el pulso cuando firmé «Atentamente, señora H. Bird».

Firmarlas en nombre de la señora Bird fue la parte más dura y, por supuesto, no fue una acción que me tomé a la ligera. En caso de que hubiesen descubierto la carta de Hecha Un Lío, me habría hecho la inocente, pero escribir a más lectoras era adentrarse en terreno pantanoso. Dicho esto, tampoco es que fuera como enfrentarse a los tanques o al fuego alemán, o impedir que Londres estallara en llamas noche tras noche bajo el Blitz. Bien mirado, no estaba expuesta a ningún riesgo serio.

Así que firmé las cartas como «señora Bird» y las envié por correo.

La carta de Confusa seguía en mi poder; había esbozado una breve respuesta que pudiera encajar fácilmente en la página semanal «Henrietta Bird al habla», pero no había tenido las agallas de entregársela a la señora Mahoney para su composición tipográfica. Tenía la leve sospecha de que la señora Bird no se molestaba en leer los ejemplares impresos finales, porque los que Kathleen dejaba siempre en su bandeja permanecían allí, aparentemente intactos, aunque no estaba segura del todo. Sería necesario indagar un poco más.

No le dije nada de esto a Bunty. Detestaba ocultárselo, pero estaba tan preocupada por mí, en relación con el asunto de Edmund, que tuve la certeza de que iba a creer que sufría alguna clase de delirio. Y, para ser sincera, aunque pensaba que podría convencerla de que enviar alguna respuesta de ayuda de vez en cuando no era temerario, incluso yo sabía que colar una carta en la revista sin el consentimiento de la señora Bird era tensar mucho la cuerda.

Una semana después de haberme quedado para vestir santos, Bunty y yo pusimos rumbo a Little Whitfield. Aunque me aterraba un poco la cólera partidista de mis padres por el asunto de Edmund, sentaba bien salir de Londres. El pueblo había tenido la suerte de librarse de los bombardeos, aunque un campo saltó por los aires cuando un avión se salió visiblemente de su trayectoria a una de las ciudades. Dentro de todo, la idea de pasar dos noches en una cama calentita sin la contingencia de tener que bajar sonámbula al refugio, o de calarme el casco de acero en la estación de bomberos, me sonaba mejor que una semana en Montecarlo.

Bunty y yo cogimos un tren matutino el sábado desde Waterloo, que iba cargado de tropas que se dirigían a sus acuartelamientos o venían de ellos, y de gente que había ido a ver a sus familias durante el fin de semana. El tren estaba abarrotado de militares con destino a Weymouth, y Bunty vio una oportunidad ideal para buscarle sustituto a Edmund, con mi conformidad o sin ella. Hacinadas en un comparti- mento que iba de bote en bote, gozamos del viaje a través de la campiña de Hampshire en compañía de oficiales muy amables que insistieron en cedernos sus asientos, además de regalarnos una barra de chocolate, dos cigarrillos (aunque no fumábamos) y varias direcciones donde escribirles.

La primera nieve de febrero caía regularmente, y avan- zamos entre crujidos por el corto trayecto de la estación de Little Whitfield a casa de mis padres. Era una ruta que Bunty y yo habíamos recorrido juntas cientos de veces. Cuando sus padres murieron, antes de que ella fuera al colegio siquiera, y a pesar de que no era del todo huérfana porque le quedaba su abuela, desde el principio Bunty, Jack y yo fuimos inseparables.

Conociendo de sobra el carácter de mi familia, Bunty se dispuso a hacer una excelente labor como Autoridad Moral ante la inminente avalancha de compasión y probable cólera.

—A tus padres les va a chiflar lo de *La Amiga de la Mujer* —dijo—. Se alegrarán de que ahora corras menos peligro de resultar herida en cumplimiento de tus deberes periodísticos que trabajando para *The Chronicle*, así que las cosas no pintan tan mal.

—Hum —dije—, no creo que les preocupe el trabajo. Estarán tan furiosos con lo de Edmund que dedicaremos la mayor parte del tiempo a convencerlos de que no le hagan papilla.

Bunty se rio.

—Pues no sería tan mala idea. —Le dio un puntapié a un montón de nieve con sus botas de agua para darle más énfasis a sus palabras.

Justo antes de Vicarage Hill torcimos hasta llegar al eji- do, contentas de ver Wildhay Oaks erguirse alto y estoico bajo la gruesa capa de nieve. Jack, Bunty y yo habíamos pasado la infancia correteando entre estos árboles, persi- guiéndonos el uno al otro a todo correr hasta que podías gritar «¡casa!». Si tocabas un árbol, estabas a salvo y no te podían pillar. Antes del inicio de la guerra, Jack, Edmund y William habían trazado circuitos alrededor de ellos; era el intento de los tres muchachos de estar en plena forma cuando les llegara la hora de alistarse.

A veces, en Londres, cuando los ataques aéreos eran realmente demoledores, yo cerraba los ojos e imaginaba Wildhay Oaks, sereno y fiable como siempre. Mientras los árboles siguieran estando allí en pie, la sensación era que todos estaríamos a salvo.

Cuando doblamos la última esquina hasta Glebe Lane, apareció Pennyfield House. Era una preciosa casita de estilo georgiano, rodeada de sauces llorones y con unas ventanas tan simétricas que parecía que un niño le había dicho a un arquitecto exactamente cómo proyectarla. Siempre me había encantado la primera visión de la casa. Sin embargo, esta vez me interrumpió una enorme bola de nieve que me golpeó directamente en la cabeza, arrancándome la boina y dejándome farfullando como el viejo automóvil de padre.

—Jack Lake —rugí, porque no hacía falta ser una lumbrera para saber de dónde venía el golpe—. Jack Lake, si te crees que…

Mi hermano lanzó otra bola de nieve que dio en el blanco, directamente en mi cara.

—Está en la puerta lateral, Em —gritó Bunty, impertérrita ante el ataque y recogiendo munición con entusiasmo, su maleta abandonada en el suelo. Se había pasado la mitad de la infancia bajo los ataques de mi hermano y sabía a qué se enfrentaba—. Voy a por él.

—¡Qué más quisieras, Bunts! —gritó mi hermano mientras un misil rozaba la cabeza de Bunty.

—¡Fallaste! —rugí recogiendo nieve a dos manos—. ¿Y dices que eres piloto de combate? Lanzas como si fueras una de las Muchachas Guías.

La respuesta de Jack consistió en un aluvión de nieve, y toda ella hizo diana.

—Señoras —se mofó con una voz muy jovial—, estoy tratando de darles una oportunidad.

La nieve empezaba a calarme el abrigo, y tenía los guantes de lana empapados.

—Cochino —grité—. Mocoso.

—¿Cómo vamos a entrar? —susurró Bunty, que se había llevado al menos un impacto en plena cara y parecía un poste luminoso—. Posiblemente ha minado la puerta trasera.

Reprimí un bufido. Pues claro que lo había hecho. Era perfecto. En medio de una Europa vapuleada por un perturbado mental y con Gran Bretaña desviviéndose por mantener latente la esperanza de un mundo libre, nosotros tres nos dedicábamos a jugar en la nieve como críos. Durante estos ratos parecía que nada hubiera cambiado respecto de una época en la que todo era sencillo y madre y padre eran capaces de ahuyentar cualquier mal.

—Solo nos queda una escapatoria, Bunts —le susurré—. Ariete. Pañuelos arriba.

Nos enrollamos los chorreantes pañuelos alrededor de la cara. Bunty se aplastó el sombrero en la cabeza, y yo deseé que el mío no estuviera tirado en medio del camino de entrada a la casa.

Era una misión suicida de primer orden, pero la acometimos, y nueve metros más lejos no escatimamos esfuerzos para arrojar toda la nieve posible a la cara de mi hermano. Envuelto en su anorak de la RAF y sus guantes de piel, Jack había salido completamente indemne de nuestros ataques hasta ese momento, pero ahora se reía tanto que se tragó un buen puñado de nieve. Se defendió con arrojo, consiguiendo agarrarnos a las dos con el brazo extendido, de manera que apenas podíamos agitarnos como dos polluelos apresados por un chucho grandote.

Los tres voceábamos, reíamos y nos chillábamos el uno al otro.

—¡Niños, de verdad! ¡Vais a coger una pulmonía!

De pie en la puerta de casa, mi madre apenas había impostado la voz, pero todos dejamos de alborotar al mismo tiempo.

Esbelta como siempre, y la viva imagen de la paz en una

rebeca acanalada azul pálido y una falda plisada, ella meneó levemente la cabeza, pero sonriendo.

—Estáis hechos un asco. Menuda educación os he dado. Jack, ve a recoger el sombrero de tu hermana. Emmeline, deja de burlarte de tu hermano. Y Bunty, ven aquí ahora mismo que vea cómo estás. Vamos, ¡arreando!

Dejamos de incordiar como nos habían ordenado y nos pusimos a recoger sombreros, maletas y bolsas tiradas durante la refriega. Mientras Bunty recibía un cálido beso de mi madre, que dijo que estaba tan guapa como siempre, Jack me colocó la boina sobre la cabeza en un ángulo gracioso y luego me estrechó entre sus brazos.

—Me alegro de verte, hermanita —dijo—. Ya me he enterado, y lo siento. Ese tipo es un maldito estúpido. ¿Cómo estás?

—Estoy bien, gracias —dije, conmovida por su preocupación.

—¿Fue por el chaleco? Madre dijo que no entendía si era para ponérselo o para usarlo como alguna especie de lona. Por lo menos ahora vas enfilada hacia *The Times*.

Me sonrió, los ojos azules relucientes y las puntas de las orejas de un rojo brillante por efecto del frío. Se diría que tenía diez años.

—Oye, si quieres, busco a Edmund y le doy una buena zurra. Lo digo en serio.

Negué con la cabeza.

—No hace falta, gracias. Además, es preferible así, de verdad.

—¿El qué? ¿Quedarte soltera? —No parecía muy convencido—. Ah, bueno, mejor para ti. Pero no te preocupes, siempre puedo correr la voz entre los muchachos. Jocko Carlisle puede merecer la pena. No, Jocko no, acaba de prometerse. O Chaser, es un buen tipo. —Lo meditó un momento—. No, la verdad es que Chaser* no..., el nombre lo

97

* Chaser es un nombre propio inglés que aquí puede tener la connotación de «ligón». *(N. de la T.)*

dice todo. —Enarcó las cejas, pero enseguida se animó—. Tú déjamelo a mí, Em, voy a pensarlo.

Asentí animosamente. Era más fácil eso que intentar convencerle de que ya estaba bien así.

—Vamos a entrar —sugerí—. Noto un fuerte aroma a piña troceada.

Fue suficiente para distraer a Jack de su intención de casarme con la mitad de su escuadrón y entramos juntos al recibidor. Madre ayudaba a Bunty a quitarse el abrigo mientras le decía «¿No es maravilloso? Emmy se encuentra perfectamente» con una voz que no era la que ponía habitualmente.

Bunty sabía, desde luego, que era un código para «Vas a decirme la verdad, mi hija tiene el corazón partido, ¿no es cierto?».

Tosí. Madre se volvió, se echó el abrigo de Bunty al brazo y luego me cogió la cara entre sus manos y sonrió satisfecha.

—Cielo, mírate, ¡qué buen aspecto tienes! —exclamó.

Por supuesto, yo sabía que lo que quería decir en el fondo era: «Como vuelva a cruzarme con Edmund Jones no podré responder de mis actos».

—Gracias, mami, estoy bien.

—¡Pues claro que lo estás!

—Lo estoy.

—¡Y eso es bueno!

—¡Lo es!

Madre no dio muestras de querer avanzar en la conversación. A este ritmo, podíamos estar así hasta Pascua.

Pero entonces me atrajo hacia ella y me rodeó los brazos como si nunca fuese a soltarme.

—Los hombres son unos lerdos, cielo —susurró. Su voz era fiera, pero después se relajó—. Salvo tu padre, claro. Pero todos los demás: lerdos.

Apenas podía respirar. Si toda mi familia seguía haciéndome esto, las probabilidades de romperme una costilla eran elevadas.

—Y Jack también —le dije en el cabello, sin aliento—. Jack se salva. Y el tío Gregory nos gusta, ¿no? Así que no todos los hombres…

Madre me estrujó otra vez.

—Esa es mi chica —dijo—. Tienes toda la razón. Algunos se salvan. Así se habla.

—¿Te está soltando tu madre el discurso de los lerdos?

Mi padre había entrado en el vestíbulo.

—Hola, Bunty, ¿cómo estás? —dijo saludándola con un beso—. ¿Manteniendo en marcha el Ministerio de Guerra? Espero que compruebes la gramática de Churchill. Los alemanes deben ser puntillosos con esa clase de cosas.

Bunty le garantizó que la gramática del señor Churchill era de primera categoría, omitiendo el hecho de que ella no tenía absolutamente nada que ver con él y que jamás lo había visto en el edificio del Ministerio.

—Las paredes oyen, doctor Lake —añadió para imprimir solemnidad a sus palabras, causando un efecto sublime.

—Tu padre estaría orgulloso —dijo él, y Bunty se puso contenta como siempre que mencionaba a sus padres, a quienes no alcanzaba a recordar realmente.

Luego me llegó el turno a mí.

—Hola, papá —dije mientras me daba un beso y después me miraba ceñudo por encima de sus gafas.

—Nunca me gustó —dijo, lo que yo sabía perfectamente que no era cierto—. Un auténtico cabeza hueca. Tu madre está preocupada, claro, pero le he dicho que mire el lado bueno, porque así al menos no tendremos a unos idiotas por nietos. —Me hizo un guiño—. Creo que eso le ha levantado el ánimo.

—Gracias, papá —dije.

Era el discurso más largo que mi padre hubiera pronunciado nunca y me apretó calurosamente el brazo y dijo «Bien hecho, mi niña», aunque yo no había hecho nada en absoluto. Me quité el abrigo y el pañuelo y los colgué en el alto perchero victoriano del vestíbulo que había pertenecido a mis abuelos, y después entré con mi padre en el salón.

Oí que murmuraba para sus adentros.

—Un asunto vergonzoso —dijo—. Voy a partirle la crisma.

Sobre un banquete de empanada de carne (sin mucha carne dentro), seguida de un surtido de pudín de melaza con piña troceada y una fina cucharada de crema pastelera por encima, mis padres me cosieron a preguntas y mi hermano a guasas sobre *La Amiga de la Mujer*. Para cuando hube mostrado mi entusiasmo con lo amable que eran todoz y lo robusta que era la estructura de las oficinas, todo el mundo convino en que me había asegurado los cuartos de final como pionera de las Mujeres en el Mundo Laboral y, lo más importante para mi madre, como El Blanco Menos Interesante Para La Luftwaffe en todo Londres.

—*La Amiga de la Mujer* ayuda a la gente, lo cual es maravilloso —dijo mi madre, como si me dedicara a repartir medias coronas a los vagabundos—. Y mientras sigamos empantanados en este asunto tan feo, al menos vosotras, las chicas, podréis labraros un porvenir.

Mi madre se refería constantemente a la guerra como a «este asunto tan feo», haciendo que pareciera una riña moderada por un bizcocho de confitura. Aparte de esto, yo era afortunada de tener unos padres con una mentalidad moderna. Mi padre asintió.

—Emmy —dijo—, estás siguiendo la línea de una larga serie de mujeres formidables.

—¿Cómo está la abuela, madre? —preguntó Jack.

Mis padres cruzaron miradas.

—Chiflada —dijo Jack, respondiéndose él solo.

—Chalada —dije yo al mismo tiempo.

—Niños, de verdad —dijo madre sin ponerse seria en el fondo.

—¿Tú que piensas, Bunty? —preguntó mi padre—. No hay problema, adelante.

—Hum. ¿Sigue estando más loca que una cabra, doctor Lake? —preguntó Bunty, que conocía bien a mi abuela.

Padre estalló en una carcajada.

—Me parece que eso es un buen resumen —dijo—. Que Dios se apiade de las buenas gentes de Exeter. Estoy seguro de que se sentirán más aliviados cuando haya paz y ella vuelva a casa.

Madre nos miró a todos.

—Ahora Jack y Bunty recogerán la mesa. Emmy se viene conmigo al pueblo, porque tengo que devolver un libro a la biblioteca. —Echó un vistazo a su reloj de pulsera—. Solo están abiertos hasta las dos.

Bunty se puso a recoger muy concentrada los cuencos del pudín, básicamente porque yo sabía que no quería mirarme a los ojos. Me había apostado tres peniques a que madre querría tener una charla conmigo sobre Edmund.

Madre me sacó casi a rastras del comedor e hizo que me pusiera el abrigo, más o menos como cuando tenía tres años. Pronto íbamos caminando sobre la nieve, brazo con brazo, hasta la biblioteca, sin ningún libro para devolver, como constaté.

Ella parloteaba alegremente, refiriéndome los chismes del pueblo. No me cabía duda, hacía lo posible por instilarme un falso sentimiento de seguridad.

—¡Córcholis! —exclamó mientras cruzábamos la carretera a la altura del estanque de los patos. Se detuvo, con los brazos en jarras, lo que, en mi opinión, era cargar un poco las tintas—. Pues parece que me he olvidado el libro de la biblioteca. Bueno, pues demos un paseo ya que estamos, ¿no?

La nieve caía espolvoreada a nuestro alrededor mientras avanzábamos por High Street. Mi madre me atrajo hacia sí.

—Ahora —dijo—, quería tener una rápida charla contigo.

Bunty había ganado la apuesta. Me pregunté si podríamos despachar rapidito el asunto. Me moría de frío.

—Madre, estoy bien. De verdad. Edmund no me importa lo más mínimo.

Mi madre se mostró despreocupada.

—Sí, cariño, ya lo veo. Y me alegro muchísimo. Menudo atontado. Ahora dime, ¿cómo está nuestra querida Bunty? Me han invitado a visitar a la señora Tavistock y me gustaría informarla.

Cuando estalló la guerra, la abuela de Bunty se trasladó a nuestra pequeña casa de campo. La señora Tavistock no impidió que Bunty permaneciera en Londres, pero se preocupaba por su nieta continuamente.

—Bunty está muy bien —dije, porque lo estaba.

—Eso es bueno. ¿Y cómo le va el trabajo?

—No para —dije—. Mucho secretismo.

—Por supuesto —concedió mi madre—. Y William, ¿cómo está? ¿Debo pensar que van a casarse?

—Eso espero yo —dije, esquivando con cuidado un pedazo de hielo negro en la acera.

—No saben la suerte que tiene de que no lo destinaran fuera —dijo madre, muy sentida.

Todos los hijos de sus amigas estaban, en términos generales, en ultramar.

—No creo que William piense lo mismo —repuse—. Sigue resentido porque el Ejército no lo aceptara por lo de sus oídos.

Mi madre se ciñó un poco más el pañuelo alrededor del cuello mientras caminábamos hacia el Zorro y el Matorral, en el extremo este del prado.

—Ser bombero es un trabajo muy peligroso —dijo, afirmando lo evidente.

No necesitaba que me lo recordara. Yo sabía la clase de llamadas que recibían. Intuí que la conversación derivaba hacia el discurso del Estáis Teniendo Cuidado, ¿Verdad? Intenté quitarle hierro al asunto.

—Madre, todo es peligroso.

Dejó de caminar por la nieve y se volvió hacia mí, sujetándome las manos.

—Cariño, estamos tremendamente orgullosos de ti porque continúes en Londres, pero prométeme que tendrás el doble de cuidado. La señora Tavistock está preocupadísima por Bunty.

—Madre, Bunty y yo sabemos cuidarnos solas —dije.

Sonrió, convencida de que había picado el anzuelo.

—Lo sé. Es solo que no sé qué haría la señora Tavistock si pasara algo. O cualquiera de nosotros. No queremos perderos a ninguna. Os queremos con locura.

Reanudó el paso, sus ojos azules igual que los de Jack, disimulando su inquietud debajo del sombrero.

—No nos va a pasar nada —dije con firmeza.

Pero no coló lo más mínimo. Madre frunció los labios.

—Lo digo en serio, Emmy —dijo mientras yo ponía los ojos en blanco como una adolescente—. Tenéis que cuidaros entre vosotras. La señora Tavistock no está para disgustos. Y yo no soy tan joven como aparento.

Me miró de soslayo y nos echamos a reír.

—Cambiemos de tema —dijo madre, sabiendo que había trasmitido su mensaje—. Sabes que conocerás a alguien maravilloso un día, ¿verdad?

Empecé a preparar mi discurso sobre Ser Una Solterona Y Tener Una Carrera, pero no llegué muy lejos.

—No seas absurda —me dijo—. Puedes tener las dos cosas. Cuando este asunto tan feo se haya solucionado, tú y Bunty y todas vuestras amigas podréis conseguir todo lo que queráis. Porque, si no, habremos perdido el tiempo luchando contra Ese Loco, para empezar. —Alzó la barbilla de un modo que, no me cabía duda, habría detenido en seco a los policías en su juventud más bohemia—. Sinceramente, Emmy, no dejes que lo de Edmund te desanime. Ese no es el espíritu que hay que tener.

Sonreí, sabiendo cuándo me derrotaban.

—Algún muchacho decente aparecerá un día de estos. Pero, con independencia de eso, no tienes más remedio que triunfar en esa revista tuya. Puede que no vayas corriendo de un lado a otro redactando crónicas de los combates, pero es un comienzo. Y es una revistilla muy mona. Me he suscrito.

—¿En serio? —dije sorprendida. Mi madre era más del tipo de estar leyendo a Virginia Woolf que *La Amiga de la Mujer*.

—Pues claro que sí, cariño —dijo ella con aire indignado—. Esta es tu carrera. Y tiene muchas cosas que están muy bien. La página de la cazuela está llena de ideas estupendas —prosiguió, intentando apoyarme—. La enfermera es muy informativa, las historias te enganchan, y «Henrietta al habla» parece más... —Se quedó sin fuelle.

—¿Dura? —sugerí.

Mi madre se rio.

—Iba a decir «robusta». Pero debe ayudar muchísimo a las personas que le escriben.

Dije «umm». Era extraño oír elogios dirigidos a la señora Bird.

—La verdad, madre, es que la señora Bird suele pensar que las personas, la juventud en particular, de costumbre no andan metidas en nada bueno. —Aplasté un cacho grande de nieve con la bota.

—Entonces tendrás que hacerle ver que se equivoca, ¿no te parece? —repuso mi madre—. Demostrarle lo que una joven decente puede hacer. —Me tomó del brazo—. Me parece que lo apropiado en esta situación es utilizar un poco de la legendaria determinación de los Lake, ¿no crees?

Sonreí detrás de mi pañuelo. Mi madre nunca se daba por vencida. Uno de los amigos de padre dijo una vez que, si hubiera dependido de madre, la Gran Guerra habría concluido en 1916. Padre respondió que, si hubiera dependido de ella, ya se habría asegurado de que el dichoso asunto ni siquiera hubiese empezado. Madre siempre decía que no se trataba solo de seguir en la brecha, sino también de levantarte para defender tus creencias.

Asentí. Estaba en lo cierto. Un poco de la legendaria determinación de los Lake «era» lo apropiado.

Cuando la nieve empezó a caer y regresamos a Pennyfield House, por muy bien que se estuviera en casa, no pude contener las ganas de volver a mi despacho.

9

No conocemos a ningún Harold

*R*esponder a las lectoras era un asunto delicado, y no solo porque me preocupaba que me descubrieran. Peor que esto habría sido dar consejos de tres al cuarto que hicieran las cosas más lamentables para ellas, de modo que todas mis respuestas eran generales; las animaba a que se tomaran su tiempo para pensar sobre sus problemas, sin prisas, pero sin tirar la toalla. Las otras revistas me resultaron útiles: aprendí sobre qué decían y cómo lo decían. Sin llegar a copiarlas, intenté hacer lo mismo.

> Querida señora Bird:
> Tengo veintidós años y siento devoción por mi madre, pero siempre quiere venir conmigo cada vez que voy al cine o al baile con mi novio. Siempre está diciéndole cumplidos y también preparando su comida favorita. Yo no quiero herir sus sentimientos, pero me pregunto si no se pasa de simpática a veces.
> ¿Qué debo hacer?
> Atentamente,
>
> Joyce Dickinson (Srta.), Preston.

—Repugnante —dijo la señora Bird—. No.

—«Querida señorita Dickinson —respondí—, estoy segura de que su madre es una persona bienintencionada y que se adoran la una a la otra. No obstante, le sugiero que se sincere con ella y le explique que usted necesita tener sus propios amigos...»

Me llevaba las cartas a casa y, como Bunty trabajaba ahora de turno de día en el Ministerio de Guerra, por las tardes me sentaba en el salón delante de la máquina de escribir y redactaba prolijamente las respuestas. En cuanto me quedaba satisfecha con el resultado, las pasaba a máquina, las firmaba con el nombre de la señora Bird, lo que seguía siendo la peor parte. Al día siguiente, las echaba al buzón de correos que había fuera del edificio de Launceston Press.

De momento, todo había ido sobre ruedas. En raras ocasiones, casi olvidaba que este no era mi verdadero trabajo y que no debería estar haciéndolo. La señora Bird andaba más ocupada que nunca; salía para dedicarse a sus obras de caridad o corría rauda a la estación de ferrocarril para solucionar Emergencias Graves En Casa («Vaca preñada atrapada en una zanja. Papanatas no puede sacarla».) En vez de dar instrucciones a toda la plantilla a grito pelado en las Reuniones Editoriales semanales, lo dejaba todo en nuestras manos.

Fue un golpe de suerte que una buena mañana, el día en que *La Amiga de la Mujer* iba a prensa, un publicista olvidara enviar a tiempo el anuncio de un desodorante. Incumplir el plazo de entrega era un pecado capital y el desliz casi mata de un susto al señor Newton.

—Santo cielo, santo cielo —repetía sin parar cuando todo el mundo se congregó en el Departamento de Arte en estado de alteración—. Si no aparece el anuncio de Odo-Ro-NO, habrá un hueco de dos columnas en la página doce. Un hueco vacío. Sin una palabra. ¿Qué dirá la señora Bird? ¿Qué dirá?

—No se preocupe por la señora Bird —dijo la señora Mahoney, amenazando con revelar su firme postura—. Es «mi» entrega lo que se les ha descolocado.

—Que no cunda el pánico —dijo el señor Collins, el único que conservaba la calma—. Señora Mahoney, ¿podría sugerir que usemos el anuncio de laxantes Bile Beans de la semana pasada otra vez? Si no me equivoco, ocupa el mismo espacio.

La señora Mahoney se relajó un poco y el señor Newton pareció recuperar algo de color y pudo expresar lo que todos pensábamos.

—Pero ¿quién se lo dirá a la señora Bird, señor Collins? ¿Quién se lo dirá a la señora Bird?

El señor Collins no parecía preocupado.

—Nadie —dijo, y todos lo miramos con pasmo—. Pondremos Odo-Ro-No la semana que viene. Con suerte, ella nunca se enterará. Oh, venga ya, todo el mundo —añadió mientras el pánico parecía apoderarse de todos nosotros—. Que levante la mano quien haya visto alguna vez a nuestra editora hojear una revista terminada.

Nadie levantó la mano. Como yo no estaba segura, miré a Kathleen, que negó con la cabeza.

—Pues ahí lo tienen —dijo el señor Collins—. Nos quedamos con Bile Beans. Si alguien ve complicaciones, que venga a verme. Bueno, no —añadió con serenidad—. Todo saldrá a pedir de boca.

Acto seguido salió de la sala y volvió a su oficina.

—¡Caramba! —dijo Kathleen.

—Menudo carácter tiene cuando lo saca —dijo la señora Mahoney.

—Me despedirán —dijo el señor Newton.

Sin embargo, el señor Collins estaba en lo cierto. La señora Bird no se percató de nada.

107

Aquello fue la prueba que yo necesitaba. Me había preguntado si nuestra editora leía los ejemplares una vez acabados, pero había sido poco más que una sospecha, una mera ilusión en el fondo, y desde luego no motivo suficiente para actuar. Pero ahora, entre la seguridad absoluta del señor Collins y la prueba real de que la señora Bird no había visto el cambiazo de un anuncio grande de tónico estomacal en lugar de otro de delicadeza axilar, estaba claro que no existía nada que pudiera contenerme.

Con la boca seca y las palmas de las manos sudorosas,

deslicé la carta de Confusa entre las otras que iban a imprimirse en «Henrietta al habla» a la semana siguiente. Cambié un poco las palabras para que Kathleen no se diera cuenta de nada y sustituí «pasional», pues sabía que, de lo contrario, se descubriría el pastel. Pero el punto sobre el prometido que dejaba de quererla seguía claro como el agua y deseé con todas mis fuerzas que si Confusa lo leía se sintiera reconfortada.

Dejar la carta y mi respuesta en la carpeta de copias que iría a parar a manos de la señora Mahoney para su impresión fue coser y cantar, pero me costó horrores entregarla. Sabía que la señora Bird no verificaba las pruebas antes de que la revista fuera a prensa, de modo que a partir de este punto no había vuelta atrás.

Mi plan alternativo no era lo que se dice brillante. Si me descubrían, alegaría que la señora Bird había olvidado que ella había escrito el consejo. Era un argumento peor que flojo, pero era el único que se me ocurría. Si el señor Collins tenía claro que la señora Bird no percibiría un cambio de anuncio que ocupaba media página, sin duda una simple cartita pasaría desapercibida.

Decidí correr el riesgo.

Había llegado la hora de contarle a Bunty mis actividades secretas. Llevaba postergándolo demasiado tiempo. Mi amiga estaba a años luz de ser una aguafiestas, pero era sincera hasta la médula y puede que la idea no le hiciera mucha gracia, al menos de entrada. Pero como estaba segura de que me comprendería cuando se lo hubiera contado todo, decidí lanzarme a la piscina el siguiente sábado.

El sol había cargado baterías y lucía con fuerza en un cielo de invierno casi despejado, así que Bunty y yo salimos a dar un paseo por Hyde Park. Bunty había sugerido una caminata enérgica por el lago Serpentine antes de pasar por Kensington para ver los últimos destrozos de las bombas antes del té, y luego ir al cine a ver una película. Después de un fuerte ataque aéreo, siempre era triste ver edificios aplastados e iglesias que llevaban en pie cientos de años completamente quemadas, pero había algo triunfal en la visión de los monumentos y las estatuas, incluso de los parques y los grandes almacenes que seguían en pie, manteniendo el tipo. La Luftwaffe intentaba hacernos añicos, pero todo el mundo seguía levantándose. Y cuando veías que ni siquiera habían conseguido hacerle un rasguño al Big Ben y que habíamos impedido que incendiaran la catedral de San Pablo, bueno, eso te devolvía la sonrisa.

Bunty se había mostrado ansiosa por empezar nuestro recorrido, de modo que salimos de casa sin almorzar y tuvimos que roer un mendrugo que habíamos traído para los patos.

—¿Crees que la señora Bird empieza a tenerte simpatía? —preguntó Bunty, lanzando una corteza que le dio a un pato y rebotó en el lago.

El gordito se lanzó osadamente al agua para rescatarlo.

—Yo diría que no —dije resoplando en mis guantes—. Soportarme, quizá. La verdad es que no le gusta nadie. Incluidas la mayoría de las lectoras.

El parque estaba lleno de gente que aprovechaba al máximo un día claro de febrero. Esquivé a un anciano caballero que guiaba a una niña pequeña en un triciclo, y eché un vistazo a una joven mujer con un abrigo fino que empujaba un enorme cochecito. Luchaba por cruzar la hierba con él, mientras intentaba que no se le escaparan dos traviesos chiquillos. No tendría mucha más edad que nosotras, pero parecía exhausta. Uno de los niños tiró a su hermano a la nieve y, en cuestión de segundos, se pusieron a pelearse y a berrear.

—Esta semana llegó una carta de una chica que está embarazada de un hombre que no le corresponde —dije, como si nada—. Pero no se lo digas a nadie, ¿eh? —añadí con un tono que me recordó al de Kathleen.

—Lo juro por tu madre —dijo Bunty, nada ajena a la desafortunada fórmula—. Hum, por así decirlo.

Sonreí, pero volviendo a la carga.

—La señora Bird no puede evitarlo, es muy cerrada de mente.

—Hum —dijo Bunty, que parecía buscar algo en la lejanía.

—Y es muy injusto —perseveré—. Algunas personas lo están pasando fatal.

—Estamos en guerra —dijo Bunty, no sin razón.

—Así que necesitan ayuda —insistí, impacientándome—. ¿No te parece? Es parte de nuestro granito de arena, ¿no?

—Bueno, sí —dijo Bunts, que seguía mirando a lo lejos y jugueteando con su cabello—. Pero no hay mucho que puedas hacer si la señora Bird no quiere, ¿no?

—La verdad es que sí puedo, más o menos.

Bunty se volvió hacia mí. Yo miré a los niños que seguían incordiándose.

—Emmy —dijo Bunty—, ¿qué estás tramando?

Me conocía desde hacía mucho tiempo.

—Bueno —dije—, lo tengo todo bajo control.

Bunty cerró los ojos.

—Eso no es lo que he preguntado.

Por la forma en que me miraba, decidí que suavizar las cosas sería un movimiento inteligente.

—Estaba esa chica —dije—, que me recordó a Kitty. O que podía ir camino de la situación de Kit…

Bunty abrió los ojos despacio, como si temiera lo que pudiera ver.

—Así que le escribí —solté.

Bunty me miró de hito en hito.

—Haciéndome pasar por la señora Bird —añadí.

Ella se quedó boquiabierta. Un pato solitario graznó como si dijera «Dios mío».

—Em —dijo Bunty—, dime que no lo hiciste. Dime… ¡Madre mía!

Decidí no mencionar que había colado la carta de Confusa en el siguiente número de la revista.

—No va a pasar absolutamente nada —dije con optimismo—. Solo estoy intentando ser de ayuda.

—Pero es que no debes. —Bunty me miró como si estuviera chiflada, sus ojos grises engrandecidos como una caricatura—. Emmy, esta es tu gran oportunidad. Estás a un paso de lo que siempre has querido. ¿Cómo que no va a pasar absolutamente nada? —Subió el tono de voz—. Lo vas a echar todo a perder. Oh, Em.

Parecía incrédula. Pasé al razonamiento que había ensayado.

—La señora Bird ni siquiera lee las cartas. Puedo responderlas y nunca se enterará.

—Pero ¿y si lo descubre?

—No lo hará. Oh, Bunts, deberías leer algunas de esas cartas —dije. Deseaba que me comprendiera—. Son muy tristes. Todo el mundo anda siempre preocupadísimo. Tú misma acabas de hablar de la guerra. Todos se esfuerzan con ahínco, pero hay quien está en verdaderos aprietos. Y la señora Bird se dedica a tirar sus problemas a la papelera. No es justo.

—Emmy —dijo Bunty—, sé que debe de ser duro, pero tienes que parar. Lo digo en serio.

Volvió a echar un vistazo por encima de mi hombro y me giré.

—Oye —dije—, ¿ese de ahí no es William?

Nunca me había alegrado tanto de ver al novio de Bunty.

La propia Bunty parecía completamente asombrada, cosa un poco rara, puesto que llevaba siglos mirando en esa dirección.

—No cambies de tema —dijo—. Emmy, prométemelo.

—Es él —dije, encantada con la oportunidad de no prestar atención a mi amiga—. ¿Verdad? ¿Y quién viene con él?

—Nadie —dijo Bunty con aire frustrado—. Nada.

—¿Nada?

—No lo sé —dijo Bunty.

—¿Qué está pasando aquí? —dije, oliéndome algo y sin quitarle los ojos de encima.

Se había sonrojado.

—Nada —dijo—. Bueno, posiblemente algo. Volviendo al tema, Emmy, no «puedes» involucrarte en los problemas de las lectoras.

Bunty me lanzó una última mirada severa, me arregló el pañuelo como si fuera mi madre y soltó un impaciente «hmmf».

—Ahora pon buena cara y sonríe —ordenó.

William se acercaba hacia nosotras con paso raudo. Junto a él, en uniforme del ejército, iba el hombre más grande que había visto en mi vida.

Pensé que Bunty había amañado nuestra excursión a los patos. Me había hecho cambiarme la falda de lana con el remiendo, así como mi jersey perfectamente adecuado por uno de mohair demasiado fino que solo te pondrías en primavera.

—¡Oh, vaya! Ese debe de ser Harold —dijo como si tal cosa.

—No conocemos a ningún Harold —repliqué yo—. Bunty, ¿has planeado tú esto?

William saludó alegremente con la mano, lo mismo que el muchacho altote.

—De verdad que no —dijo Bunty con aire culpable—. Bueno, la verdad es que sí. Pero William dice que Harold es encantador.

—¿Lo conoces de antes? —pregunté.

—No. Pero, mira, es guapo y alto.

Y tanto que lo era. Si el sol se esforzaba con ahínco por salir, correría el riesgo de un eclipse inmediato.

—Se están acercando —dijo Bunty, haciendo aspavientos con gran jovialidad—. Sonríe. —Sonreía como una lunática y hablaba entre dientes como un ventrílocuo.

Hice como me dijo.

—Desterníllate con sus chistes —advirtió Bunty, asumiendo claramente que el tal Harold contaría unos cuantos—. Y hazle ojitos. —Como no respondí, me miró con dureza—. Pestañea sin parar.

—Mira, Bunts —dije sin dejar de sonreír como una idiota como me había ordenado—, eres un amor por pensar en mí, pero ya te he dicho que no me interesa conocer a nadie ahora. Estoy concentrada en mi carrera.

—Eso tiene su gracia —dijo Bunty—. Yo diría más bien que estás intentando hundirla. Y, de todas formas —añadió—, seguro que es divino.

Bunty no había usado la palabra «divino» en su vida. También estaba poniendo una voz peculiar, que era muy aguda y excesivamente fuerte.

Los chicos habían ganado terreno y estaban ya muy cerca. Antes de que me diera tiempo a decir nada, tronó un vozarrón.

—¿DIVINO? ¿ESTÁS HABLANDO DE NOSOTROS? ¡COLOSAL!

¿Había venido Harold con una sirena de niebla?

Era demasiado tarde para escapar. Como habría dicho el señor Bone, el vendedor de periódicos, me la habían dado con queso.

—Hola, Bunty. Hola, Emmy —dijo William.

Me rendí.

—¿QUÉ HAY? —gritó Harold.

—Hola —dije con un hilo de voz, deseando que no lo confundiera con emoción femenina.

—Te presento a Harold —dijo William.

—SÍ —bramó Harold innecesariamente.

—Y esta es Emmeline —dijo William.

—¿Qué tal? —dije—. Esta es Bunty.

De momento habíamos logrado confirmar nuestros nombres y gritar mucho. Yo no quería ser maleducada con Harold, pero no se me ocurría qué decir.

Definitivamente, Harold llamaba la atención. Medía por lo menos uno noventa y podría haber jugado fácilmente al rugby con el equipo de Inglaterra. Llevaba posiblemente el uniforme más grande del ejército británico y sonreía de oreja a oreja.

Alargó un enorme jamón del tamaño de una raqueta de tenis que resultó ser una de sus manos.

—DE MIEDO —gritó más alto que antes.

Me dio un vigoroso apretón de manos y yo intenté seguirle, a pesar de la probabilidad de que me dislocara un hombro. Decidí que Harold era un tipo entusiasta.

—Harold y yo íbamos juntos a la facultad —dijo William—. Ahora está en el Cuerpo de Ingenieros. Neutralización de bombas.

Lo dijo con admiración y orgullo. No siempre era fácil para William que le recordaran que todos sus amigos se habían enrolado en el ejército, pero que él no había dado la talla. A Bunty le preocupaba que se creyera un fracasado. Y, si bien yo siempre le decía que se equivocaba, ambas sabíamos que no era así.

Y aquí estaba en estos momentos, haciendo lo posible por presumir de su amiguete el gigante, solo por si existía la posibilidad de que me gustara y porque, en tal caso, Bunty se pondría muy contenta. Lo cierto es que eran unos soles y no podía enojarme con ninguno de ellos. Y debía reconocer que Harold no estaba tan mal.

—Es un placer conocerte, Harold —dije, haciendo que Bunty casi se desmayara de alegría—. ¿Os parece bien que vayamos paseando hacia Kesington?

Todo el mundo declaró que era Una Idea Insuperable. Harold dijo que había oído que la noche anterior habían volado por los aires la librería, pero que nadie había resultado herido, y todos pensamos que era un gran alivio. Luego William contribuyó diciendo que un hombre con ukelele había estado entreteniendo a la gente que dormía en la estación de metro de Kensington, y todos dijimos que eso tenía que ser de lo más tonificante. Los cuatro hacíamos un gran esfuerzo por mostrarnos alegres con las cosas, incluso si los informes de prensa sobre los ataques aéreos nos sumían en sombrías reflexiones. Para cuando llegamos a High Street, éramos un grupo muy jovial.

Harold parecía buena persona, a pesar de que su risa te lastimaba los oídos. Incluso procuró mostrar interés en *La Amiga de la Mujer*, y soportó estoicamente los silencios cuando no se me ocurría qué decir. Pero no me flaquearon las piernas ni le hice ojitos.

Razoné que lo más probable es que él tampoco tuviera un tremendo interés en mí. Lo único que yo hice fue sonreír mucho como me habían indicado y hablar de la gente del trabajo. Esperé que no pensara que era un completo fiasco, ya que William había hecho el esfuerzo de presentarnos y no quería dejarle mal.

—Qué gracioso que nos hayamos cruzado con vosotros —dije caminando junto a William mientras pasábamos por delante de los grandes almacenes Barkers, y recordé que me había quedado sin hilo de algodón azul—. ¿Venís con nosotras a tomar el té? —pregunté, rindiéndome al hecho de que todo había sido planeado de antemano.

—Solo si tú quieres —dijo con sus sinceros ojos marrones. Miró hacia Bunty, que le estaba contando una historia graciosa a Harold—. Bunty quería ver si os gustabais. Yo solo le he dicho a Harold que íbamos a dar una vuelta. Deberías darle una oportunidad, Emmy. Es un buen tipo. Ha salvado a toneladas de compañeros. Es todo un valiente.

Suspiré. La valentía era lo más importante del mundo para él.

—Bill, cariño, ven que te enseñe este abrigo —dijo Bunty, alejándolo de mí.

Harold y yo nos miramos durante un momento.

—¿CAMINAMOS? —sugirió hablando alto—. HACE DEMASIADO FRÍO PARA ESTAR PARADOS.

—Vamos —dije, sin la menor idea de qué más añadir.

—Nos han metido en una encerrona, ¿verdad? —dijo Harold con un volumen de voz casi normal.

Nos miramos otra vez. Hizo una mueca compungida y me eché a reír.

—Lo siento —dijo—. Estuve con Bill en el pub anteayer. Me habló mucho de Bunty y me propuso que quedáramos con vosotras. ¿Te ha sentado muy mal?

—Huy, no, para nada —dije—. ¿Y a ti?

—FATAL —dijo volviendo a su tono habitual, y des-

pués se rio ruidosamente—. NO, CLARO QUE NO. NO TE
SIENTAS MAL —añadió cuando hice una mueca—. SOY UN
NEGADO PARA TODO ESTO. TÚ DAME UNA BOMBA NO DE-
TONADA Y TE LO RESUELVO EN UN SANTIAMÉN. A TODO
ESTO, ¿ESTOY GRITANDO?

—Un poco sí —dije.

—PERDONA. TENGO UN ZUMBIDO EN LOS OÍDOS. NO
ES PERMANENTE. ME DAN DOS SEMANAS DE PERMISO
HASTA QUE SE PASE.

—¡Santo Dios! ¡Cuánto lo siento! —dije, avergonzada
por haber pensado que era un chillón.

—No pasa nada —dijo bajando la voz otra vez—. Suele
pasar. Mi trabajo a veces es un poco ruidoso…, y todo eso.
¿Te susurro durante un rato o pareceré un maníaco?

Me volví a reír. Harold era simpático. Aún no tenía la
sensación de que fuera a florecer un romance entre nosotros,
pero, como estaba bastante segura de que él pensaba lo mismo, no había problema.

—Algo así —dije.

—Oye, ¿te parecería muy grosero si te propusiera que
seamos solo amigos?

En ese momento, le habría dado un beso. Aquello era un
enorme alivio.

—HAROLD —grité, y tres viandantes se volvieron—.
ME ENCANTARÍA QUE FUÉSEMOS AMIGOS, GRACIAS.

—COLOSAL —gritó a su vez, con aire encantado y aliviado a partes iguales.

Alcanzamos a Bunty y a William, y anuncié la doloro-
sa nueva de nuestro imposible cortejo. Bunty se lo tomó a
buenas y Bill le preguntó a Harold si le apetecía ir al pub.
Nos acompañaron hasta el salón de té y me preparé para lo
que vendría, pues sabía que, en cuanto se fueran, quedaría
a merced de la Segunda Fase del interrogatorio de Bunty
sobre *La Amiga de la Mujer*.

—Vamos, Bunts —dije mientras les despedíamos con
la mano—. Yo invito al té. Y a todos los bollos que puedas
comerte.

—Vale —contestó Bunty, que había adoptado un semblante siniestro—. Pero el soborno no te funcionará. Lo de Harold me ha dejado de capa caída.

Asentí, pensando que me había salido con la mía.

—Y no olvides que quiero saber toda la historia de tus tejemanejes en el trabajo —añadió Bunty.

10

Por favor, llámeme Charles

*E*stirando el cuello para intentar ver la selección de pasteles de Tea House, nos pusimos al final de una larga cola para que nos sentaran a una mesa. La cola avanzaba más lenta que un caracol, lo cual era desesperante, sobre todo porque las dos estábamos hambrientas, de modo que tanto Bunty como yo farfullamos y lanzamos miradas asesinas a las personas que ya estaban sentadas.

—Mira a esos dos —dijo Bunty—. Una mesa para cuatro y ni siquiera están comiendo.

Eché un vistazo hacia donde señalaba con el dedo índice y me llevé un susto.

—Ay, Dios, es el señor Collins —dije, porque lo era.

Estaba sentado de cara a nosotras, vestido con su traje de *tweed*, pero con el cabello un pelín más aseado que de costumbre. Los dos hombres —el otro del uniforme nos daba la espalda— estaban charlando, y el señor Collins asentía de forma simpática, lo cual me descolocó por completo.

Bunty los escudriñó.

—¿«Tu» señor Collins? —dijo, y me puse colorada sin necesidad.

—No es «mi» señor Collins —dije, y antes de poder decir nada más, él desvió los ojos de su amigo y nos vio.

Por un momento no pareció capaz de ubicarme. Cuando lo hizo, después de una breve pausa, me dedicó un saludo tímido pero amistoso con la mano. Luego se volvió hacia su amigo otra vez, le dijo algo y, para mi asombro, nos hizo señas de acercarnos.

Respondí a su saludo cohibida. Bunty aprovechó la ocasión para decirme entre risitas: «Bueno, pues se diría que tú eres su señorita Lake». Eso era del todo impropio. Así pues, hice oídos sordos.

—Vamos —dijo Bunty—, así quizás podamos sentarnos con ellos y ahorrarnos esta cola. Vaya... ¿quién es ese muchacho con el que está?

El hombre de uniforme se había vuelto en su silla para ver a quién había hecho el señor Collins apresurados ademanes. Tenía el mismo cabello negro y constitución delgada que el señor Collins, pero era mucho más joven, rozando la treintena quizá.

Bunty y yo nos dirigimos a su mesa.

—Señorita Lake —dijo cortésmente el señor Collins mientras ambos hombres se levantaban de sus sillas—, qué alegría encontrarla.

—Hola, señor Collins —dije—. Le presento a mi amiga la señorita Marigold Tavistock.

—¿Cómo está? —dijo Bunty con elegancia—. Por favor, llámeme Bunty, como todo el mundo.

—Encantado de conocerla, señorita Bunty —dijo el señor Collins dándole un apretón de manos con tanta caballerosidad que me pregunté si no me habría confundido de persona—. Déjenme que les presente a mi hermanastro, el capitán Charles Mayhew. Charles, te presento a la señorita Lake, que trabaja conmigo. Puede que haya mencionado que es la joven que, actualmente, supone una digna rival de Henrietta.

Me sentí cohibida ante la idea de que me hubieran mencionado; todos nos dimos apretones de manos y el capitán Mayhew dijo «Por favor, llámeme Charles», el señor Collins dijo «Como todo el mundo», y los cuatro nos reímos. Se me hacía raro pensar que el señor Collins tuviera un hermano o cualquier clase de vida fuera de la oficina. Uno siempre tenía la sensación de que existía pura y exclusiva-

119

mente para sentarse a su mesa y escribir furiosamente en medio de un espantoso caos.

Con los cuatro en pie, ninguna de las camareras podía pasar y corríamos el peligro de sembrar el caos.

—Señoritas —dijo el señor Collins, salvando la situación—, este no es el protocolo más indicado, pues la mayoría de los presentes acabamos de conocernos, y la señorita Lake y yo somos colegas de trabajo, pero ¿me dejarían que las invitara a sentarse con nosotros? Corro el riesgo de aburrir a mi hermano hasta el punto de que se tire por la ventana como alguien más joven no hable pronto con él. Hemos pedido pastel —concluyó con una floritura.

—Es usted muy amable. Gracias —dijo Bunty, desechando rápidamente cualquier posibilidad de declinar la oferta.

A mí me daba una horrible vergüenza tomar un improvisado té con un miembro veterano de la plantilla y su hermano, siendo sábado y todo lo demás. A Kathleen le daría un soponcio y la señora Bird, probablemente, reventaría. Pero tenía un hambre de lobo.

—Gracias, señor Collins —dije, agradecida de que el hombre no hubiera perdido todo su juicio, y dijo «Por favor, llámeme Guy», que era su nombre de pila, como yo sabía, pero por el cual no pensaba llamarle ni muerta—. Será un placer.

—Gracias al cielo —dijo el señor Collins—. Podemos terminar con esta vacilación.

Con la rapidez de una pantera, Bunty se despojó de su sombrero y se apresuró a sentarse junto al señor Collins, dejándome a mí al lado del capitán Mayhew, a quien todavía no me sentía capaz de llamar Charles.

—He de decir —dijo el capitán, que tenía una voz suave pero amable— que no estoy aburrido en lo más mínimo. Aunque es delicioso tenerlas con nosotros, por descontado —añadió rápidamente—. ¿Han estado dando un paseo, señoritas?

El señor Collins se sumió en uno de sus silencios. Ansiosa por evitar una pausa en la conversación, me sentí obligada a intentar parecer interesante y no decepcionarle.

—Hemos estado paseando —confirmé—. Hemos ido a ver la tienda de libros que ya no está, y antes de eso fuimos a dar de comer a los patos. Bunty ha conseguido darle a uno —añadí, y sonó como si lo hubiésemos estado haciendo a propósito.

—En realidad, les di a dos, pero ni siquiera era mi intención —dijo Bunty para salvar las cosas, pero empeorándolas.

—Correcto —asintió el capitán Mayhew con desesperación—. Es, un…

—Uno de los deportes sangrientos más suaves —dijo el señor Collins.

Bunty cogió carrerilla.

—En serio —dijo—. Lo único que podría haberles hecho daño son las cortezas y nos las habíamos comido casi todas por el camino.

—No teníamos nada que almorzar —dije.

—Santo cielo —dijo el señor Collins, haciendo señales al empleado más cercano—. Camarera, ¿podría duplicar nuestro pedido con cierta urgencia, si es tan amable? Gracias. Invito yo.

El señor Collins le lanzó una mirada a Bunty que sugería que estaba en un tris de ponerse a revolver en un cubo de la basura para buscar comida.

—Oh, qué amable de su parte —dijo ella con la mayor de las dignidades y mostrándole su sonrisa más encantadora—. Eran unas cortezas muy chiquitinas.

Me volví hacia el capitán Mayhew con la sensación de que debía disculparme. Pero, antes de abrir la boca, comprendí que estaba haciendo de tripas corazón para no reír.

—Cuánto lo siento —dijo sin poder contenerse y dejando escapar una carcajada—. Pero esto es como estar tomando el té con Flanagan y Allen en una de sus parodias. Nada del otro mundo, claro. Oh, querida, no me malinterprete. —Se detuvo bruscamente y pareció horrorizado de sí mismo—. Le pido que me disculpe —dijo sonrojándose—. Lo que quería decir es que me han alegrado el día. Mi regimiento las ha pasado moradas, y el pobre Guy ha tenido que cargar con un pobre diablo todo el día.

—No pasa nada, capitán Mayhew —dije, pensando en lo decente que parecía—. No quiero que piense que no salimos nunca.

—Ni por un momento —dijo—. Pero, por favor, lláme-me Charles.

—De acuerdo, Charles —respondí, envalentonándo-me—. Y, por favor, llámeme Emmy. ¿Y si empezamos de cero?

—Empecemos —dijeron Charles y Bunty al mismo tiempo.

—¿Es necesario? —dijo el señor Collins—. No estoy seguro de si podré enfrentarme a la historia del pato por segunda vez. Oh, gracias a Dios, ya viene la camarera.

Saludó ausente a la chica que había llegado con una bandeja repleta de comida, y luego nos brindó una de sus miradas más teatrales.

—Bien, vamos allá, dejémonos de miramientos y al ataque.

Levantó su taza de té a modo de brindis.

—Señoritas, salud. Esta es la primera vez que veo a mi hermano reír desde que volvió a casa. Y ahora, ¿quién quiere primero mostaza y berros?

Con el hielo roto y la perspectiva de la comida, Bunty y yo recuperamos nuestras facultades y dejamos de actuar como si fuésemos unas pánfilas. Aunque era raro estar de cháchara con el señor Collins, y no podía evitar creer que en cualquier momento se pondría a bramar «SECANTE, SEÑORITA LAKE», me dije a mí misma que todos podíamos saltar por los aires al día siguiente, así que por qué no divertirnos. El capitán Mayhew era más callado que su hermanastro y parecía un poco tímido, pero participaba en la conversación, lo cual era siempre tremendamente grato cuando estabas con desconocidos. Todos minimizamos cualquier cosa que guardase relación con el Blitz («En casa de Gwyneth, la amiga de mi tía, cayó una bomba y lo perdió todo, pero luego encontraron al gato, ¡qué bendición!») y permanecimos en terreno seguro.

—¿Va a quedarse mucho tiempo en Londres, Charles? —preguntó Bunty.

—Unos días más —dijo—. Si es que mi hermano me aguanta tanto tiempo.

—¿No te aburrirás como una ostra? —preguntó el señor Collins, que parecía genuinamente preocupado.

—Guy —dijo Charles con cariño—, tienes cuarenta y seis años, no eres un vejestorio. Señoritas, hagan oídos sordos. —Dio un sorbo al té y enarcó una ceja mirándome sobre el borde de su taza.

Le sonreí.

—¿Le gusta ir al cine? —soltó Bunty sin venir a cuento.

La miré alarmada.

—Es porque estamos pensando en ir a ver *La marca del Zorro* después del té y me preguntaba si le gustaría venir con nosotras. Los dos están invitados, por supuesto —añadió mirando al señor Collins, y sin pretenderlo en serio.

Charles se rio.

—Gracias, Bunty, es muy amable por su parte. Pero no quisiera colarme en la fiesta ni dejar solo a mi hermano.

Bunty dijo Pues Claro Que No muy alegremente, y el señor Collins dijo En Absoluto, y pareció complacido.

—Pues arreglado —dijo el señor Collins. Luego frunció el ceño—. Saben que puede ser una noche larga, ¿verdad?

—No hay problema —dije recogiendo mis cosas—. Conocemos todos los refugios de vuelta a casa.

—He de decir que admiro sus agallas —replicó Charles—. Todo me parece más alarmante cuando regreso aquí que cuando estoy fuera.

—Mi hermano dice lo mismo —dije—. Pero supongo que puedes ser tanto un blanco difícil como fácil.

—Señorita Lake —apuntó el señor Collins—, incluso

123

si le gusta ser un blanco difícil, me sentiré más aliviado si Charles está con usted. Me irritaría mucho que volaran por los aires. Las cosas como son. Tengan cuidado —nos dijo a todos, y, mientras le agradecíamos efusivamente la invitación al té, nos despidió con un saludo continental con la mano.

El apagón había empezado y fuera era ya noche cerrada, pero los tres teníamos linternas. Además, Bunty y yo llevábamos nuestros pañuelos blancos para evitar que nos aplastara un autobús. No obstante, Charles insistió en caminar él por la parte exterior de la acera.

—La caballerosidad está muy bien —le dije a través de mi pañuelo mientras avanzábamos con cuidado—, pero si lo atropellan será una verdadera lástima para el esfuerzo bélico.

—No van a atropellarme —respondió Charles con voz amable—. Y, de todos modos, ustedes dos también son importantes para sus trabajos. Su pérdida sería tan lamentable como la mía.

—Yo solo mecanografío cosas —dije.

Charles contestó Estoy Seguro De Que Hace Más Que Eso, y Bunty me lanzó una mirada asesina como diciendo No He Olvidado Nuestra Conversación Previa, ¿Sabes?

Caminamos en un agradable silencio durante un rato. No fue la primera vez durante aquel día en que deseé llevar puesto mi jersey, tan práctico él. Hacía un frío que pelaba. Había hecho mal tiempo durante las dos últimas semanas, pero esta noche el cielo estaba despejado como nunca. El señor Collins llevaba razón: los alemanes estarían ocupados más tarde.

Como las personas mayores y las familias con hijos habían vuelto a casa antes de anochecer, el autobús iba lleno de gente joven como nosotros, de cháchara y a la espera del sábado noche. Las dependientas que se habían puesto carmín y tacones antes de salir del trabajo hablaban de chicos y bailes, y los chicos uniformados charlaban de chicas y de la guerra. Mientras el autobús se deslizaba con cautela en torno a Hyde Park, Bunty interrogó a Charles sobre el ejército, mientras yo miraba por la ventana a la oscuridad.

Tan pronto como llegamos al Odeón y localizamos nuestros asientos, Bunty anunció sonoramente que tenía que ir a los servicios y desapareció una eternidad. Así pues, Charles y yo vimos el noticiario, que desbordaba optimismo sobre todo. Proyectaron un cortometraje sobre las chicas conductoras del Servicio Territorial Auxiliar: las mostraba abriendo capós de camiones y husmeando motores con toda familiaridad. Cuando empezó, un grupo de personas en las primeras filas del patio de butacas aplaudieron y alguien gritó: «¡Eres tú, Mavis!», a lo que una voz de mujer respondió: «Te equivocas, Vicent, yo estoy más delgada». El cine entero rio.

Sin embargo, yo me sentía cohibida, especialmente sentada al lado de Charles, con su uniforme. Durante el té le había hablado de la estación de bomberos y entonces le susurré que me había planteado ser algún día correo motorizado del AFS, el cuerpo de bomberos del ejército, si es que me aceptaban en el curso.

—Buena idea —me susurró Charles—. Muy emocionante.

—¿A que sí? —dije—. Solo tengo que aprender a conducir…, y lista, aunque creo que la cosa va lenta.

—Yo puedo enseñarle, si quiere —dijo Charles, con cierta ligereza—. Si no le importa aprender con una moto bastante vieja.

—Vaya —dije abrumada—, eso es muy amable por su parte.

En ese momento, Bunty volvió a su asiento.

—¿Te encuentras bien? —le susurré.

—Sí, claro —dijo Bunty, como si estar en los servicios durante veinte minutos fuera perfectamente aceptable.

—Charles va a enseñarme a conducir una motocicleta.

—¡Cielos! —exclamó Bunty.

Lo dijo con tal nivel de asombro que cualquiera habría pensado que el capitán estaba organizando una excursión a la Luna.

125

Me volví hacia ella. Miraba fijamente la pantalla, donde Max Miller se dedicaba a animar una cantina repleta de monjas. Debía de estar en toda su vis cómica, porque Bunty sonreía todo lo ancho que le permitía su cara.

—Sinceramente —dijo entre dientes—, ¿quién lo habría imaginado?

A mitad de película, el gerente del cine salió al escenario y anunció que se estaba produciendo un ataque aéreo. Si bien un año antes todo el mundo hubiera cogido sus máscaras de gas y hubiera corrido precipitadamente al refugio más cercano, como esta situación sucedía día sí, día también, ahora nadie se movió. Incluso varias personas gritaron desde el gallinero: «¡Espabile y ponga otra vez a Tyrone Power!». El gerente recibió dos silbidos de admiración y una pequeña ronda de aplausos. Bunty y yo estábamos encantadas de quedarnos, como si asistiéramos a una parte particularmente emocionante de la trama. Al final de la película, la sirena de alerta seguía aullando.

Bunty anunció que se iba de nuevo a los servicios.

—Adiós, Charles —dijo, dándole un apretón de manos—. Espero que volvamos a verlo. Emmy, despídete de Charles, y cuando se haya ido, espérame aquí —dijo esto último como una mandona, lo cual no era propio de ella. Luego desapareció detrás de una mujer corpulenta con un abrigo de pieles.

Aunque siempre proyectaban las películas a un volumen más alto del habitual, ni siquiera *La marca del Zorro* había amortiguado por completo el «brum, brum» de los bombarderos en el cielo. Una vez que salimos del auditorio y estuvimos delante del edificio, el sonido era mucho más fuerte. Charles y yo hablamos a voces por encima del estrépito.

—¿No estarán pensando en volver a casa en autobús, verdad? —gritó Charles.

—Oh, siempre lo hacemos, no pasa nada —grité a mi vez justo en el momento en que se oía un silbido horrible. Todo el mundo permaneció quieto en el vestíbulo durante un segundo hasta que un enorme estruendo sacudió el edificio—. Eso ha sido un bombardero Thumper —añadí innecesariamente.

—A ver —dijo Charles por encima del estruendo—, no quiero ponerme pesado con lo de la seguridad, y me da lo mismo si tienen por costumbre sacar hamacas a la calle para observar cómo arde la ciudad, pero esta noche, si puedo encontrar un taxi, nos vamos en él.

Seguía mostrando su sonrisa y su infalible amabilidad. Abrí la boca para protestar, pero lo pensé mejor y volví a cerrarla como un pez. Más allá de sus ojos dulces y su discreto encanto, Charles me impresionaba como un hombre que sabía lo que hacía.

Se oyó otro silbido, menos agudo y, por lo tanto, más lejano esta vez, pero seguido igualmente del crujido estremecedor de un impacto contra un edificio cercano. Aunque habían tapiado por completo la fachada de cristal del cine y estábamos a salvo, Charles se movió para colocarse entre mi cuerpo y una posible explosión.

—Ahora —dijo haciendo caso omiso del ruido—, ¿no cree que debería comprobar si Bunty está bien?

Mi amiga llevaba desaparecida una eternidad.

—Buena idea —dije mientras Charles me tomaba del brazo, y nos abrimos paso entre la gente que hacía cola en taquilla—. Si muere y la hacen pedazos, será seguramente en un cuarto de baño.

Charles me miró de soslayo. Ambos soltamos una carcajada.

—Oh, querido —dije—. No suelo ser tan estúpida.

—Es la persona menos estúpida que he conocido —respondió—. Mire, ahí está.

Bunty estaba agazapada detrás de un puesto de refrescos, como si esconderse cuando era hora de volver a casa fuese un perfecto acto de cordura.

—Vamos a volver en taxi —dije mientras nos volvíamos y nos dirigíamos a la entrada—; de lo contrario, a Charles le va a dar un ataque de nervios.

—Así es —dijo él—. Ahora, espérenme aquí mientras voy a buscar uno.

Sacándose una pequeña linterna militar del enorme bolsillo de su abrigo, Charles cruzó con decisión el suelo de mármol y desapareció por las cortinas opacas junto a la salida.

—Cielos —dijo Bunty—. Qué simpático es, ¿verdad?

Se oyó otro estruendo amenazador en la calle.

—Bunty —dije ahora que estábamos a solas—, ¿es un virus estomacal?

Bunty pareció desconcertada.

—No paras de ir a los servicios —susurré—. Y tardas siglos.

—Ah, eso —dijo sonriendo—. Ha estado bien, ¿verdad?

La miré perpleja.

—Lo hago para dejaros solos, tonta —gruñó—. Le gustas.

—¡Qué dices! —exclamé—. ¡Bobadas!

—Para nada. Y, de todas maneras, a ti te gusta. Lo sé. Lo que yo quiero es que te pida una cita antes de marcharse.

—Bunty…

—Ahora escúchame. —Me lanzó una mirada cómplice—. Cuando lleguemos a casa de la abuela, yo saldré corriendo del taxi con un dolor espantoso. Tendrás que apresurarte detrás de mí, pero, antes de hacerlo, le dices cuánto sientes tener que despedirte tan rápido de él.

Puse los ojos en blanco.

—Dirá que tiene que verte otra vez sea como sea y tú le pondrás ojitos y le dirás que tienes que irte porque puede que yo esté muy enferma (eso te hará parecer una persona afectuosa), pero que, si quiere, puedes darle tu número de teléfono.

—Oh, Bunts —dije—. En la vida real, nadie dice Tengo Que Volver a Verte. Has visto demasiadas películas.

—¿A que sí? —convino Bunty—. Me inspiran montones de ideas. Esto es muy emocionante. Yo ya me he olvidado casi del pobre Harold, ¿tú no?

—Yo casi he olvidado que somos amigas —repliqué con severidad.

—¡Charles! —exclamó Bunty, como si hubiera encallado en una roca en medio de un mar agitado.

Bunty me sujetó del brazo y me arrastró hacia la puerta principal, donde había aparecido Charles, con las orejas visiblemente heladas. Bunty le cogió desvergonzadamente del brazo.

—No sabe *cuááánto* se lo agradecemos. Nos ha sacado de un buen apuro —dijo con gratitud—. Ya ve que no me encuentro muy bien.

129

11

Una mala noche en la estación

A la tarde siguiente recorrí Rowland Street a pasos largos, calentita en mi abrigo del AFS y balanceando la bolsa de red que contenía los bocadillos de la noche. Era la segunda noche clara seguida y la luna estaba siendo muy traicionera, delatando las mejores áreas de Londres para ser bombardeadas. Con otras cosas *in mente*, caminaba pensativa hacia la estación de bomberos.

Me encontraba en medio de uno de esos combates que las personas artísticas llaman Emociones Mixtas. El sábado había sido un día maravilloso. Le seguí el juego a Bunty, que había salido del taxi como un rayo y, por su parte, Charles dijo Caramba y qué tarde tan maravillosa hemos pasado y que teníamos que repetir, aparte de que Bunty se encontrara mal. Dije que a Bunty le encantaba el cine, pero entonces Charles dijo que —aunque Bunty le caía muy bien y deseaba su pronta recuperación—, si nos parecía bien a las dos, que saliésemos otro día, pero solos.

Así que le di a Charles mi número de teléfono y luego nos despedimos y nos dimos un apretón de manos que duró más de lo estrictamente necesario, y todo salió a pedir de boca.

Bunty estaba emocionada al respecto, claro, pero fue un indulto temporal, porque al día siguiente me soltó una buena soflama sobre el asunto de las cartas en el trabajo. Pensaba que yo había perdido el juicio y que, aunque solo estuviera tratando de ayudar, la posibilidad de perder mi empleo debería darme que pensar.

No era sorprendente, pues, que junto con la sensación de leve mareo por lo de Charles, estuviera también de los nervios. Al día siguiente recibiríamos el nuevo número de *La Amiga de la Mujer* en la oficina, rematado con la carta que yo había filtrado en la página de «Henrietta al habla».

Aunque había escrito a cuantas lectoras pensé que podría ayudar, era dolorosamente consciente de que incluir una carta en la revista era harina de otro costal. Me obligué a mí misma a no darle más vueltas. Tenías muchas más preocupaciones aquella noche si se producía un ataque aéreo.

La estación de bomberos de Carlton Street solo quedaba a tres calles de la casa de la abuela de Bunty, y podía llegar hasta allí con los ojos cerrados, lo cual era de agradecer. De vez en cuando, las cosas se tensaban un poco y, con las calles iluminadas por el gigantesco brillo naranja de los incendios de Londres provocados por las bombas incendiarias alemanas, tenía que correr a toda mecha hasta casa. No es que me dominara el pánico, pero discurrí que hasta el señor Churchill pensaría que apurarse era una idea razonable. Cuando los cañones antiaéreos disparaban sin parar, me quedaba en la estación hasta que la cosa se tranquilizaba. No tenía sentido salir a la calle si llovía metralla y, aparte de eso, no había nada más ensordecedor en el mundo.

Sorteando un enorme cráter en la calzada, crucé la calle y saludé al señor Bone, que estaba cerrando la puerta de su entablado quiosco. Llevaba puesta su bata de trabajo y, al volverse hacia mí, se sopló los dedos para calentarse.

—Buenas tardes, señor Bone —saludé—. ¿No lleva guantes? Se va usted a congelar.

—Buenas tardes, Emmy. Ese repartidor atolondrado se los ha llevado. ¿Cómo está su joven hermano? ¿Sigue zurrando al enemigo?

—Eso intenta, señor Bone —contesté, restándole importancia al asunto.

—Buen muchacho —dijo el señor Bone amablemente, y le pregunté por su esposa.

131

Su único hijo, Herbert, había sido artillero de cola en la RAF. Les habían alcanzado en el Canal y nunca volvió a saberse de su paradero. Intenté no pensar en el día en que los Bone se enteraron: el señor Bone apilando periódicos de manera que no se le veía la cara, y la señora Bone junto a la caja registradora de la tienda, como era su costumbre, solo que con lágrimas corriendo en silencio por sus mejillas y una mirada que decía que todo estaba absolutamente perdido. Bert era su único hijo.

—No vuelvas a casa hasta que haya luz verde, ¿de acuerdo? —dijo el señor Bone con cara de preocupado.

Le prometí que no lo haría, y él me dijo que sabía que estaba cruzando los dedos en la espalda, lo cual era cierto.

Me despedí de él con la mano, doblé la esquina y llegué a Bellamy Street, dejando atrás un enorme hoyo donde había estado la tienda de bicicletas. Ahora se veía la calle a través, pero yo siempre saludaba con un «hola» mental a un cartel escrito a mano, tirado entre los escombros de la tienda, que rezaba: CERRADO POR VACACIONES. ¡VOLVEMOS ENSEGUIDA! Su propietario, el señor Dennis, vivía encima de la tienda con su familia, pero por fortuna, cuando la bombardearon, habían ido a visitar a su hermana en Southsea. El señor Dennis regresó para ver si podía rescatar algo, lo que no fue posible, pero se lo tomó con filosofía.

«Siempre he dicho que teníamos que salir más de casa», dijo, y todo aquel que se acercó a verle le animó. Luego repartió apretones de manos a todo el mundo. Cuando un par de amigos suyos se lo llevaron al pub antes de subirse al tren de regreso a Southsea, el señor Dennis dijo: «Volvemos enseguida. Si Hitler pregunta, díganle que estamos de vacaciones».

Al día siguiente, un bromista del barrio había puesto aquel cartel. Te hacía sonreír, pero sobre todo logró que nadie olvidara a la familia Dennis. Sabíamos que volverían.

Esa noche, William estaría de servicio en la estación, como casi siempre. Acababan de ascenderlo a suboficial en B Watch, lo que se merecía con creces. Todos estábamos más contentos que unas castañuelas por él. Trabajaba más que nadie, y era un valiente, aunque a veces tenía que reconocer que eso me asustaba un poco. Yo entendía perfectamente tanta valentía, pues formaba parte de su trabajo, pero también entendía perfectamente a Bunty, pues quien se la jugaba era el chico al que ella adoraba.

Apreté el paso. Thelma y Joan ya se encontrarían en la estación —eran las empleadas de B Watch a tiempo completo—, y luego estábamos la joven Mary y yo, las voluntarias. Nos sentábamos todas a nuestras mesas en una fila y charlábamos haciendo como si todo fuera de lo más normal, hasta que la sirena se disparaba y los teléfonos empezaban a sonar con llamadas de personas que nos decían que habían bombardeado sus casas o que una bomba había estallado al lado, incendiando media calle. Entonces las cosas se ponían moviditas. Mary y yo hacíamos el voluntariado tres noches a la semana, aunque a menudo llegaban a ser cuatro o cinco.

Sin embargo, lo nuestro no era nada comparado con lo de William y los muchachos. Si la cosa estaba tranquila en West London, podías apostarte tu último penique a que los muelles estarían pidiendo a gritos equipos de socorro. Había visto a William al principio de mi turno, pero era raro que él estuviera de vuelta cuando me iba a las seis de la mañana siguiente. Y, si lo estaba, solía venir empapado, exhausto y con la cabeza todavía en otro mundo. Cuando yo entraba en casa, siempre armaba un poco más de bulla a propósito para que Bunty supiera que estaba de vuelta. Entonces ella salía de su dormitorio y se ofrecía a poner la tetera. De este modo podía decirle que todo iba bien, sin que ninguna de las dos armase ningún alborozo al respecto. Pasara lo que pasara, yo siempre le decía que William seguía de una pieza.

Llegando puntual a mi turno, abrí la puerta lateral de la estación y entré pasando por delante de dos muchachos de B Watch, que se dedicaban a reparar la bomba de agua de un remolque que una pared había aplastado la semana anterior.

—Buenos días, chicos —saludé, aunque era por la tarde.

133

—Buenas tardes, ángel —me gritó uno desde debajo de la bomba de agua—. Gracias por pasarte por aquí. Estamos muertos de sed.

—La tetera es lo primero, Fred —respondí a sus pies mientras me desanudaba el pañuelo—. ¿Tú también, Roy?

—Fenomenal. Buena chica. —A Roy parecía que le faltaba el aliento—. EN EL SENTIDO DE LAS AGUJAS DEL RELOJ, Fred. Como la gires así me vas a aplastar.

Me estrujé para pasar por delante de la estropeada pieza de maquinaria y trepé por las empinadas escaleras hasta la sala de guardia donde las chicas ya estaban parloteando. Thelma tiraba de la cintura de su falda uniformada hacia fuera, enseñando el hueco.

—¿Ves? Como se pongan a racionar los dulces. puede que deje esto y me haga modelo. —Sonrió de oreja a oreja.

—Hola, chicas. Estás espléndida, Thel —dije. Sabía que Thelma no comía nada de nada para que sus hijos tuvieran algo más que llevarse a la boca—. ¿Ha ocurrido algo emocionante? —Me despojé del abrigo y del gorro.

—Adolf te ha estado esperando —dijo Joan—. Estará al caer, imagino.

—Vale, pues entonces será mejor que nos tomemos un té y cotilleemos un poco mientras podamos —dijo Thelma—. ¿Qué tal tu paseo de ayer, Emmy? ¿Conociste a alguien?

Desde que Edmund había terminado conmigo, las chicas no habían cejado en su campaña por buscarme un sustituto. A mí no me importaba; nos proporcionaba algo frívolo sobre lo que hablar. Las noches en que no se producían ataques aéreos nos dejaban dormir en el cuarto de voluntarias, y nos acomodábamos en nuestras literas bebiendo cacao y hablando de naderías. Y en las noches de fuertes ataques aéreos, si teníamos algún descanso, hablábamos aún más de naderías para no pensar en ellos. Buscarme un marido era perfecto en este sentido.

—La verdad es que sí —dije—. Un hombre altísimo llamado Harold.

Las tres pusieron cara de inocentes y dijeron Caramba y Fabuloso al mismo tiempo. Yo estaba segura de que todas andaban metidas en el ajo.

—Pero no es hombre para mí —dije, frustrando sus esperanzas.

Había decidido no contarles nada de Charles. Acabábamos de conocernos y no me apetecía que medio B Watch se emocionara con el asunto.

—¿Era horrible? —preguntó Joan, quien pensaba que los hombres eran en su mayoría una pérdida de tiempo. Sobre todo su esposo, pensándolo bien. Me dio una palmadita en el hombro—. Tú no te preocupes.

—Y sigues siendo bastante joven —dijo Mary, que tenía diecinueve años y me veía como una vieja.

—Encontrarás a alguien —aseguró Thelma.

—Eh, ¿dónde está nuestro té? —gritó una voz desde el piso de abajo.

Joan bajó el tono.

—No pierdas la esperanza, Emmy —me dijo con aire serio.

Yo era soltera, no inválida, pero, como siempre, todo el mundo lo pasaba por alto.

Joan y Mary sirvieron deprisa los tés, y Thelma y yo comenzamos nuestra habitual rutina de prepararnos para el turno. William asomó por la puerta para saludarnos, con una mirada decidida que indicaba que prefería irse con su equipo. Luego se esfumó.

Thelma era una lectora adepta a las revistas y había empezado a comprar *La Amiga de la Mujer*. Pensaba que yo era modesta cuando decía que mi trabajo distaba mucho de ser glamuroso.

—El «¿Qué hay en la cazuela?» de la semana pasada —reflexionó Thelma—. El estofado de sesos de cordero. No consigo desprenderme del aroma. —Las dos nos echamos a reír—. Aun así —añadió—, dejó a los niños con la panza llena. ¿Cómo llevas la página de problemas? ¿Alguna cosa interesante?

Sonrió, y me dije que no podía contárselo, pero se me revolvió el estómago, y no fue por el estofado. No le había contado nada a Thelma de las cartas, claro, aunque sería una persona útil para los consejos. Thelma rondaba la treintena y tenía tres hijos. Era mil veces más apta que yo para ayudar a la gente.

—No debería decir nada, pero...

Los ojos de Thelma se agrandaron. Retiró la silla y se sentó a mi lado.

—Oh, no es nada del otro mundo —dije con despreocupación, pero lo cierto es que estaba pensando en una lectora cuya carta no había tenido el valor de tirar.

> Querida señora Bird:
> Tengo dieciocho años y mis padres son muy estrictos. Vivimos al lado de un campamento militar y los hombres siempre son muy simpáticos.
> He hecho migas con uno que tiene mi misma edad. Solo somos amigos, pero mis padres dicen que no debo relacionarme con soldados y que me prohibirán salir sola de casa. He estado yendo al cine con este chico, pero mis padres no saben nada. Todas mis amigas salen con chicos, y yo no quiero perderle.
> Por favor, dígame qué debo hacer.
>
> Harta, de la ciudad de Hull

Sabía que la señora Bird le daría a Harta muy poca cancha, pero me dio pena. Sin embargo, no sabía bien qué consejo darle. Dieciocho años eran definitivamente edad suficiente para salir con alguien, desde mi punto de vista, pero no la animaría a contravenir los deseos de sus padres. Estaba entre la espada y la pared, sin saber qué sugerirle.

Pude oír que Joan y Mary parloteaban y reían en la sala de voluntarias mientras preparaban el té. Los chicos seguían en la planta de abajo, mientras el capitán Davies estaba encerrado en su despacho. Me incliné hacia delante y bajé la voz.

—Thel, ¿tú qué dirías si una chica de dieciocho años quisiera salir con un soldado? ¿Y si fuera Margaret?

La hija de Thelma apenas tenía nueve años, pero, aun así, le proporcioné la información sin mencionar a Harta.

Thelma entornó los ojos.

—La encerraría en su cuarto hasta que se firmara la paz —dijo sonriendo—. Bendita sea. La primera vez que vi a Arthur llevaba puesto su uniforme de la marina. Perdí la cabeza al instante. Si sus padres la encierran, lo que hará será salir por la ventana. —Caviló un rato, disfrutando del reto—. Debería pedirle a su madre que invite a uno o dos de esos chicos a tomar el té, todos vigilados y demás… Eso es poner de tu parte. —Thelma hizo una pausa—. Y después le metería el miedo en el cuerpo a él también.

Nos echamos a reír, pero yo estaba tomando nota mental de lo que decía. El consejo de Thelma parecía práctico y no era demasiado duro.

—Entonces —dijo Thelma—, ¿daría el pego en «Henrietta al habla»?

Si ella supiera. Sería millones de veces mejor que la señora Bird. Si Thelma estuviera a cargo del consultorio, yo ni siquiera tendría que pensar en colar cartas en *La Amiga de la Mujer*.

137

Una sensación de ansiedad volvió a revolverme el estómago.

—Bien —dijo Thelma—. ¿Dónde están las demás con el té? Espera…

Las dos aguzamos el oído. Las sirenas habían empezado a sonar.

Joan y Mary volvieron rápidamente (Mary con la bandeja del té) cuando casi de inmediato oímos el zumbido de los aviones y el fuego antiaéreo. A continuación, cayeron las primeras bombas de la noche.

Mientras Mary repartía el té, Thelma encendió un cigarrillo y se puso su casco de acero. Yo también me puse el mío y apreté fuerte el barboquejo.

—Suena cerca —dijo Joan, frunciendo los labios y haciéndose eco del señor Bone al añadir—: Esta noche va a ser movidita.

Tenía razón.

En un pispás, mi teléfono fue el primero en sonar de los cuatro. Respondí enseguida. «Brigada contra Incendios. ¿Desde dónde nos llama, por favor?», dije al tiempo que un estruendo sacudía nuestro pequeño edificio. Mi nueva taza de té tembló con la mala suerte de saltar del platillo y esparcir su contenido.

—Disculpe, ¿puede repetir eso?

Los otros teléfonos de la sala de control se pusieron a sonar cuando la mujer al otro lado de la línea intentaba darme la información a gritos. La casa que estaba a dos puertas de la suya había recibido un impacto directo.

—¿Sabe cuántas personas viven en la casa? —pregunté, escribiendo apresuradamente las señas de una calle que reconocí y que estaba a menos de un kilómetro—. ¿Y niños?

Aborrecía esta parte.

—Seis —me dijo—. No podemos ver nada por culpa del humo.

—No se preocupe —repuse. Mi voz era firme, pero me alegré de que la persona que llamaba no pudiera ver mis estremecimientos—. No se muevan de ahí. Irán a buscarlos cuanto antes.

Le di las gracias y me despedí, como si acabara de reservar en un restaurante en vez de haber apuntado los detalles de media calle recién arrasada. La primera vez que hice de voluntaria, me pareció duro, pero conservar la más absoluta calma por terribles que fueran las llamadas formaba parte de nuestro trabajo. No podías permitirte pensar en nada cuando estabas en medio de una noche de ajetreo. Como decía el capitán Davies, eso no ayudaría a nadie. Después ya tendríamos tiempo para lo demás, claro, especialmente si descubrías que las cosas se habían torcido.

Arranqué la hoja de mi cuaderno y la clavé en el pincha papeles al que iban a parar todas las llamadas. Thelma y Mary también clavaron las suyas. El capitán Davies apareció desde su despacho.

—Dos bombas de agua y una unidad pesada, Mary —dijo levantando la vista hacia la pizarra y poniéndose a ordenar chapas para disponer el destino de los equipos.

Mary ya estaba en pie, camino de la puerta para empezar a hacer sonar la campana de mano. Un miembro del equipo entró corriendo para recibir órdenes. Yo llevaba meses viendo aquella expresión que el hombre tenía en su rostro. Era una mezcla curiosa de mirada grave y de estar impaciente por ponerse manos a la obra. Si la guerra duraba veinte años, no estaba segura de poder acostumbrarme a tales cosas.

—Los cascos, chicas —dijo el capitán Davies, mirando fijamente a Mary.

Mi teléfono sonó otra vez, lo mismo que el de Thelma. Joan intentaba aclararse con alguien que no alcanzaba a oír bien.

—Brigada contra Incendios. ¿Desde dónde nos llama, por favor?

Todas repetíamos siempre las mismas frases. El cigarro de Thelma se consumió y murió poco a poco en el cenicero; Mary siguió haciendo sonar la campana hasta que no quedaron más hombres que enviar, y el capitán Davies le dijo a Thelma que se pusiera en contacto con Lambeth para conseguir refuerzos. Todo el mundo había estado en lo cierto. Era una de las noches de mayor actividad desde Año Nuevo y, a medida que transcurría la tarde, el ruido de los bombarderos crecía en proximidad y volumen. Estábamos en el ojo del huracán. Los gemidos de los aviones sobre nuestras cabezas no callaban y solo eran interrumpidos por los disparos de la artillería antiaérea y más bombas.

—Han salido a por nosotros esta noche —dijo Thelma durante una de las escasas pausas al teléfono—. Espero que mamá se haya llevado a los niños a la carbonera.

—Espero que Bunty esté bien —dije yo.

Sabía que iría al refugio vecino. Si una de las dos estaba sola, huiría por el jardín y a través de la verja hasta llegar a casa de la señora Harewood. La señora Harewood era una viuda que vivía sola, pero, como su esposo había servido en el cuerpo diplomático, tenía habitaciones disponibles para los dignatarios que venían de visita. Bunty decía que nunca sabías a ciencia cierta junto a quién terminarías sentada. Podía ser el ama de llaves de la señora Harewood, Maureen, o un personaje de incógnito con una pipa.

En una noche como esta, no obstante, poco importaba si te tocaba al lado de la reina de Saba. Existía una probabilidad real de que alguien resultara herido. Lo peor era si entraba una llamada referente a una bomba caída cerca de nuestros familiares o amigos. No se podía hacer mucho, tan solo rezar una oración rápida y seguir adelante hasta el final del turno. No queríamos fallarles a los chicos; al fin y al cabo, eran ellos los que estaban fuera, apagando fuegos mientras la metralla estallaba sobre sus cabezas y las bombas no cesaban.

A medianoche todos necesitábamos un estimulante y, entre llamada y llamada, intenté comerme mi sándwich, que empezaba a abarquillarse por las esquinas. No nos permitían comer sentadas a nuestras mesas, pero el capitán Davies había salido a un incendio que necesitaba seis bombas de agua (era una situación extrema), así que pensé que estaba fuera de peligro.

Junto a la pizarra, Thelma miraba la dirección que el capitán Davies había escrito con tiza: «Church Street, 20.15». Echó un vistazo al gran reloj fuera de su despacho, pero no dijo nada. Todas sabíamos lo que estaba pensando.

Preocuparse por los equipos era la peor parte del trabajo, así que empecé a hablarle de *La máscara del Zorro* solo para que dejara de darle vueltas al tiempo que los chicos llevaban fuera. El zumbido de los aviones aturdía. Joan y Mary se habían metido los dedos libres en los oídos y se inclinaban sobre los teléfonos intentando responder a las llamadas. Era una tarea infructuosa. Los bombarderos sobrevolaban nuestro edificio y eran ensordecedores.

Renuncié al *Zorro* cuando sonó el estallido más tremendo de la noche, tan fuerte que la sensación fue la de estar en el centro de una tormenta. Cuando temblaron hasta los cimientos del edificio, nos tiramos todas debajo de la mesa.

El gran reloj se estrelló contra el suelo, desconchando un trozo de yeso en su caída, y tazas de té, platillos y bandejas traquetearon; la mía saltó del escritorio y se hizo añicos a mi lado. A Mary se le escapó un gritito y después pareció avergonzada, pero ninguna podía culparla. El ruido venía de todas partes a la vez, como si el sonido mismo nos estuviera engullendo. Se produjo otra explosión enorme y el edificio volvió a temblar.

Si el afectado no era el número de nuestra calle, debía de ser otro muy cercano. Hasta Joan parecía preocupada.

—¡Cielos! —gritó Thelma, que estaba en el suelo junto a mí. Me apretó el brazo—. Esta sí que ha caído cerca. ¿Estás bien?

Asentí.

—Perfectamente. —Forcé una sonrisa y miré a las otras chicas—. ¿Nadie ha perdido ningún dedo de las manos o de los pies?

Las demás menearon las manos, y Thelma y yo, nuestras espaldas.

—Condenado Hitler —rugió Joan por encima del ruido de la artillería.

—Creo que me he sentado encima de mi lápiz —gritó Mary, intentando sonar animosa y cambiando de postura para mirarse el trasero.

—Mala suerte —grité. Levanté los dedos pulgares y articulé—: ¿TODO BIEN?

Mary levantó los pulgares y asintió enérgicamente. Se oyó otro estallido enorme y todo volvió a temblar. Esta vez no sonó tan cerca; no lograron cortar las líneas telefónicas sobre nuestras cabezas, pues oímos nuevos timbrazos.

—Creo que es el mío —gritó Joan. Empezó a arrastrarse para responder mientras las demás la observábamos—. Uff, mis rodillas. —Se levantó con dificultad mientras el fuego continuaba.

Joan no le temía a nada.

—¡Que te den, Hitler! —gritó mientras dejaba nuestro búnquer temporal.

Los teléfonos estaban volviéndose locos. Yo no sabía qué pensaba Joan que podría hacer, si apenas podíamos oírnos las unas a las otras aun elevando la voz al máximo, pero era la más dura de todas y nuestra líder. Mary, Thelma y yo nos miramos. Podíamos quedarnos debajo de la mesa toda la noche, o podíamos ponernos manos a la obra.

—¿Listas? —chillé, y las demás asintieron.

—¡QUE TE DEN, HITLER! —rugimos, y saltamos a contestar nuestros teléfonos.

12

La mitad ha desaparecido por completo

$\mathcal{A}$ Hitler no le impresionó nuestro lenguaje: siguió bombardeando sin descanso el oeste de Londres hasta bien entrada la noche.

Durante horas recibimos una llamada tras otra. Un hombre me dio la dirección de Latham Road, pero dijo que en verdad no importaba el nombre, porque tendríamos suerte si podíamos encontrar algo en pie.

—Casi todo ha desaparecido por completo, cielo. Ha desaparecido por completo —dijo al teléfono.

Nos avisaron de que se habían declarado incendios a todo nuestro alrededor. A los jóvenes mensajeros que aún no estaban haciendo sus rondas los enviaban a buscar a los equipos de bomberos para decirles que no volvieran, sino que fueran directos a los incendios más descontrolados. A las tres y cuarto, después de cumplir lo que parecía su peor escabechina, el enemigo se había replegado. Poco después sonó la sirena de alerta y alguien llamó al Servicio Voluntario de Mujeres para decirles que comprobaran si habían enviado las cantinas móviles para que los chicos pudieran resistir.

A las seis de la mañana empezó a llegar el turno de día. Finalmente, pude levantarme de mi silla, haciendo rodar los hombros hacia atrás porque se me habían agarrotado de tanto agacharme sobre el teléfono. Anhelaba volver a casa y comprobar que Bunty, la señora Harewood y Maureen estaban sanas y salvas. Había sido una noche larga.

—¿A qué hora tienes que estar en el trabajo? —preguntó Thelma viendo que me frotaba los ojos.

—A las nueve —dije—. Tengo una par de horas para dormir. —Me volví hacia Joan—. ¿Alguna novedad de los chicos? Me gustaría informar a Bunty.

Joan se había encargado de la pizarra y yo hacía horas que le había perdido la pista.

—Siguen ahí fuera, en Church Street —dijo mirando su reloj—. Llevan allí un buen rato. —Vio mi cara y alegró la voz—. Estarán bien.

—No si Bill monta un numerito como oí que hizo la semana pasada.

La Horrible Vera, una de las fijas en A Watch, acababa de entrar en la sala.

—Tommy Lewis dijo que Bill se había comportado de un modo demasiado entusiasta en una llamada para una misión que estuvo a tres centímetros de costarle una pierna —dijo Vera con una floritura.

Se quitó el gorro y se sacudió el pelo con despreocupación. Vera y yo no nos llevábamos demasiado bien. Todas sabían que tenía debilidad por William y decía cosas feas a espaldas de Bunty.

—Cierra el pico, Vera —dijo Thelma.

Vera fingió inocencia, cosa que era un pelín forzada.

—Bueno, estoy segura de que Emmeline querrá contárselo a Bunty. Yo lo haría si ella fuera mi mejor amiga.

Pensé que me correspondía a mí decidir si se lo contaba o no a Bunty, pero Vera continuó.

—Oh, ¿es que no lo sabías? William se libró por los pelos en los almacenes de Shepherd's Bush Road. Tommy dijo que una viga enorme cayó tan cerca que tuvieron suerte de no morir todos aplastados —dijo—. Vuelvo dentro de un minuto —añadió con una sonrisa forzada y salió del cuarto.

Permanecí callada y me puse a recoger mis libros de partes.

—Está exagerando, Emmy —dijo Thelma—. Ya la conoces. No fue tan feo como lo pinta.

Me mordí el labio preguntándome por qué todo el mundo menos yo parecía saberlo. Ahora no me sorprendía que Bill apenas se hubiese dejado ver esta noche y no se hubiera acercado a charlar un poco.

—No le hagas ni caso —ordenó Joan, aupándose para volver a colocar el reloj en su gancho de la pared—. Sabes que es una mala pécora.

—Una pécora con rizos —dijo Thelma provocando unas sonrisas—. Venga, vete ya, antes de que vuelva. Hala, nos vemos mañana. Descansa un poco esta noche.

Me echó de la sala de control.

Chasqueé la lengua mientras recogía mi abrigo y mi gorro del perchero del pasillo, bajé las escaleras aferrada a la barandilla y salí de la estación. Estaba rendida y también enfadada por permitir que Vera me sacara de quicio. Todo el mundo sabía que hacía montañas de granos de arena. Supuse que no pasaba nada.

De todas maneras, Church Street estaba a un corto desvío del camino a casa y decidí ir por allí. Aún no había amanecido, pero mis ojos no tardaron mucho en ajustarse a la penumbra y empecé a ver los resultados de la actividad de la noche.

No era raro que la estación hubiera temblado como una hoja. Jamás había visto nada igual.

Hatch Road ya no estaba en su sitio. Los edificios no eran más que cascotes carbonizados, con pilas de escombros todavía ardiendo y un olor omnipresente a quemado. Algunas casas se habían derrumbado parcialmente; con las tenues primeras luces podían vislumbrarse algunas de las estancias, que en parte aún estaban intactas. Un dormitorio pendía de lado, con una cómoda curiosamente indemne, pero el resto de la habitación había desaparecido, como si la hubieran cercenado de un tajo con un cuchillo romo. Dos bomberos se erguían en la cima de un montículo de humeantes escombros, e intentaban sofocarlos con una manguera. Estaban mojados, sin hablar, solo concentrados en rematar la faena. No los reconocí, debían de ser de otra estación y habrían venido de refuerzo.

Me acerqué sin que los trabajadores de rescate se dieran

cuenta. El conductor de una ambulancia ayudaba a un anciano a subir a la furgoneta, y le decía que no se preocupara, que todo iba a arreglarse. El hombre dijo que podía ser viejo, pero no estúpido, y preguntó qué pensaba que había ocurrido con la gente desaparecida. El hombre de la ambulancia ignoró la pregunta y le prometió un té.

Desvié la mirada y vi a una mujer de mediana edad envuelta en un edredón, sentada en una silla de cocina en medio de lo que había sido la acera. Estaba sola. Me acerqué a ella.

—Hola, soy de la Brigada contra Incendios —dije, corroborando la obviedad de mi uniforme—. ¿Puedo ayudarla?

—El hollín y la ceniza la cubrían de pies a cabeza; además, tenía un corte considerable en la barbilla.

Negó con la cabeza y me ofreció una sonrisa cansada.

—No te preocupes, cariño, solo estoy recuperando el resuello —dijo—. Esta es la tercera vez que me bombardean. Lo superaré.

—¿Está segura? —dije sintiéndome inútil.

—Oh, sí. Sigue con lo tuyo. Parecía que tenías prisa por llegar a algún sitio.

Estaba en lo cierto. Debía admitir que quería llegar a casa, asegurarme de que mis amigos estaban bien y luego ponerme mi traje de trabajo, ir a una oficina que no estuviera en medio de un ataque aéreo y ser una persona civil que hablara de patrones de moda y de amoríos y de cómo sacarle partido a media libra de callos.

Me sentí avergonzada. Menuda Corresponsal de Guerra estaba hecha.

Había visto toneladas de edificios quemados, cráteres provocados por bombas y muchos hogares todavía en llamas o desmoronándose. Pero nunca antes había estado directamente en el escenario de una devastación como aquella. No con personas en camillas y guardas acuclillados junto a ellas escribiendo etiquetas.

Respiré hondo y me dije que debía reaccionar. Luego le pregunté a la mujer de la silla si estaba segura de que no podía hacer nada para ayudarla; cuando insistió en que se encontraba bien, me dirigí a Church Street para buscar a William y a los chicos.

—Vamos, Lake —me susurré a mí misma—. Haz como que estás de servicio.

Me enderecé y saqué un poco de barbilla.

—Por ahí no, señorita —dijo un guarda de la Precaución contra Ataques Aéreos, cuando llegué a la esquina de la calle—. En su lugar, yo iría por el otro lado.

—Gracias, pero me han enviado de la estación —mentí, toqueteando la chapa prendida en mi abrigo—. Nos hemos quedado sin mensajeros.

Pareció dudar un momento, pero luego dijo Buena Chica y Pase Entonces, así que eso hice.

Si Hatch Road me había parecido lúgubre, no era nada comparado con la escena que vi al doblar la esquina. Church Street estaba irreconocible. No es que fuera una calle muy grande, pero toda la sección media había desaparecido por completo. Donde había existido una hilera de casitas georgianas orgullosamente cuidadas, ahora solo se veían pilas de ladrillos y cristales, todavía humeantes, ya que el fuego seguía ardiendo por debajo. Había agua por todas partes, alguna procedente de las mangueras de la brigada, por supuesto, pero, por el agua que salía a chorros en mitad de la calle, se diría que una de las cañerías había reventado.

Al acercarme vi cuatro bombas de agua y dos unidades pesadas que seguían allí, y a los equipos muy ocupados trabajando. No vi ni rastro de William y los chicos. Sí que vi una cantina del Servicio Voluntario Real Femenino estacionada allí y a las voluntarias, que repartían bocadillos a una pareja de policías. Sin embargo, nuestros chicos no habían parado. Uno de los equipos usaba la bomba a pleno rendimiento contra un incendio en un edificio derrumbado. Las llamas iluminaban la calle entera; cuando me acerqué, el calor era insoportable. Adopté un aire enérgico y eficiente por si alguien preguntaba qué estaba haciendo allí, pero nadie tenía ni tiempo de reparar en mí.

Alguien cerró de un portazo una ambulancia y dio un

147

golpe en la parte trasera mientras se alejaba, apretujándose entre un cráter y los restos de una casa. Cuando se hubo marchado, un furgón que transportaba un equipo de hombres de Rescate Pesado llegó en su lugar; muchachos grandotes con palas, camisas arremangadas y expresión decidida se apearon de un salto.

Me detuve para observar como un capitán de bomberos saludaba al equipo y se daba un apretón de manos con el hombre al mando.

—Mucho cuidado, muchachos —dijo el capitán—. Es inestable de narices. Creemos que sigue habiendo gente ahí abajo; uno de los muchachos está intentando sacarlos.

—Demonios —murmuró uno de los hombres grandotes—, ya son ganas de morir.

—Mira esa pared —dijo su colega—. Capitán, eso de ahí se va a caer dentro de tres minutos. Sus chicos tienen que salir cagando leches.

Tenían la mirada puesta en los restos de un hogar: media casa de tres pisos a punto de derrumbarse de un momento a otro, y con lo que había sido una medianera ahora escorada peligrosamente a la derecha y apuntalada por un montoncito de humeantes escombros y madera astillada. Se veían dos bomberos en la cima del montículo, con cuerdas atadas al pecho, mirando por un agujero. Dos más los vigilaban, sujetando los extremos de las cuerdas. Se me encogió el estómago cuando vi que uno de ellos era Roy, de la estación, que ahora era la viva imagen de una ensordecedora concentración. No podría haberse parecido menos al Roy que yo conocía, el que pedía un poco más de té y nos contaba historias chistosas de sus hurones.

Dudé un instante, pero luego me deslicé un poco más, escondiéndome detrás del equipo de trabajadores de rescate, consciente de que, como empleada femenina de la estación, no debía estar aquí, y menos aún fuera de mi horario de servicio. Si me veía, Roy se pondría hecho una furia y me ordenaría volver a casa.

—Sujétalo —gritó el otro hombre en lo alto: era Fred.

Hizo señas con la mano al equipo de rescate para que parara y después apuntó hacia el agujero—. No puedo oírle. ¿Pueden apagar las bombas de agua un minuto?

Al cabo de unos segundos, el siseo de los chorros de agua se detuvo y los muchachos de las mangueras se apartaron.

—Todo el mundo, ¡a callar! —chilló Fred, pues el grupo de rescate seguía murmurando entre sí.

Su voz tenía una urgencia que hizo que todos se achantaran y permanecieran inmóviles. Todavía podía oírse el crepitar del incendio que no se había extinguido, y un «clanc» cuando la mujer de la furgoneta que hacía las veces de cantina apoyó una cazuela de acero inoxidable en el banco.

El equipo de rescate adoptó un semblante serio cuando el mayor de ellos rodeó con cuidado los escombros para examinar la pared medianera. La normativa establecía que los chicos de rescate no podían dar ninguna orden al equipo de bomberos. Pero yo sabía que todo el mundo escuchaba sus consejos y el capitán aguardaba su dictamen.

El agente de rescate no se demoró mucho.

—Está a punto de derrumbarse —gritó—. Sáquenlos. Ahora.

El capitán asintió brevemente.

—Fred —gritó—. Ha tenido tiempo suficiente. Súbelo. Lo más rápido que puedas.

Fred levantó los pulgares y se inclinó con precaución sobre el agujero. Yo no quería mirar; pero, más que eso, no quería escuchar.

Sabía lo que iba a oír.

—Bill —gritó Fred—. Bill, colega, ¿estás ahí?

Nadie se movió un milímetro cuando Fred calló, aguzando el oído. Luego se volvió e informó a todo el mundo.

—Hay dos niños ahí abajo. Vivos. Me los va a mandar. Dadnos más cuerda.

Durante un momento parecieron buenas noticias, pero el optimismo me duró poco.

—Demonios —dijo el agente de rescate—. No aguantará. No a los tres. —Levantó la vista hacia la pared mediane-

149

ra—. Si lo que sea que lo esté sujetando se mueve, toda la maldita estructura se vendrá abajo.

—Todo el mundo que no sea del Servicio o de Rescate que se aparte —ordenó el capitán, y nos apartaron de allí a mí, a los oficiales, a la policía y a los voluntarios. Todos los muchachos de la brigada se quedaron; incluso los que no eran de nuestra estación se negaron a moverse. Junto con los agentes de rescate, todos ellos intentaron armar una estructura de madera que pudiera apuntalar las ruinas.

Roy echó la primera cuerda por el agujero.

—Vale, niños —gritó—. Con cuidado y tranquilitos, hacia mí. Estabiliza, Fred.

Crucé los dedos cuando empezaron a tirar de la cuerda.

—Vale, poco a poco, despacio —le decía Roy en tono cantarín a la criatura—. No, cariño, no des patadas. Eso es, ángel. Ya casi estamos.

Y entonces la vimos. Una niña pequeña aterrorizada, en camisón, aferrada a la cuerda y cubierta de pies a cabeza de un polvo gris que le daba un aspecto fantasmal.

—No te muevas, princesa —dijo Roy.

La niña se agarraba como le indicaban, pestañeando ante la mortecina luz de la mañana y luego abriendo mucho los ojos cuando vio al grupo de hombres en lo alto de los escombros. Su cara empezó a arrugarse.

Fred la levantó de donde estaba Roy.

—No pasa nada, el tío Fred te tiene bien sujeta.

La niña se aferró con sus puñitos a su chaqueta uniformada.

—Mabel —empezó a gimotear—. Mabel.

—No te preocupes, la sacaremos —prometió Fred mientras maniobraba para pasarles la niña a sus otros compañeros en las escaleras.

Me lancé hacia delante, pero una mujer de la ambulancia me puso la mano en el hombro.

—La tengo —dijo, poniéndose delante de mí, mientras uno de los hombres le entregaba a la niña, que seguía llamando a Mabel.

Roy y Fred habían vuelto a lanzarle la cuerda a Bill. Transcurrieron unos segundos interminables. Entonces vimos que sacaban a un chico, mayor que la niña, pero con el mismo aspecto sobrenatural por el polvo que lo cubría. Su brazo derecho colgaba a un costado; no pudo apoyarse en los hombres cuando lo subieron. Asimismo, su pierna derecha tenía muy mala pinta.

Con cuidado, los hombres depositaron al chico en el suelo. Un bombero de aspecto curtido se lo llevó en brazos, mientras yo, presa del miedo y con el corazón en un puño, estaba al acecho del niño y de William, que seguía sin aparecer por ninguna parte.

Los ladrillos de la casa vecina comenzaron a venirse abajo y la gran pared a bambolearse.

—Bill —gritó Roy por el agujero—. Vamos a subirte. La cosa se está poniendo fea. Sujétate bien a la maldita cuerda.

Contuve la respiración. Una cosa era tirar de niños que apenas pesaban unos kilos, pero un hombre adulto era otro cantar.

—¿Cuál es el problema? —gritó el capitán—. ¿Bill está bien?

—No lo estará cuando le eche el guante —le dijo Fred a su superior.

La pared grande escoró. Todos los presentes dejaron escapar un grito ahogado.

Roy se inclinaba sobre el hoyo.

—Ya viene —gritó—. Con cuidado, Fred, despacio.

Ambos tiraron de la cuerda, esparciendo ladrillos al hacerlo. El montículo de escombros empezó a moverse bajo sus pies.

—DESPEJAD, MUCHACHOS —gritó el jefe de rescate—. DESPEJANDO, TODO EL MUNDO.

Los hombres que habían tratado de levantar la pared con madera y vigas empezaron a recular. No podías sino reconocerles su enorme arrojo por lo que habían hecho hasta el momento, pero su jefe les ordenaba que se apartaran; además, como los ladrillos empezaban a desprenderse, no tuvieron más remedio que pensar en su propia seguridad.

151

En lo alto de los escombros pudimos ver finalmente a Roy y a Fred, que sacaban a Bill. Apenas reconocible.

—Ya estoy fuera, chicos. CORRED.

En mi vida jamás había oído a nadie gritar tan fuerte.

Los tres se abrieron paso con dificultad, medio resbalando entre las ruinas, esparciendo a su paso ladrillos, cristales y fragmentos de carpintería rota. Como un volcán invertido, parecía que los escombros eran absorbidos hacia dentro a medida que los muchachos los dejaban atrás. Todo empezó a desmoronarse. Al final, la gran pared se derrumbó con enorme estruendo.

Roy y Fred iban con los pies por delante y corrieron lo más deprisa que pudieron. Tuve que moverme hacia ellos, porque un guarda de la Precaución contra Ataques Aéreos me agarró del abrigo y me arrastró hacia atrás.

William iba un segundo por detrás de sus compañeros. Cuando la última parte del edificio se desplomó contra el suelo, formando un nubarrón de polvo y humo, emergió tosiendo como un loco, con sangre por todo el uniforme y sujetando un pequeño bulto.

—Está bien, cielo —dijo Roy mientras yo me abría paso hacia él—. Estará bien.

—¿Qué cuernos crees que estás haciendo? —chillé—. ¡Te podías haber matado, caray!

William levantó el bulto. Era una muñeca envuelta en una sábana.

En ese momento me puse roja de rabia.

—¿Se supone que voy a decirle a Bunty que casi mueres rescatando UNA MUÑECA? —grité.

—¿Dónde está la pequeñaja, Roy? —dijo William, desoyéndome y recuperando el aliento—. Querrá ver a su Mabel.

Lo miré fijamente. Salvar niños era una cosa, y una cosa maravillosa; pero que la mitad de su equipo hubiera estado a las puertas de perecer aplastado, y todo por sacar un juguete de los escombros, era otra muy distinta. Fred se arrodilló sobre lo que quedaba de la acera. Se sujetaba el brazo y juraba entre dientes.

Intenté recordar que llevaba puesto mi uniforme y que no debía montar un espectáculo.

—Les has salvado la vida, no necesitabas volver a buscar el juguete. —Me limpié los ojos. El polvo del edificio derrumbado se metía por todas partes—. Podías haber muerto.

—Cálmate, Emmy —dijo William—. Lo han perdido todo. Tú no lo entiendes.

—No —dije, intentando conservar la calma—. Seguramente no. Pero no finjas que esto ha sido un hecho aislado. Sé que no es así. ¿Quieres contarme qué pasó la noche del sábado, cuando te libraste por los pelos en los almacenes?

Mientras repetía las palabras de Vera, supe que me equivocaba. William era un héroe, y yo lo estaba arruinando. Pero me había asustado. Me había sentido incapaz de prestar ayuda, completamente fuera de mi elemento.

—Emmy —dijo—, no le digas nada de esto a Bunty. ¿De acuerdo?

Tuve ganas de pegarle. No solo había corrido un riesgo completamente innecesario, sino que ahora quería que yo hiciese como si no hubiera pasado nada.

—¿Piensas alguna vez en alguien aparte de ti? —pregunté, fulminándole con la mirada—. Porque a mí no me lo parece.

William me lanzó una mirada furiosa.

—Oh, no te preocupes —dije—. No diré nada. Pero únicamente porque no quiero que mi mejor amiga sepa que acabas de jugarte la vida «por una muñeca». Pero deberías hacértelo mirar seriamente, Bill. No estás pensando en ella, y no es justo.

Después le di la espalda y, quitándome el polvo de los ojos, me dirigí a casa.

13

Es todo un consuelo saberlo

Cuando llegué a casa, Bunty se había ido al trabajo, lo que me hizo más fácil cumplir mi palabra y no contarle nada del rescate ni de lo que había pasado con William. Tampoco tuve que explicar por qué iba cubierta de polvo de la cabeza a los pies. Me quité los zapatos y me permití el lujo de darme un baño matutino. Los dos dedos de agua estaban casi fríos, pero era mejor que nada y me ayudaría a mantenerme despierta y con la mente concentrada.

Sabía que había estado mal. No debía de haberle gritado a Bill en plena calle. Seguía pensando que había sido un temerario. No obstante, en cuanto encontrara un momento tranquilo en la estación, me disculparía con él y haríamos las paces. También supe que, en parte, mi enfado se debía a haberme sentido tan inútil. La mujer que administraba los tés había hecho más que yo.

Mientras me lavaba el polvo del cabello, me leí la cartilla yo misma. Detestaba ser una espectadora durante una urgencia y me sentí avergonzada por haber reaccionado tan exageradamente. Había leído con avidez las autobiografías de intrépidas corresponsales en la España de la guerra civil. Ahora me maravillaba de cómo habían conseguido mantenerse al margen, hacer su trabajo y rellenar informes sin involucrarse emocionalmente.

¿Sería yo capaz de eso? No estaba segura. No me quitaba de la cabeza las caritas de los niños cuando Roy y Fred los sacaban de los escombros. ¿Cómo podía nadie no implicarse en algo así? William se había pasado de rosca, pero, quitando lo de la estúpida muñeca, ellos habían puesto sus vidas en serio peligro para rescatar a los niños. Y la siguiente noche volverían a hacer algo parecido. Me sentía orgullosa de trabajar en la estación, respondiendo a las llamadas con las otras chicas, pero quería hacer algo más.

Había llegado la hora de recomponerme. Cuando llegué a la oficina, hice un esfuerzo extra por mostrarme alegre.

No quise contarle a Kathleen lo de la víspera, así que minimicé el bombardeo a unas cuantas explosiones y golpes en la estación de bomberos; cambiando de tema, mencioné el breve encuentro con el señor Collins y con Charles. Esto, como se vio a continuación, bien pudo ser un fallo.

—¡Caramba! —exclamó Kathleen, con ojos asombrados ante la idea de que el señor Collins se relacionase con alguien, o incluso de que existiera fuera de la oficina—. A mí me habría dado un soponcio. ¿Era gritón como ya Sabes Quién puede ser? —añadió en un susurro.

—El hermano del señor Collins fue muy amable —dije, deseando que esa información fuera suficiente.

No lo fue.

—¿Y cómo era? ¿Viejo o joven? —Kathleen se encaramó a un lado de su escritorio, un movimiento temerario: la señora Bird podía entrar de repente.

—Oh, cielos, no lo sé —dije con una vaguedad que rayaba en la amnesia—. Bastante alto. Bastante joven. Como cualquiera, la verdad.

—¡Figúrate! —dijo Kathleen—. ¿Y qué dijo?

—Oh, pues ya sabes, «hola».

Kath meneó la cabeza ante la revelación.

—¡Fíjate! El señor Collins tiene un hermano.

—Hermanastro —dije con remilgo—. Es perfectamente normal.

Kathleen entornó los ojos y sonrió. Yo me puse nerviosa.

—Te comportas como Clarence —dijo.

Emití un sonido de burla para mostrar cuán ridículo era todo aquello y me puse con mi montón de trabajo.

155

Como de costumbre, las cartas aceptables escaseaban. Solo había unas pocas que darle a la señora Bird; aun así, rechazó varias por ser Completamente Inaceptables. Los únicos problemas que convino en responder fueron una pregunta de una quinceañera difícil («Estás siendo estúpida, sugiero que te enroles en las Muchachas Guías») y un consejo útil para una mujer cuyo asiento de la bicicleta había lustrado su bata («Estamos en guerra. Poco importa si brilla o no. No obstante, si insiste, utilice una boina vieja para cubrirlo»).

Otra de las cartas mereció una oportunidad y, para mi sorpresa, la señora Bird le dio el visto bueno. Era de una chica a cuyo novio se le iban los ojos detrás de las faldas.

> Querida señora Bird:
> Por favor, dígame qué debo hacer. Mi joven novio siempre mira a las chicas que pasan por la calle. Él dice que no, pero es que sí, porque yo lo he visto. ¿Debo montar un numerito o hacer como si nada? ¿Y si ve a una que le gusta más que yo?
> Atentamente,
>
> Dejada de Lado

Me arriesgué a que la señora Bird se pusiera hecha un basilisco por una conducta lasciva, pero resultó que Hombres Que Miran A Otras Chicas era uno de sus temas predilectos. Su respuesta, «El joven en cuestión es verdaderamente de la clase indigerible. Si sigue comportándose así, sugiero que lo olvide o llame a la policía», fue enérgica tirando a amenazadora.

Había acabado de pasarla a máquina cuando, a las nueve y media, oímos que la puerta del pasillo se abría de golpe. Era el señor Collins. Llegó silbando algo de Mozart que no supe identificar, pero era señal de que estaba de buen humor. Cuando no silbaba, se iba directo a su despacho, armaba un poco de ruido y luego soltaba uno de sus Gritos. Aquel día, sin embargo, asomó la cabeza por la puerta de nuestro cubículo y apareció incluso con una sonrisa en la comisura de los labios.

—Buenos días, señoritas. ¿Cómo están? Me alegra ver que han sobrevivido a las festividades de anoche.

Siempre se refería a los bombardeos con aquella fórmula.

—Sí, gracias, señor Collins —dijo Kathleen amablemente, mientras yo sufría un ataque de espantosa timidez. Al fin y al cabo, el sábado habíamos compartido merienda.

—¿Y usted, señor Collins, todo bien? —quiso saber ella.

Kathleen no solía darle coba al señor Collins, pues pensaba que estaba un poco chiflado. Pero yo sabía que se moría de ganas de preguntarle por Charles.

—Más ancho que pancho, Kathleen. Gracias.

Ella le sonrió.

—¿Y ha pasado una semana agradable, señor?

Sinceramente, empezaba a parecer una camarera a la caza de una generosa propina.

—Magnífico, gracias, Kathleen —dijo el señor Collins, que en las escasas semanas desde que yo lo conocía jamás había reconocido tener nada magnífico—. ¿Y usted?

Kathleen cogió cierta carrerilla.

—Oh, muy bien, gracias. Las bombas no nos importunaron nada a mamá y a mí. Mi hermano pequeño estaba con nosotras, ¿sabe? Y siempre somos muy protectoras con él. Es «un poco más joven que yo».

Consideré la idea de tirarme por la ventana más próxima.

—¿Lo es? —dijo el señor Collins—. ¡Fíjese! —Me lanzó una mirada, pero yo me dedicaba a observar la maceta con la boca abierta.

—¿Buen fin de semana, Emmeline? —preguntó.

—Hum, sí, gracias —alcancé a decir.

¿Y si mencionaba a Charles? ¿O, peor aún, la salida al cine? Kathleen se desmayaría, probablemente.

—¿CÓMO ESTÁ SU HERMANO? —grité, sobresaltando a todo el mundo—. LO HEMOS CONOCIDO EN LA CALLE.

Sonó como si me hallara en el East End, en una pelea de perros o apostando a las carreras de caballos y comiendo patatas envueltas en un cucurucho de papel hecho con el *Daily Express*.

El señor Collins pareció perplejo, lo cual, bien mirado, era una respuesta justa, pero luego recobró la compostura. Introduciendo una mano en su bolsillo para sacar sus cigarrillos, se volvió hacia Kathleen.

—Ah, sí. ¿Le ha mencionado Emmeline que tropezó conmigo y mi joven hermano el sábado por la tarde?

—EN LA CALLE —grité, solo por si no había quedado claro.

—Sí. Como Emmy ha señalado geográficamente: «en la calle». —El señor Collins sonrió.

—CORRECTO —bramé, preguntándome si realmente se podía morir de timidez.

—En la calle —repitió Kathleen con un susurro y con la visible esperanza de poner punto final a la tortuosa conversación antes de que a alguien empezaran a sangrarle los oídos.

El señor Collins sonrió, prendió su cigarrillo y, tras decidir que ya habíamos sufrido todos bastante, creó una grata distracción preguntando en qué estaba trabajando.

—En la Página de Problemas de la próxima semana, señor, hum, Collins —dije, procurando transmitir dominio de mí misma. Lo último que necesitaba era que el señor Collins empezase a cobrar interés en las cartas. Me dije que debía conservar la calma.

—Ah —dijo, recogiendo las notas—. Por el amor de Dios —añadió mientras leía la respuesta de la señora Bird a Dejada de Lado—. No podemos imprimir esto. La mitad de los jóvenes británicos terminarán arrestados. Emmy, quítela. Henrietta no reparará en ello, y si oye campanas dígale que se lo ordené yo.

Tuve que poner cara de duda, porque el señor Collins exhaló una bocanada de humo y adoptó un semblante impaciente.

—Los cajistas sabrán cómo encajarlo todo. Estaré en mi despacho.

Luego resopló y salió de nuestro despacho dando grandes zancadas.

—Pues allá vamos —dije—. Espero que esté en lo cierto —añadí mirando a Kathleen, que se entretenía sacando algunas virutas de su sacapuntas.

—Yo creo que sí —caviló—. La señora Bird no ha dicho ni mu del anuncio de Odo-Ro-No que descartaron. Una vez me olvidé de si le había dado un número de la revista; cuando se lo pregunté, me dijo que no tenía tiempo para boberías como la lectura y que, de todos modos, las únicas secciones que aún no había visto eran los romances y las «Nimiedades Que Pueden Cuidarse Solas» del señor Collins.

Kathleen se calló, a todas luces traumatizada por el recuerdo.

—Días negros —dije compadeciéndola—. Aun así, ¿no es estupendo saber que si algo sale mal por accidente es casi seguro que la señora Bird no lo descubrirá?

—Sí. —Kathleen se volvió hacia mí y me sonrió—. Es todo un consuelo saberlo.

—¿A que sí? —dije sonriéndole a mi vez.

159

Dejada de Lado había dejado el espacio perfecto en la página de «Henrietta al habla». Mientras mi amiga reanudaba la mecanografía de Cómo Hacer Un Encantador Tapete Para Bandejas, saqué la carpeta de mi cajón de cartas Desagradables y encontré la de Harta de dieciocho años con la que Thelma me había ayudado la noche anterior. Procurando recordar con esmero lo que había dicho, me puse a mecanografiar una respuesta.

> Querida Harta:
> ¿No es desilusionante cuando los padres de una se muestran estrictos? No tengo duda de que quieren lo mejor para ti, de modo que tal vez podrías buscar un término medio…

Cabría pensar que, una vez superado lo de colar la primera carta en *La Amiga de la Mujer*, hacerlo con las siguientes resultaría más fácil, pero no fue así en absoluto. Incluso teniendo la certeza de que la señora Bird no iba a enterarse, era una irresponsabilidad por mi parte desoír el consejo de Bunty. No le había «prometido» exactamente que no volvería a escribir a más lectoras, pero había asentido muchas veces con la cabeza, diciendo Tienes Razón Bunty, Por Supuesto, que en esencia venía a ser lo mismo. Y esto solo tenía que ver con enviarles cartas; Bunty no sabía nada de lo de colar las respuestas en la revista.

¿Qué era peor, me pregunté, ocultarle algo a tu mejor amiga o ignorar a personas que necesitaban ayuda desesperadamente? Yo estaba segura de que si Bunty leía las cartas todos los días, tal y como hacía yo, vería con buenos ojos mis buenas intenciones.

Necesitaba una pausa y, tras murmurar algo a Kathleen, salí rápidamente al descansillo de la escalera, donde tendría unos minutos para pensar. Como tenía la cabeza en las nubes, casi tropiezo con el señor Collins en lo alto de las escaleras.

—Ah, me alegra encontrarla, Emmeline —dijo cuando me hube disculpado—. ¡Ejem! —Hizo una pausa, se quedó mirando la pared y se pasó la mano por el cabello, fijándoselo—. Entonces. Sí. Esto no es nada profesional, por no decir odiosamente incómodo, pero aquí estamos…, y todo eso. Charles se pondría furioso si lo supiera. Hum.

Se calló y pareció apocado.

—Ejem —dijo de nuevo—. Entonces. Sí.

—¿Qué sucede, señor Collins? —pregunté cuando se quedó con un hilo de voz. Entonces lo capté—. Oh, caramba. ¿Se trata del capitán Mayhew? —dije apresuradamente antes de quedarme sin habla.

—¡Ah! —dijo el señor Collins—. ¡Ja! Sí.

Ambos miramos al suelo. Finalmente, el señor Collins hizo gala de su caballerosidad y se recompuso. Echó un vistazo detrás de él por si venía alguien, lo que no era el caso.

—Entonces… —logró articular con cierto esfuerzo—. No se lo he dicho antes. He comprendido que debía hacerlo. Solo decirle, Emmy, esto…, Emmeline, o, de hecho, señorita Lake, que mi hermano pequeño Charles estaba feliz como no lo había visto desde hacía mucho tiempo, después de volver del cine. —Se aclaró la garganta—. Y. Entonces. A ver. Solo quería decirle que si, por cualquier razón, piensa que trabajar para, es decir, no, «juntos», debería decir, en muchos sentidos, aquí, conmigo…

Frunció los labios y me miró a los ojos. Luego suspiró prolongadamente y se lanzó.

—Emmeline, a Charles le gustó mucho conocerla. Sé que estaría encantado de repetir si se diera la ocasión, y no quiero que usted piense que no debe hacerlo solo porque trabajemos en la misma oficina. No creo que sea de la incumbencia de nadie aquí dentro, y ciertamente no volveré a sacarlo a colación. Así que si usted quiere… —Hizo una pausa—. O quizá no…

Esto era insoportable.

—Está bien, señor Collins —dije—. Pienso que posiblemente me gustaría —logré articular.

Luego volví a morirme de vergüenza. Esto era peor que cuando padre nos pilló a Bunty y a mí riéndonos de los dibujos de uno de sus libros de medicina cuando teníamos doce años.

—Oh, de acuerdo. Bien. Sí. Bien, ¡oh! —dijo el señor Collins, que parecía enormemente aliviado—. Pues todo resuelto. Siento mucho hacerle pasar por este trance. Muchísimo. Ni la más remota idea de cómo lo abordan los padres. No es mi fuerte. Hum. —Pero me sonrió, orgulloso—. Es un buen muchacho, el joven Charles —dijo—. Buen muchacho. No hace falta decirlo, claro.

Y luego el señor Collins descendió con brío las escaleras, justo por donde había venido.

Fue un alivio volver a mi mesa y ponerme a mecanografiar nuevos episodios románticos. Acababa de llegar a la parte en la que una joven, Wren, era destinada a una base naval y se enamoraba inmediatamente de dos oficiales a la vez… Justo entonces apareció Clarence, luciendo un nuevo peinado con una entusiasta cantidad de brillantina. Parecía muy animado por la esperanza de causarle cierta impresión en Kathleen.

—Buenos días —dijo, empezando bien, con voz ronca, antes de declinar a un «señoritas» con un inesperado agudo final—. Ejemplares de la casa —añadió con gravedad—. Y el correo.

Me levanté como un rayo, empujando mi silla hacia atrás con tanto ímpetu que rascó el suelo de madera.

—Nuevo número. Gracias, Clarence —bramé, quitándole el fardo de la mano—. Correo. Bárbaro.

Era el número que incluía la carta de Confusa. Y yo que había estado escribiendo alegremente una respuesta para Harta, pensando que era fácil seguir colando cosas en «Henrietta al habla». Con la prueba de mi insurrección ya impresa, me volví más asustadiza que una rana.

—Caramba, Emmy, qué entusiasta —dijo Kath—. Hola, Clarence, tienes buen aspecto.

El chico puso cara de aflicción total.

—Gracias, Clarence —dijo Kath cordialmente, sintiendo pena por él—. ¿Te encuentras bien, Emmy?

—Sí, gracias —dije—. Hasta el cuello de trabajo.

Noté que me sudaba la espalda cuando dejé el fajo de revistas en el suelo junto a mi escritorio y me puse a mirar el correo. ¿Y si la señora Bird decidía leer *La Amiga de la Mujer* de esta semana como algo excepcional? ¿Y si en verdad sí que leía la revista, pero la dejaba muy ordenadita en su mesa para que pareciera que no la había leído? Me dije que tenía que mostrar más agallas. Todo el mundo estaba convencido de que la señora Bird no miraba los ejemplares impresos. La carta de Confusa no supondría un problema, como tampoco la de Harta.

Sin embargo, el corazón seguía latiéndome a cien por hora y concluí que quizá no fuera mala idea dejar pasar un breve tiempo antes de incluir más cartas en la revista. Y tal vez también de escribir a las lectoras. Después de todo, había tentado mi suerte recientemente. La idea de mantener un perfil bajo durante un tiempo me atraía bastante.

Miré nerviosamente hacia la puerta. La señora Bird estaba en su oficina y podía lanzarse sobre nosotras de un momento a otro. Lo mejor era hacer como que no pasaba nada. Abriría su correo y luego le llevaría las Cartas Aceptables y un ejemplar del número nuevo a su despacho.

Me dije que todo iría sobre ruedas y abrí la primera carta.

Querida señora Bird:

Acabo de pasarme noventa interminables minutos sujetando una madeja de lana mientras mi esposa la desenmarañaba. Un asunto realmente lamentable, he de decir. ¿Por qué cuernos no la venden en ovillos?

Atentamente,

T. Leonard Esq.

Una pregunta sobre lana era lo que le iba a la señora Bird. Me relajé un poco y abrí la siguiente.

163

Querida señora Bird:

Me he enamorado de un joven aviador polaco que tiene su puesto en las proximidades de mi casa. Llevamos saliendo casi un año entero y me ha pedido que sea su esposa. Mi madre quiere que espere a que termine la guerra, porque piensa que no duraremos, pero yo le amo y sé que él me ama a mí. Ha recibido una buena educación y es artillero, de modo que tiene un empleo serio. Lo cierto es que si fuera inglés no creo que a mi madre le importara lo demás.

Por favor, dígame qué debo hacer.

Enamorada

Pobre enamorada. Su situación era desesperadamente triste, por no hablar de injusta. Tampoco era la primera carta que veía sobre este tema. Había leído varias del mismo tenor: chicas que habían conocido a soldados aliados de ultramar de quienes se habían enamorado. La señora Bird no les hacía el menor caso.

La semana anterior intenté que la señora Bird contestara

la carta de una chica adorable enamoradísima de un hombre que había venido de Checoslovaquia a combatir. «Es uno de los hombres más buenos que una mujer podría conocer», había escrito la chica.

Probé suerte con la señora Bird, preguntándole si en Preguntas Generales aceptábamos cartas sobre Pretendientes Extranjeros.

—No me cabe duda de que es un joven muy valiente —repuso—. Todos nos sentimos más que agradecidos con los soldados aliados. —Luego su tono cambió—. Pero cuando la guerra haya terminado, nadie los querrá aquí, y casi seguro que nadie la querrá a ella tampoco allí. No ponga esa cara, señorita Lake, así es como funciona el mundo. Esta clase de sugerencias es mejor dejarlas en paz.

No tenía sentido enseñarle la carta de Enamorada, pero yo aborrecía tener que dejar en la estacada a otra chica que tenía todo el derecho del mundo a estar con quien ella quisiera. Especialmente ahora, cuando nadie sabía de cuánto tiempo dispondrían, y menos que nadie los aviadores. ¿Por qué no debían ser felices? Ya era bastante duro aferrarse al amor en plena guerra, como para que encima la gente que no lo entendía te pusiera las cosas más difíciles.

Pensé en Edmund. Nuestras familias se conocían de años, pero él había terminado portándose fatal conmigo. ¿O Charles? No sabía nada de su vida, aparte de que era el hermanastro del señor Collins, y eso tampoco arrojaba mucha luz. Pero no me cabía la menor duda de que, si mi interés por él crecía, a nadie de mi familia le importaría un pimiento su procedencia, mientras fuera un hombre bueno y decente conmigo. Empezaba a darme cuenta de la suerte que tenía.

Un magnífico crujido procedente del pasillo anunció la amenazante llegada de la señora Bird desde su despacho.

—Pasamontañas para las tropas —anunció a nadie en particular y a todo el mundo en general—. Estaré fuera una hora y media.

—¡Sí, señora Bird! —respondió a voz en cuello

Kathleen, que estaba revisando la receta de un popurrí de verduras al curri.

—¡Señorita Knighton, no me gustan los gritos! —gritó la señora Bird.

—Disculpe, señora Bird —dijo Kathleen.

—¿Qué? —gritó la señora Bird, antes de darlo por imposible—. ¡Jóvenes!

Y con un sonoro «hummf» se esfumó.

Mientras Kathleen meneaba la cabeza y volvía a su receta (su cara era la viva imagen de la concentración), miré el paquete de revistas nuevas en el suelo. Pensar en Edmund me había hecho recordar a Confusa, cuyo prometido se había echado atrás. Cuanto más lo posponía, peor me sentía. En mi cabeza ya ocupaba la mitad de «Henrietta al habla». Una carta bien grande que la señora Bird ni siquiera había visto, seguida de un consejo que ella nunca habría dispensado.

Con la misma sensación de inquietud con que se espera leer los resultados de los exámenes en el colegio, cogí las tijeras de mi escritorio, corté la cuerda y desenvolví el paquete. Ahí estaba. El nuevo ejemplar de *La Amiga de la Mujer*.

Lo abrí inmediatamente por la penúltima página, casi sorprendida cuando tuve que buscar la carta de Confusa y no verla destacando con letras de al menos veinticinco centímetros de altura.

> Estoy muy enamorada de mi prometido, pero él se ha vuelto muy frío conmigo de pronto… ¿Debería casarme con él y esperar que recapacite?

No se distinguía de ningún otro problema. Ocupaba unas pocas líneas, seguida de mi nítida respuesta.

«Qué desafortunada decepción», había escrito yo, con el brío propio de la señora Bird.

> Y toda una tristeza. Sugiero que tengas una buena conversación con tu prometido. Y, si no tienes la convicción de que habla de corazón, entonces me temo que habrá llegado el momento de

165

pasar página. Te sentirás mal al principio, pero prometo que las cosas <u>mejorarán</u>. El matrimonio es para siempre y mereces estar con alguien que desee estar contigo a toda costa. Espero que tu chico espabile; no obstante, si no lo hace, estoy segura de que encontrarás a otro que sea realmente para ti.

Ahí estaba impresa.

Me sentí rarísima. En parte, como un fraude. A fin de cuentas, ¿qué sabía yo del matrimonio? Pero cuando volví a leerla, me di cuenta de que le ofrecía cierta esperanza a aquella chica. Confusa podía darle una oportunidad a su prometido, pero, si él no ponía de su parte, ella no debía quedarse estancada. Después de todo, no era una respuesta tan mala. Confusa estaría de acuerdo y solucionaría las cosas con él o pasaría página y un día encontraría el amor verdadero.

Tuve que reprimir una sonrisa por si Kathleen me veía. Sentaba bien haber hecho algo. No podía arreglar lo de Confusa, pero había intentado ser algo parecido a una amiga. Asimismo, otras lectoras podrían consolarse con esa respuesta.

Más optimista, pensé de nuevo en Enamorada. Merecía ser feliz. Merecía el derecho a tomar su propia decisión.

Mi plan de mantener un perfil bajo había durado menos de tres minutos.

Me había implicado demasiado en la vida de las lectoras como para tirar a la basura la carta de Enamorada (o de cualquier otra mujer a la que pudiera ayudar). Incluir sus cartas en la revista era más que arriesgado, pero llevaba más de un mes respondiéndolas y nadie había sospechado nada. En esa parte, mi plan no podía fallar: estaba convencida.

Aquella noche no me tocaba trabajar en la estación de bomberos. Además, sabía que Bunty iría al cine con William, de modo que me quedaría sola en el apartamento. Escondí la carta de Enamorada debajo de unos papeles. La dejaría allí hasta que Kathleen saliera de la oficina y yo pudiera meterla en mi cartera. Luego seguí tranquilamente con mi jornada.

14

Para nosotros, Emmy Lake

𝒰n lunes por la tarde, cuando había vuelto a casa del trabajo, el capitán Mayhew, o más bien Charles, me llamó. Al teléfono, tenía una preciosa voz. Todo fue muy bien. Dijo lo contento que estaba de que hubiera salido ilesa del ataque aéreo de la víspera, y yo dije que no había sido para tanto; no mencioné que había visto a dos niños y a una Brigada contra Incendios a punto de perder la vida aplastados en la calle.

Nos costó lo nuestro abordar el tema de volver a vernos, pero después de un rato en el que ambos dijimos cosas distintas sobre cada cual al mismo tiempo, y tras la amenaza inminente de que ninguno dijera nada en absoluto, Charles cogió el toro por los cuernos.

—Oiga, Emmy, ¿le gusta bailar?

—Huy, sí, muchísimo —dije—. De hecho, Bunty y Bill están pensando en salir a bailar pasado mañana. —Me callé, estremecida. Había sonado como si esperase una invitación para ir con él—. No es que esté esperando una invitación para acompañarles —dije.

Charles se rio.

—No me importaría si así fuera. De hecho, ¿cree que le molestaría si le pido que vaya conmigo, para dejarlo claro?

Me reí.

—Me encantaría —dije.

—¿Si a Bunty y a su chico no les importa?

—A Bunty le hará mucha ilusión —dije absolutamente segura—. A los dos.

Luego establecimos a qué hora pasaría a recogerme y charlamos un poco más antes de despedirnos. Cuando colgué el teléfono me quedé en el pasillo sonriendo como una majara. Tenía que reconocerlo, Charles Mayhew se las arreglaba muy bien para ponerme de buen humor.

Tampoco me equivoqué con Bunty. Cuando le conté lo del baile, le pareció la mejor idea del mundo, incluso añadió «Y me apuesto a que no se largará en menos que canta un gallo con la primera enfermera que pase, como El Edmund Ese», lo que, precisamente, no seguía al cien por cien el espíritu de Perdona y Olvida. Yo no estaba segura de poder perdonar a Edmund, pero me aplicaba en olvidarlo.

Además, si esto ayudaba a Bunty a dejar de estar hecha una furia con El Edmund Ese (como ahora se refería a él), entonces mejor que mejor. No dije nada, pero pensé que la ocasión era buena para hacer las paces con Bill. Cuanto más lo pensaba, peor me sentía por haberle echado la bronca cuando, en realidad, había sido todo un valiente.

El miércoles por la tarde, Bunty y yo nos arreglamos muy pronto. Ella se puso el vestido de día verde claro que había llevado en su veintiún cumpleaños, renovándolo con una capa de gasa que lucía de maravilla y flotaba al bailar. Yo me había decidido por un vestido de seda color añil que, a pesar de tener ya sus años, era el artículo favorito de mi guardarropa. Cuando Bunty y yo danzamos un rápido vals por el apartamento para practicar un poco, confié en que resultara aceptable.

A pesar del tiempo de sobra, nos entró un poco de pánico a la hora de decidir dónde era más apropiado recibir a Charles y a William, puesto que arrastrarles escaleras arriba hasta el apartamento cuando ya estábamos listas para salir era una bobada. Se nos ocurrió que podíamos usar una de las habitaciones de abajo para la recepción, pero llevaban un año entero cubiertas con guardapolvos, desde la marcha de la abuela de Bunty. Las ventanas estaban selladas; las cortinas opacas, permanentemente echadas. Las habitaciones olían a cerrado, y no solo eso, eran majestuosas y ostentosas en comparación con nuestro apartamento.

Decidimos que invitaríamos a los chicos a subir, pues, al fin y al cabo, allí era donde vivíamos. Como William entraba y salía a todas horas para ver a Bunty, pensaría que nos habíamos vuelto locas si hacíamos lo contrario. Bunty sugirió que les ofreciéramos sherry como recompensa y yo que nosotras nos tomásemos uno antes para cogerle el tranquillo al asunto. Bunty puso un disco de Joe Loss y subió el volumen mientras yo pimplaba mi sherry y recolocaba innecesariamente un pato de cerámica en la repisa.

—No te pongas nerviosa —dijo Bunty cariñosamente cuando el timbre de la puerta sonó y casi se me cae el pato—. Lo vamos a pasar de fábula. Ahora ve a abrir la puerta.

Pasaban veintinueve minutos de las siete y, tras bajar volando los tres pisos de escaleras hasta la puerta, me detuve durante un segundo para arreglarme y componer una sonrisa cordial.

—Uf —exclamé en aquel amplio y gélido vestíbulo.

Se me había secado la boca y mis labios se habían pegado a las encías. «Buenas tardes», susurré para mis adentros, ensayando. «Buenas tardes, Charles», añadí, con más extravagancia, dirigiéndome a una urna china.

Era un saludo sencillo y suficiente. Apagué la luz del vestíbulo para que ningún guarda de la Precaución contra Ataques Aéreos me gritara al pasar, descorrí las pesadas cortinas y abrí la puerta.

Charles estaba de pie en la entrada, en la penumbra, sonriendo con cierta timidez debajo de su gorro del ejército.

—Hola, Emmy —dijo—. Estás preciosa.

Qué amable, porque, en realidad, no podía verme, con las luces apagadas.

—Buenas tardes, Charles —articulé, pero sonó tan formal que se diría que me disponía a dar las noticias.

Dudé si decirle que él también estaba guapo, y me pregunté si eso se hacía. Finalmente me aferré a las cortinas

169

hasta que me viniera la inspiración y entonces le pregunté si quería pasar. Una vez cerrada la puerta y fuera de peligro, encendí la luz y lo conduje al apartamento.

Bunty, que yo sabía que había estado practicando una pose natural, estaba en el salón, con una mano apoyada en la repisa y con la mirada fija a media distancia. Se diría que intentaba imitar a una modelo de *Vogue*.

Antes de poder anunciarle, Bunty saltó a la acción exclamando «¡Charles!», y Charles exclamó «¡Bunty!», como si hubieran descubierto el oro. A continuación se dieron un apretón de manos con el alivio de haber restablecido los términos del nombre de pila y haber evitado todo el peliagudo asunto del Le Ruego Que Me Llame Charles, Llámeme Bunty. En ese momento sonó otra vez el timbre.

—¿Se encuentra bien? —dijo Charles mientras Bunty corría escaleras abajo.

—Oh, no —dije sin pensar—. Eso mismo iba a decir yo. Qué idiota. Yo. No usted, claro. —Hice una mueca—. Me alegra verle —dije al final, y lo cierto es que sí que me alegraba.

Charles se rio.

—A mí también me alegra verla —dijo.

Luego me cogió las manos, lo cual era mil veces mejor que el apretón que él y Bunty se habían dado: nos quedamos en medio de la estancia cogidos de la mano cuando Bunty y William entraron.

—Caramba —dijo Bunty, lo que no ayudó mucho.

Aparté las manos de las de Charles y me arrepentí al instante. No vi la manera de volver a dárselas, de modo que, en su lugar, saludé a William. Era la primera vez que lo veía desde la pelea y sentía cierto embarazo, y me pregunté si a él le pasaría lo mismo. Puede que fueran figuraciones mías, pero lo vi un poco tenso.

Recordando mis modales justo a tiempo, presenté a los dos hombres, algo que conseguí hacer, de alguna manera, sin parecer tonta de remate.

Charles y William estaban espléndidos en sus uniformes; de inmediato expresaron su admiración mutua por el trabajo que desempeñaban en La Situación Actual.

—No sé cómo lo hacen sus muchachos —dijo Charles con gravedad mientras se daban la mano—. El fuego me aterra. Los admiro muchísimo.

No pude evitar pensar que Edmund nunca había elogiado a William por su trabajo en el Servicio de Bomberos y cuán amable era por parte de Charles. Era bonito ver a Bunty sonreír con aquel orgullo.

Les ofrecí un sherry, satisfecha porque Bunts hubiera tenido la agudeza mental de esconder los dos vasos que habíamos usado, eliminando cualquier insinuación de una desafortunada dependencia. Como era mi segunda copa en diez minutos, me serviría de tranquilizante en caso de que me diera un ataque de nervios.

Una vez relajados, la conversación comenzó a animarse. Charlamos sobre el poco jazz que ponían en la BBC, de lo genial que era, y sobre el papelón que hacía Tommy Handley en el programa *Otra vez aquel hombre*. Hice un gran esfuerzo por ser amable con William, y él hizo el mismo esfuerzo por ser caballeroso conmigo, mientras que Charles mostró gran interés en Bunty y ella fue adorable con él, hasta el extremo de que a nadie le habrían reprochado pensar que estábamos a punto de ir a bailar con la pareja cambiada.

Era una tarde húmeda, pero cuando enfilamos hacia el West End ya estábamos todos muy animados. William mostraba un especial entusiasmo por llegar cuanto antes al baile. Lo hicimos justo cuando empezaban a formarse las colas para la sesión vespertina. Los grupos de gente eran variopintos, con montones de militares y mujeres, con un auténtico batiburrillo de acentos. Esperamos bajo la llovizna junto a unos neozelandeses muy simpáticos que hacían comentarios chistosos sobre los carteles que anunciaban «Haz como papá, ¡mutis!», y otros más coloridos de anuncios del Ejército Femenino de Tierra. Charles enarcó las cejas mirándome y me eché a reír. Adiós a mis planes de ser una mujer de carrera sin tiempo para los hombres.

171

Cuando por fin entramos, vimos que la pista de baile estaba atestada de parejas. En el otro extremo del vestíbulo, la banda de música lo daba todo. De no haber sido por el mar de diversos uniformes y por que las chicas civiles lucían vestidos de día y no de noche, por un segundo hubiera sido posible pensar que nada espantoso sucedía en el mundo.

Sin mayores preámbulos, William, resuelto, se llevó a Bunty a la pista de baile. Durante unos momentos, Charles y yo nos quedamos mirándolos. Bunty estaba radiante cuando empezaron a bailar el foxtrot, con la gasa vaporosa de su vestido como una mariquita a punto de despegar. Me reí en voz alta y les mandé un saludo.

—Al parecer nos han dejado solos —gritó Charles por encima de las ruidosas notas de la banda y el parloteo en torno a la barra—. ¿Prefiere bailar o nos tomamos una copa primero para celebrar la velada?

—Una copa me parece estupendo —grité—. Aunque, ¿qué estamos celebrando exactamente? Rápido, hay una mesa libre.

172

Una pareja se levantaba en ese momento para ir a la pista de baile. Agarrando a Charles del brazo, lo arrastré conmigo en esa dirección. En nuestra carrera empujamos bruscamente a un hombre bajito que estaba hablando con una chica alta. Sin la menor intención de guardar las formas, nos abalanzamos sobre el minúsculo reservado de terciopelo que acababa de quedar libre.

La otra pareja pareció derrotada. Charles y yo nos miramos.

—¡Hurra! —dijimos los dos al mismo tiempo.

Nos echamos a reír.

—Bien hecho —dijo Charles haciendo señas a un camarero—. Me juego cualquier cosa a que es usted un demonio cuando baila. ¿Le apetece champán? —Se calló con un mohín—. Lo siento, ¿me estoy comportando como un *bon vivant* espantoso?

—En absoluto —dije, como si beber champán y salir a bailar los miércoles fuera lo más corriente del mundo para mí.

—Bien —dijo Charles, y pidió una botella. Se volvió hacia mí y me sonrió—. Es consciente de que quiero hacerle creer que esto forma parte de mi rutina, ¿verdad? Se lo ruego, dígame que no me está saliendo tan mal.

La verdad es que me parecía que le estaba saliendo la mar de bien.

—Oh, sí —dije—. Creo que lo está haciendo muy bien.

—Gracias a Dios. Sinceramente, no sé lo que me pasa. Estoy siendo un presumido. A este ritmo, mañana me odiaré.

—Ah, pero estamos de celebración —dije saliendo en su rescate—. ¿O no?

Se rio.

—Claro.

—Lo único es que no sé qué celebramos —añadí, aunque, en el fondo, qué más daba.

Charles hizo una pausa y se inclinó hacia delante para hablar. Incluso dentro del reservado, estábamos rodeados de ruido.

—Bueno —dijo, justo cuando el camarero reaparecía al instante con una botella y dos copas—. Creo que deberíamos celebrar que mi permiso es el más feliz de cuantos he tenido gracias a usted.

Noté que me sonrojaba.

—Tampoco es que haya hecho nada —dije—. Solo lo del cine y hablar por teléfono. Oh, y esto.

El camarero le enseñó la botella a Charles; cuando este hubo asentido, sirvió el champán.

Charles me dio una copa.

—Ha sido un año complicado —dijo frunciendo el ceño, sus ojos marrones muy serios durante un instante—. No siempre ha sido un camino de rosas.

Ahora no parecía un *bon vivant* en absoluto. Se aclaró la garganta.

—Emmy, espero que no le moleste si le digo que me ha alegrado la vida. Solo quería decir eso. Espero que no le moleste —repitió.

Jugueteó con su copa, un poco incómodo, pero sin perder su caballerosidad. Apresé el pie de mi copa de champán y me obligué a mirarle a los ojos.

—Lo estoy pasando de maravilla —dije tan bajito que creí que no me habría oído. No era la clase de cosa que quería decir a voces—. Se lo agradezco mucho.

Charles tenía los ojos más bonitos en los que me había mirado jamás. El sherry de casa debía de ser muy fuerte, porque apenas podía respirar.

Charles levantó su copa.

—Por nosotros, Emmy Lake —dijo mientras brindábamos y nos miramos a los ojos.

—Por nosotros —dije, y después, solo para asegurarme, dije de nuevo entre dientes—: Vaya que sí, por nosotros.

Luego ninguno de los dos dijo nada y, acto seguido, cuando Charles dejó su copa y extendió el brazo por encima de la mesa para cogerme la mano, fue lo más natural del mundo.

174

Así es como Bunty y William nos encontraron unos minutos más tarde, lo que provocó un «Oh» por mi parte mientras me reclinaba en mi silla y separaba mi mano de la de Charles una vez más. Si le molestó que yo siguiera reaccionando así, o si pensó que estaba siendo grosera, desde luego no lo dejó entrever. Se limitó a enarcar furtivamente una ceja, dedicándome una sonrisa.

Como se vio después, Bunty solo tenía ojos para William. Si bien todos pusimos de nuestra parte, la conversación no lograba despegar con la música tan fuerte y tanta algarabía. De todas formas, William seguía revolviéndose en su silla y aclarándose la garganta. Estaba más nervioso que antes, pero tanto él como Bunty se mostraron muy contentos de quedarse en el reservado cuando Charles me invitó a bailar.

La orquesta tenía ritmo. Si bien la pista estaba de bote en bote, nadie nos estorbó: fue como si nos perteneciera por completo. Charles era buen bailarín, seguro y ducho en la materia. No tenías la sensación de ser un saco de carbón al que arrastraran a un muelle, lo que sucedía a veces con tu pareja si no la conocías mucho. Bailar con Charles era emocionante. ¡Ojalá no parásemos en toda la noche! Nunca me había sentido así con Edmund, a quien no le gustaban los bailes.

Bailamos el vals y el foxtrot, y al parecer deslumbramos. Por una vez, no dediqué un solo pensamiento ni al trabajo ni a la estación, ni a los bombardeos ni a ninguna otra inquietud: tan solo bailaba y me reía con un hombre que era encantador y muy apuesto.

Cuando el líder de la banda anunció un breve descanso, volvimos a nuestra mesa para recuperar el aliento. William ya no parecía nervioso y sonreía de oreja a oreja. Bunty se sorbía la nariz y nunca la había visto tan radiante en mi vida.

A punto de reventar, levantó la mano izquierda.

—¡Mira, Emmy, mira! —exclamó.

Mi mejor amiga estaba prometida: la expresión de su rostro me bastaba para saber que su más preciado sueño se había hecho realidad.

En cosa de un segundo armamos el mayor de los alborozos, con Bunts y yo dando grititos y abrazándonos y reprimiendo las lágrimas en público. Charles sacudía la mano de William arriba y abajo, diciéndole Bien Hecho, Amigo, como si le conociera de toda la vida. Luego Bunty y yo nos tranquilizamos un poco y me enseñó debidamente el anillo con la esmeralda más hermosa del mundo, que había pertenecido a la madre de William. Resultó bastante difícil no ponerse sentimental otra vez.

Era la mejor de las sorpresas.

—Bill dice que ahora que lo han ascendido ya no tiene que esperar más —nos informó Bunty, sonriente—. Es un bobo. Me casaría con él hiciera lo que hiciera.

—Alguien tiene que seguir invitándote a champán —se mofó su prometido—. Puede que debamos acostumbrarnos a esta vida por todo lo alto.

Todos lo celebramos con entusiasmo. Entonces Bunty se volvió hacia mí.

—Emmy, hay algo que necesito aclarar —dijo, poniéndose seria por un momento—. ¿Serás mi dama de honor principal? ¿Quieres?

Por supuesto, dije que sí, y luego nos deshicimos en lágrimas. Charles terminó prestándome su pañuelo. William había pedido una segunda botella de champán y todos brindamos por la feliz pareja y por el futuro y por la paz, con mención incluida al rey y a la reina.

William rodeaba a Bunty con el brazo y la apretaba como si nunca fuera a soltarla. Mi amiga no despegaba los ojos de él. Si bien compartían la maravillosa nueva con Charles y conmigo, era como si para ellos no existiera nadie más en toda la sala. Finalmente, Bunts me susurró si me importaba que se fueran antes, porque quería telefonear a su abuela sin más tardanza. Le dije que debía hacerlo, desde luego. Volvimos a abrazarnos y luego se alejaron adentrándose en la noche y dejándonos a Charles y a mí solos en la sala de baile.

Su felicidad era pegadiza. Bailamos durante una eternidad. Aunque los dos dijimos que los pies nos dolían a más no poder, al final de la velada volvimos andando a casa, felices, cogidos del brazo en la oscuridad. Aunque se estaban produciendo ataques aéreos en el norte de la ciudad, aquello no nos afectó demasiado. Era pasada la medianoche cuando llegamos a casa y nos quedamos susurrando en la entrada. Charles tenía que estar en el tren de vuelta a su regimiento a las cinco de la mañana; no tendríamos oportunidad de volver a vernos durante un tiempo. Era un pensamiento horrendo y costaba no desanimarse, pero charlamos lo más animadamente que pudimos y convinimos en que nos gustaría mucho escribirnos durante su ausencia.

—No voy a estar triste —dijo—, porque esperaré con anhelo sus cartas. Además, de todas maneras, nunca se sabe cuándo pueden concederme otro permiso.

Aquello era una mentira admirable, así que la acepté y le dije que le escribiría cartas odiosamente aburridas si quería, así se alegraría mucho más de estar fuera. Luego me callé y nos miramos con valentía, porque lo cierto es que era horrible despedirse, teniendo en cuenta que acabábamos de conocernos. Pensé que Charles podría gustarme muchísimo.

—Es divertida y adorable, y no podría ser aburrida ni aunque quisiera —dijo—. Ni aunque me escribiera todos los días podría serlo, se lo digo yo. Yo también escribiré, por descontado.

Y antes de que se me ocurriera nada gracioso, adorable o aburrido que responderle, en ese instante fue cuando el capitán Charles Mayhew se inclinó y, muy suavemente, nos besamos.

15

Sé lo que estoy haciendo

Charles fue fiel a su palabra cuando me prometió que me escribiría. A los dos días llegó una carta que leí mientras Bunty paseaba arriba y abajo fingiendo que no se moría por saber lo que decía.

Querida Emmy:

No ha pasado mucho tiempo desde que nos dijimos adiós y, como me he pospuesto hacer las maletas un poco más tarde, me preguntaba: ¿me creerá horriblemente interesado si le escribo una nota esta misma noche?

Bien, he estado barruntándolo todo el camino de regreso al apartamento, ¡y he decidido que es un riesgo que debo correr!

He disfrutado tanto con usted esta noche... Desearía poder prolongar mi estancia en Londres, pero ¡qué delicia de despedida! ¡Riendo y charlando y bailando hasta la saciedad! No alcanzo a recordar cuándo fue la última vez que me divertí tanto.

Emmy, me entusiasma como nada en el mundo haberla conocido. Me encantaría conocerla más. Mañana enviaré por correo esta carta, así tendrá la prueba de que mi intención es escribirle lo más a menudo que pueda, ¡y que usted cumpla la promesa de escribirme también!

Bueno, dije que esto solo sería una nota y me temo que debo dejarlo todo listo antes de partir. Intentaré escribirle de nuevo antes de abandonar Inglaterra... Es posible que después mis cartas sean más irregulares, aunque intentan remitirnos el correo, pues es un gran estímulo para nosotros.

Por favor, transmítale mi más sincera enhorabuena a Bunty y a William de nuevo, ¿me hará el favor? Les deseo la mayor de las felicidades.

Me despido de momento.

Atentamente,

Charles x

Me pareció encantador. Saqué a Bunty de la incertidumbre leyéndole la carta en voz alta: se alegró muchísimo. Luego dejé que la leyera ella misma; cuando vio que había firmado con un beso, se quedó totalmente entusiasmada.

Mantuve mi parte del trato y empecé a escribir a Charles, intentando enviarle cartas chismosas que le hicieran reír o, como mínimo, que le alegraran el día. Estaría fuera Dios sabe por cuánto tiempo antes del siguiente permiso. Si bien nos mostrábamos extraordinariamente optimistas con todo, ninguno de los dos nos hacíamos ilusiones sobre lo que nos traíamos entre manos. Me llevó toda la tarde escribir y reescribir varias veces mi primera carta para que pareciera totalmente espontánea. Arranqué de maravilla con «Querido Charles», pero luego encallé, presa del pánico. No se me ocurría nada remotamente interesante que decir. Incluso me convencí de que no lo conseguiría. Finalmente, me desatasqué y terminé escribiendo cuatro caras de cháchara, aunque no hacía ni un día que nos habíamos despedido.

Encontrar un final adecuado para la carta fue todo un desafío, pues no quería copiarle sin más y decir «Me despido de momento» otra vez, antes de estampar mi firma. Bunty no fue de ninguna ayuda: perdió los estribos y sugirió un «Siempre tuya», como si fuera algo salido de una de las historias románticas del señor Collins. Al final recuperé el control de mí misma y puse «Atentamente, Emmy», con un beso, lo cual venía al caso.

Aunque solo nos habíamos visto un par de veces, Charles me gustaba mucho. Maldije la estúpida guerra por llevárselo lejos; aunque, lo cierto es que, de no haber sido por la puñetera guerra, no lo habría conocido.

De todas formas no iba a quedarme mirando las musarañas, suspirando como una colegiala desconsolada. Esta era una de las pocas cosas en las que estaba absolutamente de acuerdo con la señora Bird. Puede que estuviéramos en casa y no combatiendo en el frente, pero nosotras, las mujeres, necesitábamos poner de nuestra parte. Tenía toneladas de cosas que hacer entre *La Amiga de la Mujer* y los turnos en la estación de bomberos, además de ayudar a Bunty con los preparativos de la boda.

Seguí respondiendo a tantas lectoras como pude. Leía sus cartas en el autobús de vuelta a casa, angustiada de que pudiera tirar una sin darme cuenta; luego mecanografiaba con furia las respuestas en el salón, las tardes en que Bunty tenía turno en el Ministerio de Guerra. *La Amiga de la Mujer* no recibía lo que se dice un cargamento de cartas para la señora Bird, pero el número había aumentado un poco en las dos últimas semanas. Algunas decían que habían oído hablar de la revista a amigas suyas. Yo debía reconocer que había editado una o dos de las respuestas reales de la señora Bird en «Henrietta al habla», para que sonaran un pelín menos bruscas. Pero el consejo era el mismo, y eso era lo importante.

En alguna ocasión, si teníamos una noche tranquila en la centralita, le preguntaba despreocupadamente a Thelma su parecer, sobre todo acerca de los problemas de las lectoras de más edad. Una mujer había enviado un sobre franqueado para una respuesta, pero yo no tenía idea de qué aconsejarle.

Querida señora Bird:

Yo y mis dos amigas rozamos los cuarenta y empezamos a estar preocupadas por El Cambio. Hemos visto anuncios en su revista que dicen que los cuarenta es la época más difícil de una mujer. ¿Es un cuento de viejas? Nuestra amiga Irene toma Menopax de la farmacia para los sofocos, pero no se nota la diferencia y sigue de un humor de perros la mitad del tiempo, si me pregunta. ¿Qué debo hacer?

Atentamente,

Winnie Plum (Sra.)

Pregunté a la señora Bird, que resopló y dijo que Winnie Plum era una Perfecta Estúpida, pero Thelma fue mucho más compasiva y dijo que, según su hermana mayor, la mediana edad de una mujer no era exactamente un paseo por la playa, pero tampoco el fin del mundo, especialmente si te tomabas alguna que otra ginebra con limón y un Jimmy Stewart doble, la especialidad del Odeon. Y por si eso fuera poco, su majestad la reina tenía cuarenta años y estaba espléndida.

En el trabajo, claro, no pude poner todo aquello en una carta, de forma literal, pero lo traduje a una respuesta de apoyo a la señora Plum, concluyendo con un alegre: «No deje que ningún periodo de la vida le impida hacer todas las cosas que quiera hacer. ¡Buena suerte!».

Deseé poder ayudarla, y algo era algo. Me hubiera gustado saber más de la vida. La señora Bird recibía un buen número de cartas sobre El Cambio. Y, si bien era uno de los escasos temas que no figuraban en la Lista de Temas Inaceptables, se les decía invariablemente a las lectoras que dejasen de montar el numerito y que espabilaran.

No era de extrañar que la gente prefiriese las revistas más modernas. Te enviaban un folleto sobre prácticamente todo si les escribías e incluías un sello. Kathleen conocía a una chica que trabajaba en una de las más grandes: decía que tenían a equipos enteros de personas enviando información a todas horas.

Con frecuencia tenía la sensación de estar perdiendo el tiempo. Aquí estaba yo, tratando secretamente de encontrar las respuestas en el autobús de vuelta a casa, en tanto que las otras revistas lo hacían a escala industrial. Me dije que tenía que dejar de ser un saco de lamentaciones y seguir adelante.

Y, de todas maneras, había toneladas de cosas por las que alegrarse. Aunque la primavera se había estado haciendo la remolona y no terminaba de despegar, la promesa de la boda de Bunty y William era de lo más tonificante. Desde el comienzo de la guerra, ya nadie tenía largos noviazgos (lo que podía haberme dado una pista sobre Edmund, ahora que caía en la cuenta). Así pues, como Bunty y William se conocían desde siempre, no había razón para esperar. Habían fijado la fecha para el miércoles 19 de marzo. Eso nos dejaba menos de un mes para organizarlo todo.

La agitación de Bunty era contagiosa. La celebración iba a ser todo un acontecimiento, en la iglesia del pueblo de la abuela de Bunty, seguida de un almuerzo informal en casa de la señora Tavistock. Roy, de la estación, no cabía en sí de la emoción porque iba a ser el padrino de William, y madre y padre estarían allí, faltaría más. Lo que era improbable es que Jack obtuviera permiso para asistir. Después del almuerzo, los nuevos señor y señora Barnes se irían a pasar dos noches de luna de miel cerca de Andover, antes de que William tuviese que volver al trabajo el viernes por la tarde. Se hablaba de lomo de cerdo para el almuerzo.

Como una suerte de jovial regalo de compromiso, le compré a Bunty *La guía para la novia moderna*, escrita tres años atrás. Rebosaba de ideas y consejos prácticos que, la verdad, ahora, en plena guerra, resultaban bastante inútiles.

—Ninguna casa es un hogar sin un piano —leyó Bunty en voz alta, añadiendo con gravedad—: Pues eso nos pone en serios apuros a mí y a Bill. —Soltó una sonora carcajada.

—Me parece que no te lo estás tomando muy en serio —dije, leyendo el libro por encima de su hombro mientras repasaba el índice—. «Aprenda a convertirse en la perfecta anfitriona usando Emocionantes Rellenos de Sándwich Para Una Cena Informal».

Bunty resopló.

—¡Caray! —dijo, leyendo la página—. No tenía ni idea

de que podías hacer tantas cosas con una lata de sardinas. Será mejor que me ponga al día, no quiero decepcionarme a mí misma.

Nos reímos más aún con la ocurrencia. Resultaba imposible encontrar todo lo que se mencionaba, pero estudiamos el capítulo de las «Sugerencias para cócteles» para poder preparar un vermú tan pronto como se firmara la paz. La combinación de brandi, sirope de menta y absenta sonaba asquerosa, pero no podríamos saberlo hasta que la probáramos.

Era todo muy divertido, y, si bien habría sido estupendo pasar meses hablando del elegante vestido de novia blanco, Bunty estaba tan feliz y enamorada que daba igual. Ella solo quería que la boda se celebrara y convertirse en la señora de William Barnes. Siempre que él se dejaba ver por el apartamento, lo que ocurría cada vez que tenía un hueco entre turnos, se veía a las claras que el señor William Barnes sentía algo muy parecido.

183

A menos de dos semanas del gran día, me dediqué frenéticamente a confeccionar el vestido de Bunty, en un tejido crepé muy elegante que habíamos tenido la grandísima suerte de encontrar a buen precio entre las ofertas. No se me daba del todo mal la máquina de coser; de momento, cumplía el plazo previsto. Bunty había escogido el material en Army & Navy, y madre y yo fuimos juntas a buscarlo. Bunty estaba encantada. La señora Tavistock nos sorprendió a todas enviando el par de zapatos de ante marrón más glamurosos del mundo, que había encargado en Lilley & Skinner, y una amiga de Bunty del trabajo le prestaría un sombrerito marrón con un lazo de terciopelo que conjuntaba a las mil maravillas con los zapatos. Hiciera el tiempo que hiciera, Bunty estaría preciosa.

Una tarde, William apareció en el apartamento (de camino a la estación) con algunas novedades. Yo aún no había tenido la oportunidad de hablar con él sobre nuestro estúpido enfado. En casa se pegaba a Bunty como el pegamento; en la estación de bomberos, siempre había montones de personas pululando alrededor, o él estaba hasta las cejas de trabajo. Tanto tenía que yo empezaba a sospechar que me estaba evitando. Bunty le hizo entrar en casa. Ambos subieron corriendo las escaleras hasta la cocina, William con mucho brío y Bunty saltando los escalones detrás de él, riendo y diciéndole que se había vuelto un poco loco.

Levanté la vista del trozo de empanada de arenque que estaba cortando para comérmelo en mi turno de noche.

—Buenas, Bill —dije amablemente—. Me alegro de verte. ¿Quieres una galleta de mermelada? Las ha preparado Bunty.

Alcancé la cesta del pan y le di una pastita con una sonrisa amistosa.

—No vayas a mancharte de mermelada el uniforme —dijo Bunty detrás de él—. No voy a permitir a un marido dejado. Y un desperdicio.

William se volvió y le rodeó la cintura con un brazo.

—Sí, amor —dijo con orgullo, como si llevaran casados cientos de años—. No te impacientes. Dentro de menos de dos semanas, podrás mandarme todo lo que quieras.

—Nunca —respondió Bunty, y todos nos reímos.

—En fin —dijo Bill, que consiguió dejar de sonreír a su prometida durante un momento—, tengo que hacer un importante Anuncio Social.

—Oooh —dijimos Bunty y yo al mismo tiempo.

—Sí —dijo, acostumbrado a hablarnos al mismo tiempo. Rebuscó en el bolsillo de su uniforme un momento, antes de sacar unas entradas y aclararse la garganta—. Ejem. Este sábado por la noche. A las nueve en punto. El Café de París. Señoras, están ustedes cordialmente invitadas a una celebración prenupcial en nombre de la hermosa señora Marigold Tavistock y de su mayor admirador, el señor William Barnes.

—¡No! —exclamó Bunty.

—Dios santo —dije con un grito ahogado, muy impresionada—. ¡Caramba!

Bunty y yo nos miramos boquiabiertas. El Café de París no era la clase de sitio que solíamos frecuentar. Tampoco era el clásico lugar adonde iban a pasar la velada los ricachones de Londres, pero para nosotros era un lujo. Yo sabía que Bunty siempre había querido ir porque la orquesta tenía fama de ser una de las mejores de la ciudad, y aunque había dicho que una chica de su trabajo consideraba que no era tan elegante como antes de la guerra, William se había apretado el cinturón para disponerlo todo.

—¿Entonces os parece bien? —preguntó William mientras Bunty volvía en sí y se ponía a abrazarlo sin dejarle respirar apenas.

—SÍ, POR FAVOR —dijo Bunty, pegada a su abrigo. Luego se apartó de él, con repentina expresión de tristeza—. Oh, pero me gustaría que Charles pudiera venir con Emmy.

—No seas boba —dije metiendo la cena en mi cartera y restándole importancia—. Solo lo he visto dos veces, y una era con vosotros.

—¿Y qué hay de todas las veces que le has escrito ya? —me desafió Bunty, besando a William en la mejilla y buscando algo de pan y mantequilla para llevárselo al trabajo—. Nunca he visto a nadie escribir tantas cartas como tú.

—Bobadas —dije haciendo una inspección innecesaria en mi cartera.

—Tú serás la próxima. —Se rio, lo que resultó un tanto entusiasta.

—De hecho, he buscado un suplente —dijo William, participando en la conversación—. Para este acontecimiento especial, me pareció apropiado invitar a mi padrino de bodas. Espero que al capitán Mayhew no le importe que el bombero Roy Hodges venga con nosotros como acompañante de la señorita Lake para esta velada, si ella da su visto bueno.

—Desde luego —dije un poco mareada y pensando en la histeria que esto iba a provocar entre las chicas—. Será un honor para mí. —Pero entonces lo recordé—. Oh, no, tengo turno la noche del sábado.

William sonrió de oreja a oreja.

—Lo he resuelto —dijo—. Vera dice que te cubrirá, si no te importa doblar su turno a cambio.

Esto me pilló por sorpresa. Tenía que reconocer que era todo un detalle por su parte.

—¡Hurra! —dijo Bunty.

William no podía dejar de sonreír.

—Y ya verás como Roy te sorprende. Puede que roce los cuarenta, pero me han dicho que es un fenómeno en la pista de baile. Ha estado en el Café de París, así que podrá enseñarnos los entresijos.

Aquello era un giro inesperado. Yo sabía que Roy tenía una asignación militar y le gustaban los misterios de asesinatos. Era buena gente, sin duda.

—Cuidado, capitán Mayhew —dijo Bunty—, el bombero Hodges entra en escena.

La fulminé con la mirada y luego miré el reloj de la cocina.

—¡Vaya! —dije sonriendo a William—. ¿Te importa si voy contigo a la estación?

—Oh —dijo él con tono cortante—, pensaba ir más temprano.

El corazón se me encogió un poco. William se había mostrado tan encantador que deseé que me hubiera perdonado por pelearme con él. Seguí hablando, intentando que mi voz sonara despreocupada.

—Es un poco pronto, pero cuando las chicas sepan que Roy está hecho un Fred Astaire van a necesitar por lo menos veinte minutos para superarlo antes de poder empezar el turno de trabajo.

—Vete, cariño —dijo Bunty—. Pero no le preguntes a Emmy nada sobre mi vestido. Quiero que sea una sorpresa.

William sonrió animosamente, incapaz de decir que no. Cogí mi cartera y corrí a buscar el abrigo y el sombrero.

La primera humedad de la tarde nos envolvió como una nube cuando William y yo nos pusimos de camino por el corto tramo hasta la estación.

—Mil gracias por invitarme la semana que viene —dije mientras avanzábamos en la oscuridad—. Me apetece muchísimo.

—Bunty no habría permitido lo contrario. Y, obviamente…, yo tampoco. —Añadió esto último muy rápido, pero estaba segura de que no había mala intención en sus palabras—. Cuidado, hay un pequeño socavón aquí.

Di un rodeo para sortear un hoyo enorme en la acera, donde hacía cosa de una semana un ataque aéreo había derribado parte de una casa. El señor Bone me había contado que tres familias sufrieron el bombardeo y que a uno de sus colegas del *Daily Mirror* le habían amputado una pierna a la altura de la rodilla.

—Este fue feo —dije mirando el hoyo—. Me lo contó el señor Bone.

—No tengo ni idea —respondió William—. Se encargaron de ello los muchachos de George en A Watch. Forman un equipo muy bueno.

—Sin duda —dije cortésmente—. Todos lo sois, claro.

Oí un «humm» en la oscuridad, pero nada más.

Mientras avanzábamos, me mordía el interior de la mejilla. En cuanto se casaran, William se mudaría con Bunty y fundarían un pequeño hogar de tres habitaciones en la primera planta de la casa. Bunty me había insistido en que siguiera viviendo en la planta de arriba, lo que era encantador, pero yo no podía seguir allí con aquella atmósfera enrarecida. Puede que fuera una de sus amigas más antiguas, pero en adelante también sería su inquilina. Además, yo quería que William supiera lo mucho que me alegraba por él y por Bunty, y que solo me había enfadado porque miraba por su seguridad. Necesitábamos limpiar el aire y pasar página.

En aquel momento, la ocasión se presentaba que ni pintada. Despejaría cualquier malentendido. Entonces podríamos hablar del baile y del día de la boda y recuperar la normalidad entre nosotros.

—Está nublado, parece que va… —dijo William justo cuando yo me lanzaba a hablar.

187

—Lo cierto es… —dije interrumpiéndole.

Dejó de hablar bruscamente.

—Perdona. Yo…, bueno…, solo quería decir…

William había apretado el paso y tuve que ir al trote para seguirle el ritmo, lo que no resultaba fácil en la oscuridad.

—Lo cierto es, Bill… —dije apenas sin resuello. Lo alcancé y le toqué el brazo. Con que aminorara la marcha un momento, podría disculparme debidamente.

—Vamos a llegar tarde —respondió, lo que fue una buena indirecta para que cerrase el pico, pero al menos dejó de correr.

—Solo quería decirte que siento que nos peleáramos —dije apresuradamente, por si decidía volver a acelerar—. Y me alegro inmensamente por ti y por Bunts.

Asintió con la cabeza.

—Gracias —dijo, y luego hizo una pausa de un segundo antes de proseguir—. Eres consciente de lo mucho que la quiero, ¿verdad? No soy un idiota.

—Pues claro que no —dije.

—Y, Emmy, no voy a hacer nada que arruine mi relación con ella. Así que, para ser franco, no necesitas decirme cómo tengo que hacer mi trabajo.

—Lo sé —dije—. Y lo siento.

—No necesitas darme la lata con nada.

—Sí, de acuerdo —dije.

William me estaba dejando las cosas claras.

—Bien —dijo, y reanudó la marcha otra vez.

Anduve a su lado, intentando recordar en qué punto el camino estaba más deteriorado. Mi linterna era tan débil que no alumbraba mucho y tropecé con una piedra. Tuve que dar un saltito para no caer. William seguía hablando.

—Sé lo que estoy haciendo, Em. Tú no. Mientras vosotras os quedáis en la estación, nosotros estamos ahí fuera haciendo lo mismo todas las noches desde hace meses. No sabes de qué hablas. Si lo supieras, serías consciente de que no es tan peligroso como parece.

Pensé que tenía su gracia que dijera eso. Yo sabía lo que

había visto en el lugar del bombardeo. Fred se partió un brazo en la subida y se asomó desde un ángulo que habría mareado a cualquiera. Y la casa bombardeada estuvo en un tris de desplomarse sobre todos ellos. No hacía falta ser una experta para saber el peligro que habían corrido.

Llegamos a la esquina de Bellamy Street, a solo un minuto o dos del trabajo. Había creído que, llegados a este punto, estaríamos charlando sobre el Café de París.

—En fin —dije, intentando cambiar de tema y ser positiva, aunque William me hablase como si me faltaran luces—. Estoy deseando ir al Café de París.

—… y, de hecho, en Church Street lo teníamos todo bajo control.

Seguía sin aceptar mis disculpas. Aquello se estaba convirtiendo más en una arenga que en otra cosa.

—Por el amor de Dios, Bill, eso son sandeces —dije, superada por la frustración y tirando por la ventana mis buenas intenciones—. Tú y los chicos casi terminasteis sepultados vivos.

Dejó de caminar.

—En serio, Emmeline —estalló—. ¿No puedes dejarlo de una vez?

Hacía años que no me llamaba Emmeline. Y «sí» que lo había dejado estar, al menos hasta mi intento de decirle que lo sentía. Yo no había mencionado Church Street siquiera desde la mañana del bombardeo y no le había dicho una palabra del asunto a Bunty. ¡Ni que lo hubiera escrito en un cartel grande y luego lo hubiera colgado en la estación!

—No, Bill —dije—. No puedo. No cuando haces como si fuera perfectamente razonable liarla por salvar una muñeca, algo que casi termina matándote a ti y a la mitad del equipo.

Tan pronto como pronuncié estas palabras, me arrepentí. Nadie diría jamás que William no admiraba y adoraba a su equipo como si fuera su propia familia. No debía haberlo expresado de ese modo. No debía haber mencionado a los demás. Abrí la boca para disculparme, pero se me adelantó.

189

—Eso ha sido un golpe bajo, Emmy —dijo—. Muy bajo.

Me dio la espalda y se alejó raudo hacia la estación.

—Bill —lo llamé, pero no aminoró la marcha—. Bill, te lo ruego.

Me quedé a solas en medio de un bache, mirando en la oscuridad mientras él desaparecía de mi vista.

—Hola, ¿eres tú, Emmy? —Unas pisadas crujieron irregularmente en la calle a mis espaldas—. Espérame, ¿quieres? Me he quedado sin batería y no veo nada de nada.

Era Thelma, y aparecía en el momento más inoportuno. La saludé, intentando poner voz alegre.

—¿Te encuentras bien, cariño? —preguntó Thelma, que tenía muy buen olfato—. ¿Se ha marchado solo nuestro William?

—Oh, no pasa nada —mentí—. Los dos llegamos un poco tarde y le he dicho que se adelantara.

—Bendito sea —dijo Thelma, consiguiendo que me sintiera peor—. Está tan emocionado con la semana próxima. ¿Te ha dicho lo de su gran sorpresa?

Thelma me tomó del brazo y seguimos la luz de mi débil linterna.

—El Café de París —se maravilló, sin reparar en que yo no le había respondido—. Me preguntó la semana pasada si creía que a Bunty y a ti os gustaría la idea, y le dije que os pondríais más contentas que unas pascuas. ¿Estás emocionada?

—Sí —dije con un hilo de voz—. Estamos deseándolo.

—Lo imagino —dijo Thelma apretándome el brazo—. Y el bueno de Roy está en el séptimo cielo. Sinceramente, tu Bunty es la chica más afortunada del mundo. ¿No es espléndido que vaya a casarse con un muchacho tan encantador?

Meneé la cabeza y me sentí como una canalla. Desde luego que Thelma tenía razón. William amaba su trabajo y estaba loco por demostrar que aportaba su grano de arena. Pero también sabía de sobra que amaba a Bunty por encima de todas las cosas. Me merecía una buena reprimenda por haberle machacado de nuevo; éramos íntimos desde hacía años y estaba a punto de casarse con mi mejor amiga.

Thelma seguía charlando mientras yo me mordía el labio y caminaba en silencio. En diez años, William y yo no nos habíamos cruzado ni una mala palabra, y ahora sucedía esto. Sentí un ataque de ira, pero no contra William, ni siquiera contra mí misma. Era esta estúpida guerra. Esta estúpida y puñetera guerra.

—¿Seguro que te encuentras bien, Emmy? —preguntó Thelma en la oscuridad.

—Sí, claro. Es que tengo un poco de frío —dije.

Me agarré a su brazo y aceleré el ritmo hasta la estación. Si me daba prisa, podría alcanzar a William antes de su turno e intentar hacer bien las cosas de una vez por todas.

16

Suplantar a la editora

*N*o pude alcanzar a William. Sin compartir el entusiasmo que había suscitado lo del Café de París entre las chicas de la centralita, fui a buscarle, pero lo encontré discutiendo en profundidad con el capitán Davies sobre los equipos. Así pues, no me quedó otra que volver a mi teléfono. Thelma y las chicas seguían los planes de Bunty para la boda como si de una de las novelas por entregas de *La Amiga de la Mujer* se tratara. Veías que todo el mundo estaba feliz por tener algo alegre en lo que centrarse, especialmente los detalles de los vestidos y la posibilidad de probar viandas que rara vez se veían en los tiempos que estábamos viviendo. Había algo en los preparativos de una boda que te daba la sensación de estar dejando a Hitler con un palmo de narices: podría enviar cuantos aviones de la Luftwaffe quisiera, pero no podría impedir que las personas se enamorasen, ni toda la expectación que se desprendía de ello.

Al final de mi turno, el capitán Davies quiso hablarnos de las rotaciones, por lo que al final tuve que darme prisa por volver a casa y perdí la oportunidad de hablar con William. Como de costumbre, me cambiaría rápidamente antes de volver a la oficina. Ya dormiría más tarde. Madre siempre se preguntaba cómo nos las arreglábamos para sacarlo todo adelante. Yo no tenía ni idea. Simplemente, lo hacíamos.

Aunque ansiaba con desesperación hacer las paces con William, tenía muchas ganas de contarle a Kathleen lo del Café de París. Llegué temprano a la oficina, estrujándome para entrar en nuestro diminuto despacho compartido y advirtiendo que la maceta necesitaba agua. Como yo solo trabajaba por la mañana, Kathleen me había dejado la última nota de la víspera en mi mesa; me alegré de ver que la pila de cartas dirigidas a la señora Bird era ligeramente más alta que de costumbre. Colgué el abrigo en el gancho de detrás de la puerta, me incorporé a mi escritorio y me puse a abrir el montoncito de correo, deseando que hubiera suficientes cartas que pasaran la criba. Tuve suerte de dar con una mina de oro desde el principio.

> Querida señora Bird:
> Su revista ha publicado varios artículos sobre el cabello corto, y le aseguro que es para el trabajo bélico, pero mi marido no lo permite. Dice que si el pelo largo es válido para Dorothy Lamour, entonces debe ser válido para mí. Dice que no debería recogérmelo hacia atrás en el trabajo.
> ¿Qué debo hacer?
> Casada Con Un Fan De La Señorita Lamour

Sonreí. Era la clase de carta que sacaba a la señora Bird de sus casillas, pero estaba segura de que en el fondo le gustaban. No me cabía duda de que sabría quién era aquella actriz de Hollywood; seguramente pensara que era una mala influencia, pero también tenía la certeza de que le diría a Casada Con Un Fan De La Señorita Lamour que cerrase el pico y buscara una redecilla.

La dejé en la bandeja de la señora Bird directamente.

Y entonces ocurrió la cosa más extraña del mundo. Abrí la carta de una lectora que no pedía consejo alguno, si bien había puesto cierta energía en relatar su historia.

> Querida señora Bird:
> Le escribo para agradecerle que imprimiese la carta de la chica llamada Harta en el número de la semana anterior. Yo no habría tenido el valor de escribirla, pero me alegró enormemente leer que usted le había respondido.

Verá, yo era como ella: mis padres son muy estrictos conmigo también, aunque voy a cumplir los veinte este verano. Ellos no querían que tuviese novio, y menos aún del ejército ni nada por el estilo, ni siquiera uno de esos jóvenes que todo el mundo considera buenos chicos y que toda madre querría por yerno. Estaba muy preocupada, porque he conocido a un chico adorable en el baile de la iglesia, chico con el que me puse a salir sin que mis padres lo supieran. Verá, trabaja en la marina y sé que mis padres se enfadarían.

Yo estaba de los nervios pensando qué pasaría si me pillaban saliendo con Leonard (se llama así), pero entonces leí sus consejos a Harta: que fuera valiente y hablase con sus padres. Y eso es lo que he hecho. Y resulta que una amiga de mi madre, Edith, es prima segunda de la madre de Leonard, y le dijo a mi madre que no podría desearle mejor mozo a nadie y que era casi tan bueno como casarse con un cura y cosas por el estilo.

Así que ahora mi madre está contenta y Leonard vino a tomar el té como usted dijo que debería hacer, y se llevaron tan bien que mi padre lo llamó Hijo al final, y ahora estamos saliendo como es debido y soy muy feliz.

Quería darle las gracias por darme el valor de atreverme.

Cordialmente,

Lilian Banks (Srta.)

P. S.: Le he dicho a mi amiga Jennie que le escriba a usted, pues su madre está siendo una pesadilla para ella.

Era una carta adorable, pero me dejó impactada. Era la primera vez que una persona de verdad, viva, decía que encontraba útiles mis consejos. Y ni siquiera era la persona concernida. Hasta ahora, las lectoras de *La Amiga de la Mujer* habían sido una masa sin rostro, aliviadas y entretenidas por el señor Collins, y tratadas como niñas grandotas y torponas por la señora Bird. Yo sabía que me preocupaba por ellas y quería ayudarlas, pero esto era diferente.

«Yo no habría tenido el valor de escribirla, pero me alegró enormemente leer que usted le había respondido.»

Nunca había pensado en las cartas de la revista de esa manera. Me inquietaba darme un batacazo y aconsejar mal a las lectoras. No había pensado que cientos de personas, incluso miles, leerían mi consejo y que otras lectoras que lo estaban pasando fatal se sentirían alentadas también. Estaba como unas pascuas de contenta.

Todo el disimulo, caminar sobre brasas calientes, incluso mentir a Bunty: la carta de Lilian Bank hacía que todo eso mereciera la pena. ¿Cuántas lectoras más se habrían sentido reconfortadas?, me pregunté.

Cuando oí que la puerta del pasillo se abría, metí rápidamente la carta de Lilian en su sobre. La leería de nuevo al llegar a casa.

—Buenas, Emmy —dijo Kathleen al entrar en el despacho, quitándose el sombrero y dejando que su cabellera rcayera sin control desde sus horquillas. Se despojó del abrigo, mostrando una rebeca amarillo limón con botones de piel que semejaban balones de fútbol.

—Buenas, Kath —respondí—. Llevas una chaqueta de lana preciosa. Gracias por dejar el correo en mi escritorio. No te lo vas a imaginar. Voy a ir al Café de París.

Comencé a charlar, deseosa de contárselo todo, pero Kathleen parecía preocupada. Antes de sentarse siquiera, miró las cartas en mi escritorio y me interrumpió. Su voz destilaba nerviosismo.

—Menuda pila de cartas —dijo—. ¿Alguna buena?

—Oh, nada emocionante —contesté con despreocupación—. Una sobre el cabello. Seguro que habrá muchas de Mal Gusto que irán a parar a la basura.

Kathleen asintió.

—Tiene su gracia, ¿no? —dijo—. ¿No te parece que la señora Bird se está volviendo, cómo decirlo, hasta simpática? Ha tenido mucha paciencia con una lectora cuyo prometido le estaba causando problemas. Pensé que la señora Bird la tacharía de idiota, pero la verdad es que fue muy amable.

Kath sonrió brevemente. Su voz tenía un tono más agudo que habitualmente. Me revolví un poco en mi silla.

—No sé —dije—. No lo recuerdo exactamente.

—Era una de esta semana —continuó—. De una chica que se veía con un soldado a espaldas de sus padres. Me asombró que no le cantara las cuarenta.

Acalorada, empecé a quitarme la chaqueta.

—Ah, ¿esa? Uf, me parece que la primavera ya se nota, ¿no crees? —dije con un brazo atrapado a la espalda mientras intentaba sacarme la manga—. Hace mucho más calor hoy que hace una semana.

La brisa fuera era compacta. El día anterior, el señor Brand, de la sección de Arte, había estado de baja por sus sabañones. Kathleen volvió al ataque.

—Solo digo que parece extraño. Sabes que es muy tajante con este tipo de cosas. Es un cambio considerable, ¿no te parece, Emmy?

Se me hizo un nudo en el estómago. Siempre había pensado que si alguien me descubría, sería Kathleen. Leía *La Amiga de la Mujer* de cabo a rabo y era más lista que el hambre. Pensar que podría burlarla había sido una insensatez. El cerebro me iba a mil por hora, sopesando si podía confiar o no en ella. Deseaba confesarlo todo desesperadamente, tenerla de mi lado y estar las dos juntas en esto.

Pero no sería justo. Kathleen era la persona más honrada que conocía, con una fibra moral inquebrantable. Yo había suplantado a la editora. No podía esperar de ella que se lo ocultara a la señora Bird.

—¿Emmy? —repitió Kathleen mientras yo me sentía más acalorada que nunca y era incapaz de mirarle a los ojos—. No voy a ponerme antipática contigo, sinceramente. Pero ¿me estás ocultando algo?

La idea de arrastrarla conmigo era terrible. No lo haría, sencillamente.

—La verdad es que hay algo. Kath, ¿sabes guardar un secreto?

Kathleen me miró como si fuera a perder los nervios, pero asintió con valentía.

Respiré hondo.

—Es solo que, eh… mm… Estoy viendo a Charles, el hermano del señor Collins.

La frase me salió a toda velocidad. Hacer cómplice a Kathleen de algo emocionante pero no terrible era la mejor táctica de distracción que podría haber encontrado. Incluso si utilizar a Charles de tapadera me hiciera sentirme como un mal bicho.

Durante un momento, Kathleen vaciló. Luego, mientras sus ojos se abrían cada vez más, logró susurrar.

—¡No!

Asentí con la sonrisa más torva de la historia. Por la fuerza de la costumbre, las dos miramos hacia la puerta por si aparecía la señora Bird. Como no lo hizo, y con una expresión de absoluto deleite y aun mayor alivio, Kathleen se dio palmaditas en la rebeca y dijo «Caray, el hermano del señor Collins» e «Imagina» varias veces seguidas.

Kathleen y yo hablamos por los codos durante los diez minutos siguientes mientras le refería la historia completa de Charles; insinué que guardar un secreto podría haberme dado una apariencia sospechosa últimamente. Me acerqué más a la meta y le pregunté con ingenuidad qué le había inquietado de las cartas, pero ella espantó el tema con la mano y dijo que había sido una tonta y que no era nada. Kathleen tenía tan buen corazón y se alegraba tanto por mí que se tragó la excusa de Charles. En el espacio de un cuarto de hora, yo había pasado de estar emocionada por la carta de agradecimiento de una extraña a despreciarme.

Mientras intentaba disfrutar de lo que debía haber sido una adorable charla sobre un romance, me prometí algo: ni una sola carta más en la revista.

Mis intenciones eran buenas, pero había estado en un tris de dejar a Kathleen en una situación muy difícil. La idea me puso en alerta. Ya estaba mal no contarle a Bunty que me dedicaba a responder a las lectoras, pero si la señora Bird llegaba a pensar que Kathleen había sospechado de mí por falsear sus consejos en la revista y que no la había informado de ello, la cosa sería muy seria. Simplemente, no podía arriesgarme a poner a Kathleen en tal aprieto.

Seguiría respondiendo a las lectoras con suma cautela, pero de imprimir cosas no había más que hablar, por mucho que, al parecer, aquello pudiera ayudar a personas como Lilian Banks.

Una puerta golpeó con fuerza al abrirse en el pasillo y, como para probar mi razonamiento, la señora Bird apareció en nuestro despacho, con aire resuelto en su traje de *tweed*.

—No puedo quedarme —anunció—. Ha ocurrido un accidente en una granja.

—Cuánto lo siento —dije, mientras Kathleen y yo nos poníamos en pie.

—Ha sido culpa del hombre —repuso la señora Bird con cierta alegría.

No había mucho más que añadir a eso. Kathleen y yo asentimos con expresión severa. La señora Bird echó una ojeada por el despacho.

—Estaré de vuelta el lunes. ¿Confío en que ambas tienen bastante trabajo hasta entonces? ¿Tiene Cartas Aceptables para mí, señorita Lake? —Miró mi escritorio, donde la carta de agradecimiento de Lilia reposaba en su sobre. El corazón empezó a latirme con fuerza—. Espantosa escritura —murmuró—. Nada de Mal Gusto, confío.

—Para nada —dije con gran convicción—. De hecho, hay una muy interesante de una dama preocupadísima por lo que le ha dicho una adivina —dije—. Está deseando que la ayuden.

La señora Bird frunció el ceño.

—¡Sería lógico! —dijo—. Ya lo estudiaré el lunes. ¿Están seguras de que tienen trabajo? Me pareció oír que charlaban.

Kathleen y yo nos hicimos las ofendidas por la insinuación y emitimos un convincente «no».

—Muy bien —dijo la señora Bird—. Pues entonces he de irme. Señorita Knighton, hay correspondencia en mi bandeja. Por favor, asegúrese de que se ocupan de eso. Que tengan buen día.

Y, dicho esto, se marchó de la oficina.

Si el desliz con Kathleen ya me había puesto nerviosa, la aparición fantasmal de la señora Bird como saliendo de la nada colmó el vaso. Alegando la necesidad de más espacio para mirar el correo, me estrujé rodeando mi escritorio, le dediqué a Kathleen una última sonrisa de loca y hui al pasillo.

Luego me detuve y me apoyé en la pared, cerrando los ojos y apretando las cartas contra mi pecho.

—¿Acaba de librarse de una gorda? —preguntó el señor Collins, que estaba de pie en la puerta de su despacho.

Si se hubiera tratado de cualquier otra persona, habría pensado que estaba fisgoneando, pero el señor Collins se las arreglaba para quedarse parado de un modo que habría levantado las sospechas de cualquiera. Tenía la habilidad periodística de no hacerse notar.

—¡Oh! ¿Yo? Oh, vaya, no —dije, esbozando una sonrisa inverosímil—. Un poco de trasiego, nada más. TONELADAS de cosas que hacer —añadí, deseando parecer diligente.

—Bien, eso es bueno —respondió el señor Collins—. Puede que todos tengamos lío una semana o dos si, por alguna incomprensible razón, nos entra trabajo. —Soltó una risita, casi para sus adentros—. ¿No me diga que sí que hay gente que está comprando la revista?

—Bueno, eso creo —dije, deseando atajar otro posible interrogatorio—. Seguramente se debe a los cíngaros —añadí en un arrebato.

—¿Los cíngaros? —Enarcó una ceja y suspiró hondo—. Presiento la aplastante inevitabilidad de que voy a lamentar formularle esta pregunta, pero, en serio, señorita Lake, ¿qué cíngaros?

Llamarme «señorita Lake» parecía divertir siempre al señor Collins.

—Los de sus relatos. Cíngaros. Y forajidos. En los bosques. Las lectoras se vuelven locas con eso, jefe.

Mi numerito de distracción no iba ni la mitad de bien que en el caso de Kath. Además, ahora, para colmo, acababa de llamarle «jefe», cosa que nunca hacía.

El señor Collins se acercó un poco más.

—¿Va todo bien, Emmy? —preguntó.

—Todo —dije—. Iba a clasificar el correo. Me lo llevaba a la sala de los antiguos reporteros, si no hay inconveniente. La nuestra es tan pequeña que es una pena no usar la otra... a veces. No estaba segura de si la señora Bird objetaría algo.

—No veo por qué —dijo—. De hecho, si necesita un poco más de espacio, ¿por qué no se instala allí en una mesa? Dígale a Henrietta que ha sido cosa mía, si quiere.

Sonrió ante la idea, mientras yo le daba las gracias: le dije que iría a ver si a Kathleen no le importaba.

Ella pensó que era un plan formidable. Ojalá también ella pudiera utilizar el despacho grande; lo único es que a la señora Bird le gustaba gritarle desde el otro lado del pasillo y no le apetecería el paseo. Kathleen me acompañó a ordenar un poco el despacho. Entonces, aprovechando que la señora Bird estaba fuera, por fin pude contarle lo de la noche en el Café de París.

La señora Bussell, la mujer del té, apareció en el momento oportuno, como de costumbre, y nos dio a probar una rara galleta Garibaldi, no sin disculparse porque fuera condenadamente italiana.

—Al menos no se llama Mussolini —dije, intentando ayudar.

Luego oímos que decía algo impublicable mientras se alejaba de nuevo arrastrando el carrito hacia el ascensor.

—¿Qué te vas a poner? —preguntó Kathleen, que se entretenía quitando las pasas (había dos) de su galleta y comiéndoselas muy despacio—. ¿Un vestido de noche?

Asentí.

—Tengo un vestido de seda de cuando tenía veintiún años. —Sonreí. Me pareció que había pasado mucho tiempo—. Creo que me servirá.

Dando un rodeo, me senté a una de las mesas vacías.

—Es un poco ostentoso, con todo lo que está pasando —añadí, un tanto cohibida.

—Oh, no —dijo Kath—. Es maravilloso. Y deberías disfrutar cada minuto. De todas formas, es nuestro deber celebrar cosas así, ¿no? A los nazis les sentará fatal.

Me reí, contenta de poder charlar como de costumbre y no tener que andarme con reservas sobre las cartas.

—No estoy segura de que a Hitler le quite el sueño que yo vaya a un club de noche —dije—. Pero sé lo que quieres decir. Prometo que el sábado me contonearé por el West End como una excéntrica.

Hice una pose con la mano detrás de la cabeza, e intenté imitar a una modelo de las revistas de modas de la alta sociedad.

Se oyó una tos educada en la puerta.

—¿Entiendo que Henrietta sigue fuera? —dijo el señor Collins al tiempo que Kathleen y yo dábamos un respingo con cara de culpables—. Oh, venga, no necesitan ponerse firmes, solo estoy bromeando. ¿Qué es todo eso de salir de picos pardos por el West End? —Me lanzó una dura mirada burlona.

—Oh, nada de picos pardos —dije—. El William de Bunty nos invita el sábado a una especie de piscolabis prenupcial. No celebraron una fiesta de compromiso.

—Al Café de París —añadió Kathleen, que últimamente le había perdido el miedo a hablar con el señor Collins y se sentía fortalecida por la emoción.

Él soltó un prolongado silbido.

—Señorita Lake —dijo—. Vaya. Buena música. Champán del caro.

El comentario nos paró en seco a Kathleen y a mí. ¿El señor Collins sabía de orquestas de baile?

El hombre puso los ojos en blanco.

—Aún no soy un vejestorio, ¿saben?

—Pues claro que no —dije mientras Kathleen asentía como para reforzar mi respuesta.

—Es más, está hecho un jovenzuelo —proseguí, lo que, claramente, era llevar la cosa muy lejos.

201

Kathleen me lanzó una mirada.

—De acuerdo, Emmy —dijo el señor Collins—, no se pase de la raya. La juventud no es tan buena como dicen. En fin, estoy seguro de que lo pasarán de cine. Si hay algún bombardeo, allá abajo estarán más seguras que en cualquier otro lugar —añadió.

—¿Ha estado usted en el Café de París, señor Collins? —preguntó Kathleen.

Pude ver que Kathleen se dejaba llevar por la promesa de relatos sobre bailes, música y trajes de fiesta. Me habría gustado que nos acompañara, porque sabía que le chiflaría. Me hice la promesa de que en el futuro no esperaría a tener razones trascendentales para hacer cosas atrevidas. Bastaría una fiesta de cumpleaños común o en el jardín.

Estaba convencida de que el señor Collins pondría punto final a la conversación, pero, para mi sorpresa, sonrió y, cruzando los brazos, se recostó en el vano de la puerta.

—Una o dos veces, Kathleen —dijo—. No recientemente, he de añadir. ¿Qué esperan, siendo yo un vejestorio? —Enarcó levemente una ceja—. Pero sí, en los primeros tiempos de su apertura. Por aquel entonces, yo era más bien resultón.

Kathleen y yo nos miramos. Nos habíamos quedado pasmadas.

¿El señor Collins resultón?

¡Menuda sorpresa! Aguardamos a que nos contara más, pero después de un momento brevísimo durante el cual empezó a rememorar otra época, se enderezó, tiró del bajo de su chaleco y soltó un «hmm».

—Hace mucho de aquello —dijo con brío—. Bueno, bueno, más les vale ponerse a trabajar, o nos caerá a todos una buena. —Volvió al modo «trabajo»—. Emmeline, tengo una pila de cosas que mecanografiar, si le sobra tiempo. Una historia que transcurre en la playa. Algo sosa, pero con final feliz. Voy a estar fuera las próximas dos horas, así que nos vemos el lunes. Diviértase el sábado. La veo más tarde, Kathleen.

Se giró para irse, pero entonces se lo pensó mejor y volvió al despacho.

—Tenga cuidado el sábado. Puede que aquello esté de bote en bote. —Levantó los ojos al techo. Después asintió con la cabeza y se fue.

Kathleen se volvió hacia mí.

—Caramba —dijo—. Me parece que quiere velar por ti mientras su hermano está fuera. —Soltó una risita tonta y luego miró nerviosamente por el pasillo.

—Oh, calla —dije—. Solo intentaba ser amable. Y anda que tú, preguntándole si había estado alguna vez en el Café de París.

—No sé lo que me ha pasado —dijo, llevándose la mano a la frente—. De verdad que no lo sé. —Luego sonrió—. Oh, pero ¿no va a ser todo una delicia?

Asentí. Lo sería. Ahora que había conseguido suavizar las cosas en el trabajo, mi mente volvió a los planes de boda y a Bunty. Solo necesitaba solucionar las cosas con William de una vez por todas. Entonces todo estaría en orden.

17

El restaurante más seguro y alegre de la ciudad

*P*or más que no nos lleváramos bien, me sentía inmensamente agradecida con Vera por cubrirme el sábado por la noche. A cambio, yo haría su turno en la centralita más temprano ese mismo día. Tenía la esperanza de incluso poderme echar un sueñecito y estar fresca para el Café de París. Los bomberos tenían sus dormitorios con literas, pero también había un cuarto trasero diminuto para nosotras, las chicas, en caso de necesidad: dos camas plegables y algunos ratones que se habían comido tres onzas del cacao que Joan había traído y había guardado temerariamente en el pequeño casillero de madera toda la noche.

Mi plan era volver corriendo a casa después de mi turno, ponerme presentable y estar lista para cuando William y Roy vinieran a casa a tomar una copa antes de salir todos hacia el club. Teníamos que estar allí a las nueve. Era muy justo, pero factible.

Salí de la estación el sábado por la mañana temprano para recoger a William, que también había cambiado su turno. Como de costumbre, Roy ya estaba metido en faena cuando llegué, la cabeza dentro del motor de uno de los furgones de bombeo de agua y silbando una melodía.

—Buenas, Roy —le saludé alzando la voz—. ¿Estás pensando en los pasos de nuestro vals?

Roy se incorporó y me saludó con entusiasmo.

—Esto, Ginger Rogers, era el estilo *quickstep*. —Puso cara de bobo.

Me reí.

—Que no cunda el pánico, señor Astaire, lo sabía. —Pareció aliviado—. ¿Estás listo para la gran noche?

Roy se miró los brazos, que llevaba cubiertos de grasa de los codos a las uñas.

—Dentro de unas horas no me reconocerás —dijo, recogiendo su reloj de pulsera del parabrisas, donde lo había colgado—. ¡Caray! Será mejor que arranque. —Volvió a mirar el motor—. Esto tendrá que servir.

—¿Ya ha llegado Bill? —pregunté.

Roy negó con la cabeza mientras cerraba el capó.

—No, está en el río. Hay tres hombres allí y necesitan un líder que supervise. —Vio mi cara de pena—. No te preocupes, cariño, Arthur Purbridge le sustituye esta noche. Lo más seguro es que Arthur se alegre de pasar un día sin su Violet. Dios santo, lo que habla esa mujer.

Conseguí reír y comencé a subir las escaleras. No me quedaba otra que esperar a la noche para ver a William. Me dije que el champán y la emoción ayudarían. Le diría lo idiota que yo había sido y le haría prometer que seguiríamos siendo amigos de por vida. A pesar de todo, me sentí confiada. En una ocasión tan especial, ¿cómo no íbamos a ser capaces de arreglar nuestras diferencias?

205

Fue un día tranquilo en la centralita. El capitán Davies nos dejó descansar por turnos durante la tarde, pero yo estaba ansiosa por irme a tiempo y sentí alivio cuando Mary llegó para el turno de la tarde, seguida de los muchachos de B Watch, que no paraban de gastarme bromas y pícaras advertencias sobre No Agotar a Roy.

Seis meses atrás me habrían sacado los colores, pero ya estaba acostumbrada a ellos y les daba un poco de cancha antes de preguntarles si acaso querían que me olvidara de poner el hervidor al fuego. Todo el mundo estaba de buen humor. No me di cuenta, hasta que dieron las seis, de que no había señal de Joan o, más preocupante aún, de Vera y su amiga Mo, que sustituiría a Thelma para que ella y Vera pudieran tener el mismo turno. El capitán Davies emergió de su oficina, echó una rápida ojeada a la sala y frunció el ceño.

—La señora North está enferma —dijo refiriéndose a Joan—. Acabo de enterarme. ¿Dónde están las otras?

Ya era malo perder un turno, pero resultaba imperdonable no dar a la estación la oportunidad de buscar una sustituta: Joan debía de encontrarse en un estado más que lamentable.

—¿Quiere que haga unas llamadas para encontrar a alguien que cubra a Joan, señor? —pregunté.

—Desde luego, señorita Lake —respondió el capitán, que no parecía nada contento—. Sin demora, por favor. La noche será clara y tendremos trabajo.

—Sí, señor —dije, y fui a la pizarra para hacerme con la lista de gente que tenía teléfono en casa o que vivía cerca.

Empecé por Jocelyn Derrick, que era buena persona y podría estar dispuesta a venir. Justo cuando marcaba el número, Mo, la amiga de Vera, entró con prisa en la estancia. Se detuvo bruscamente cuando vio al capitán Davies de pie junto a su silla vacía, con los brazos cruzados.

—Lo siento mucho, capitán, los autobuses siguen gastándome jugarretas —arrulló.

Los autobuses solían gastarle jugarretas a Mo de forma casi permanente, al menos en lo que llegar a la estación se refería.

—Ya veo —dijo el capitán Davies con falta de emoción—. ¿Y debemos suponer que la señorita Woods está experimentando un reto similar?

—Oh, no, señor —dijo Mo, cuyo dramatismo era de aficionada—. Me temo que Vera llegará un poco tarde. No se encontraba bien —añadió, bajando la voz para hacer hincapié en la gravedad de la enfermedad.

—Pues menos mal que me lo dice usted —replicó secamente el capitán Davies.

—Podría llamar a su madre —dijo Mo con una vocecilla.

—Debería —dijo el capitán, que, con una última mirada a todas las presentes, se fue a su despacho.

Jocelyn no respondía. Marqué el siguiente número de la lista mientras escuchaba a hurtadillas a Mo.

—Por el amor de Dios, Vera, no está de buen humor —susurró. Su rostro se ensombreció—. Oh, ¡como quieras! —añadió, y colgó el auricular con un golpe fuerte.

—Va a hacer todo lo posible para estar aquí lo más pronto que pueda —anunció Mo, que, con la mayor de las dignidades, se alejó para decírselo al capitán Davies.

Por mi parte, no podía irme y dejar solo a dos chicas en la centralita. No había nada que hacer, aparte de seguir intentando encontrarle una sustituta a Joan. Llamé a Bunty y le dije lo que había.

—Oh, querida, no. Pero no te preocupes —dijo, resignándose y logrando disimular la decepción en su voz—. Meteré tu ropa en una bolsa. Si la cosa se pone justa de tiempo, que te la lleve Roy. Así os venís directamente desde la estación.

—No faltaré, Bunty —le prometí—. Sabes que no me lo perdería por nada del mundo.

—Tú tranquila, Em —dijo Bunty—. Ahora será mejor que cuelgue. Sigo con los rulos puestos y estoy horrorosa. Nos vemos después. Y, si se produce un bombardeo, no hagas ningún disparate, ¿de acuerdo?

—No lo haré —dije pensando en no hacerle caso si era necesario.

Miré el reloj y cogí el teléfono para probar de nuevo con Jocelyn.

Esta vez tuve suerte. Aunque acababa de entrar en casa, aquella chica tan bondadosa me dijo que vendría lo antes posible. Era un notición. Solo necesitaba que Vera espabilara y entonces me liberaría.

Pero Vera no lo hizo. De hecho, estaba bastante segura de que a Vera le traía sin cuidado darse prisa.

A las ocho menos cuarto aún no había llegado. Jocelyn entró apresuradamente. Momentos después, tras un poderoso saludo de los chicos en el piso de abajo, apareció mi cita de la noche.

—Señoras —dijo Roy—, tengo una entrega de moda

para la señorita Lake. —Levantó en el aire la bolsa de viaje que Bunty había preparado con mis cosas.

—¡Caray! —dijo Mary mientras todas lo mirábamos.

Roy hizo una corta reverencia para agradecer la atención. Estaba espléndido. El uniforme pulcramente planchado al vapor, los botones con órdenes de hacer un esfuerzo aún mayor por brillar y el rostro tan luminoso que se diría que se lo había frotado a fondo con un estropajo de aluminio para garantizar tener un aspecto de primera. Engominado hasta el último aliento, estaba más radiante que nunca.

Jocelyn dejó escapar un fuerte silbido:

—¿No va de punta en blanco? —dijo sonriente.

—Y tanto —apunté mientras Roy me daba la bolsa—. Muchas gracias, Roy. Estás muy guapo.

Me conmovió que se hubiera acicalado con tanto esmero, aun cuando estuviera segura de que lo había hecho más por William y la brigada que por mí. Esa noche, muchos hombres irían de uniforme militar, y yo sabía que él no iba a dejar en mala posición al Servicio contra Incendios.

—Apúrate, Cenicienta —dijo Roy, que no daba el pego como madrastra—. Ponte el traje de fiesta y nos largamos.

Le di las gracias con una sonrisa y corrí al aseo. Me despojé del uniforme tan rápido como pude. Mi peinado no era la maravilla de las maravillas, pero Bunty había incluido también algunas horquillas y un pasador diamantado que pude colocar en lo alto. Así pues, el resultado no fue tan malo.

Un breve vistazo en el pequeño espejo que había sobre la pica me dijo que las cabezas no se volverían a mirarme, pero con un poco de suerte estaría presentable. Tras un rápido cepillado de dientes, me cambié las gruesas medias de trabajo por otro precioso par de vestir, con cuidado de no agujerearlas con las prisas; luego me enfundé mi mejor vestido por la cabeza. Me abroché los zapatos de fiesta con dedos temblorosos, bajo presión; me di un toque de carmín que podría mejorar cuando llegáramos, y ya estaba lista. Todo el proceso me llevó tres minutos.

—Caramba, chicas, ¿y esta quién es? —dijo Roy cuando volví a la sala de control, lo que fue muy amable por su parte.

Mary y Jocelyn se unieron con exclamaciones de admiración.

Me sentía fuera de lugar, allí, junto a mi silla, con un vestido de fiesta largo y zapatos de salón, especialmente cuando las chicas iban de uniforme, pero notaba un calambre de emoción al mismo tiempo. No sin cierta deslealtad, deseé que fuera Charles quien estuviera ahí de pie, pues me imaginaba que con una corbata negra o un uniforme de gala estaría para morirse de guapo, pero me honraba que Roy me acompañase. Ahora solo quería llegar al centro, arreglar las cosas con William y pasarlo divinamente en la celebración con mi mejor amiga y los chicos.

Y entonces empezaron a aullar las sirenas. Mi corazón cayó en picado.

—No te preocupes por nada —dijo Jocelyn, infatigable hasta el final—. Estaremos bien. Vera llegará dentro de diez minutos. Nos las apañaremos hasta entonces, ¿a que sí, chicas?

No confiaba tanto en Vera como para quitarle el ojo de encima. Con un ataque aéreo en marcha, no pensaba irme hasta verla llegar.

—Me da igual —dije—. Esperaré a que llegue Vera. Roy, ¿te parece bien?

Él asintió y dijo que iría a comprobar si había algo que pudiera hacer para ayudar a los muchachos mientras tanto.

Al cabo de unos minutos pudimos oír el zumbido de los aviones enemigos. Me coloqué el casco en la cabeza y el elegante barboquejo, y me puse a trabajar como siempre. Entró una llamada que daba aviso de explosivos de gran potencia que habían desatado el caos. La metralla había empezado a caer también sobre nosotros.

Finalmente, Vera Woods apareció a las nueve y veinticinco. Pese a declarar que seguramente padecía pleuresía, tenía el aspecto más saludable que había visto en mi vida. Llegaba tres horas y media tarde.

Me levanté de un salto de mi silla y cogí mi abrigo cuando el capitán Davies apareció con expresión iracunda.

—Señorita Lake, vaya a buscar al bombero Hodges y váyanse. Señorita Woods: quiero verla en mi despacho. AHORA.

Me costó lo mío no fulminar con la mirada a Vera, pero no había tiempo para tonterías. Roy estaba listo. Con un apresurado adiós a las chicas, salimos corriendo de la estación a la oscuridad de la calle. Con los aviones y la metralla zumbando sobre nuestras cabezas, nos dirigimos hacia lo que se había convertido en un bombardeo muy feo.

Hacia el este, el cielo estaba adoptando un tono rosáceo. Después se pondría naranja y rojo por el efecto de los incendios, pero de momento la luna iluminaba Londres para la Luftwaffe, y lo estaban aprovechando de lo lindo. Fuera de la estación, el ruido de los aviones era mucho más fuerte y opresivo, como un monstruo que llamara a sus amigos. Y, en cierto modo, eso era lo que estaba pasando.

Sujeté mi linterna con una mano y el brazo de Roy con la otra. No sería fácil encontrar un taxi. No obstante, como seguían pasando, a menos que las cosas se pusieran muy feas por aquella zona, podía mantener la esperanza.

Vimos uno que renqueaba a duras penas por la calle. Un minúsculo rayo de luz hacía patéticamente las funciones de los faros.

—¡TAXI! —gritamos Roy y yo al mismo tiempo, echando a correr hacia el coche y alegrándonos de inmediato cuando vimos que reducía la marcha.

—¿Alguna posibilidad de llegar a Coventry Street, amigo? —dijo Roy a través de la ventanilla bajada.

El conductor hizo un mohín. Estaba justo en pleno West End.

—Lo siento, jefe —dijo—. La cosa pinta fatal esta noche. Yo de ustedes no iría al centro. Les aconsejo que hoy se queden en casa.

Le guiñó un ojo a Roy y se dispuso a marcharse. Pero Roy se inclinó más cerca aún.

—Nos haría un enorme favor. Somos del AFS —añadió por si el taxista no había visto el uniforme y la insignia.

El conductor puso los ojos en blanco, pero echó el freno de mano, en vez de pasar por encima del pie de Roy. Este siguió hablándole. No pude evitar pensar que podría amasar una fortuna vendiendo enciclopedias después de la guerra.

—Verá, un bombero de nuestra brigada se casa la semana que viene. Ella es la dama de honor y yo soy el padrino. Normalmente no se lo pediría, pero…

Justo cuando yo iba a decir que podía caernos una bomba encima mientras decidía, el conductor dijo que correría el riesgo y nos hizo señas de subir. Se lanzó a contarnos una historia de su primo, que era bombero en Limehouse, donde nadie se creería el espectáculo de cuando una bomba alcanzaba directamente los muelles.

Mientras Roy se unía con gusto a la conversación, yo me recliné en mi asiento. La fortuna nos sonreía. Si todo iba bien, estaríamos con Bunty y William justo después de las diez.

Antes de la guerra, si uno se las daba de espléndido y quería coger un taxi, la carrera de Pimlico a Piccadilly Circus no costaba una fortuna. Sin embargo, con las barricadas, las calles bombardeadas y los apagones, cualquier carrera duraba el triple de lo habitual. Además, la cosa podía empeorar si alguien soltaba una bomba en la ruta que habías programado. Una vez que arrancabas, no había mucho más que hacer aparte de tomártelo con mucha filosofía y llegar al destino en algún momento. Los taxistas de Londres eran gente muy resuelta. Si podían llevarse algún dinerillo, siempre corrían el riesgo, incluso bajo los ataques aéreos. Si charlabas con cualquiera de ellos, te enterabas de que en los últimos meses no les había quedado otra que hacerlo. De lo contrario, les esperaban largas jornadas de brazos cruzados tomando té y volviendo a casa con los bolsillos vacíos.

Esta noche la cosa no iba tan mal, a pesar del ruido espantoso que nos rodeaba. Las bombas caían pesadas y veloces, enormes fogonazos que iluminaban la calle durante un segundo antes de que otro estruendo desviase nuestra

211

concentración a otra parte. El jovial parloteo se volvió forzado, y luego inexistente: renqueábamos, hacíamos cola y frenábamos por calles cuajadas de cráteres, tomando rutas alternativas que quedaban irreconocibles de un día para otro. De vez en cuando, teníamos que dar un rodeo por culpa de una calle bloqueada, donde una tienda o una oficina habían saltado por los aires.

No había visto nada igual desde hacía semanas. Todo había adquirido otra escala desde la noche en el cine con Bunty y Charles. Ir al West End en una noche como esta no era la mejor de las ideas, pero no quería perdérmela por nada del mundo. Me quedé callada y concentrada en no estremecerme a cada ruido.

Alcanzamos Hyde Park Corner, desde donde habíamos esperado enfilar por Piccadilly hasta llegar a Coventry Street y al Café de París. Sin embargo, por más que todos fingiéramos que no pasaba nada, resultaba imposible hacer como si no oyéramos el doloroso lamento de las bombas al caer. Segundos después, la calle entera tembló: el taxi dio tal salto que casi se le desguaza la carrocería.

Nos detuvimos por completo justo antes de Green Park.

—Lo siento, la cosa se está poniendo demasiado animada para mí —dijo el taxista a Roy—. Me doy por vencido. ¿Le puedo dejar en algún sitio que les venga bien de camino a casa?

Negué enérgicamente con la cabeza, aunque la pregunta no me la había hecho a mí.

—Estaremos bien —dijo Roy rebuscando su cartera en el bolsillo—. Gracias por traernos tan lejos.

Me sumé a lo de darle las gracias. Al apearme, le dije al conductor que deseaba que volviera a casa sin sobresaltos.

Nada más abrir la puerta me llegó el olor a quemado. Un estruendo un par de calles más lejos lo respaldó. Alguien había recibido un impacto. El ruido de las ametralladoras era ensordecedor. Estaban combatiendo directamente sobre nuestras cabezas.

—Lleva usted a una valiente —le gritó el taxista a Roy—. Cuídela.

Roy se rio y, tras darle las gracias, le respondió a voces que lo haría. Después se despidió con la mano y me tomó del brazo.

—Vamos, Emmy —chilló, sabiendo que no necesitaba preguntar si estaba bien—. En cuanto lleguemos, estaremos a salvo.

—Lo sé —le contesté también a gritos—. «El restaurante más seguro y alegre de la ciudad» —dije citando los anuncios que el Café de París había puesto en las revistas de Londres.

—«Incluso bajo los ataques aéreos. ¡A seis metros bajo tierra!» —terminó Roy. Pero entonces miró al cielo, donde una potente bengala había iluminado la ciudad—. Maldita sea —dijo más para sí que dirigiéndose a mí—. Ahora los muy cabrones podrán ver lo que están haciendo.

Ninguno de los dos necesitó más ánimos para seguir andando. Una se acostumbraba a estar en la calle durante los ataques, pero es que este era de lo más inquietante. Además, los zapatos de salón no eran el calzado ideal: habría dado cualquier cosa por llevar puestos mis zapatos de cuero. No obstante, levantándome el bajo del vestido con una mano y agarrando deprisa el brazo de Roy con la otra, avancé dando trotes cuando él espació las zancadas.

213

Los alemanes se lo estaban pasando de lo lindo. Aunque oíamos las ametralladoras británicas disparándoles sin tregua, el horrible aullido de sus bombas no cesaba. Ambos sabíamos que la cosa estaba empeorando. Al principio, Roy gastó bromas cuando pasamos por delante de las tiendas. «¿Una cesta de Ascot?», gritó cuando pasábamos por delante de una tienda Fortnum's. «¡Que sean dos!», le respondí, como si fuese lo más chistoso del mundo. Aun así, costaba mantener la chanza. Cuando llegamos a Piccadilly Circus, la comedia agonizaba. A pesar de mis altos tacones, corríamos a buen ritmo.

—¿Qué me dices de un nuevo bate de críquet? —le grité a Roy, aliviada de estar llegando cuando alcanzamos Lillywhites, cuyo escaparate no tenía luz; no obstante, podían verse los carteles de los anuncios de indumentaria para todos los servicios y rangos.

Roy se detuvo. Oímos el silbido ensordecedor de una bomba cayendo justo encima de nuestras cabezas. No tenía sentido intentar camuflar la realidad con bromas. Esta caía espantosamente cerca.

Roy me empujó contra las puertas cerradas de Lillywhites y nos abrazamos el uno al otro, preparándonos para la inminente explosión. Apoyé la cabeza en el uniforme de Roy, el rostro pegado a uno de los botones de plata que había pulido y repulido hasta sacarles brillo. Estábamos muy cerca de llegar a Coventry Street y a la seguridad del Café de París.

No me avergüenza decir que cerré los ojos en los últimos segundos, pero incluso apretándolos con fuerza me fue imposible bloquear el vasto fogonazo de luz.

Roy me aplastó contra el suelo, usando su cuerpo de barrera, sin pensar ni por un segundo en el riesgo. Yo tiré de él lo más que pude, intentando sacarlo de la trayectoria de la explosión inminente.

Nos aferramos el uno al otro. Si eso es lo que pretendían, tendrían que llevársenos a los dos.

Y entonces explotaron las bombas, amenazando con reventarnos los tímpanos y revolviéndome las tripas, o esa fue mi sensación. Todo a nuestro alrededor tembló hasta los cimientos.

Pero no nos alcanzaron. No sufrimos el impacto directo.

Miré hacia arriba. Aunque seguía sin soltarme como si le fuera la vida en ello, Roy se había vuelto a medias y miraba por encima de su hombro hacia Piccadilly. Tenía la misma expresión que yo veía en la estación cuando reclamaban a los equipos para un asunto feo, como cuando habían bombardeado un hospital o un colegio. Solo que esta vez, para nosotros al menos, era peor.

Yo sabía hacia dónde estaba mirando. Habían acertado: Coventry Street.

Y en ese momento fue cuando empezamos a correr.

18

Alguien encendió una linterna

$\mathcal{A}$ pesar del apagón, el cielo resplandecía tanto que era fácil ver el camino. Cogidos de la mano, corrimos a toda velocidad hacia las bombas. Roy prácticamente me arrastraba, pero aguanté el tipo, pues había sido una buena corredora ya en el colegio. Ni siquiera era consciente de mis altos tacones o de mi estúpido vestido, tan incómodo dadas las circunstancias. A medida que nos acercamos al Café de París, tuvimos que aminorar el paso. Nos resultó difícil caminar entre la muchedumbre que ya empezaba a congregarse en los alrededores. Desesperados por llegar al club, empezamos a avanzar a empellones.

Yo me decía que quizá nos equivocábamos; desde fuera del edificio no podías tener la certeza. La calle estaba sembrada de cristales, pues las ventanas de todos los edificios habían reventado, pero quizás habíamos exagerado y nos equivocábamos. Seguiría siendo horrible para otras personas, desde luego, pero sabríamos si Bunty y Bill estaban fuera de peligro.

Era más una ilusión que otra cosa.

Pude entrever la entrada principal del café. Las puertas dobles ya no estaban en su sitio. Alguien intentaba tirar de lo que quedada de las gruesas cortinas opacas para que no estorbaran. Personas en estado de *shock*, heridas, desaliñadas, daban bandazos por la calle, ayudándose entre sí o siendo ayudados por la gente de fuera.

—Servicio de bomberos —gritó Roy—. Abran paso.

—Pasó como pudo por delante de un hombre grandote que intentaba tener una mejor visión y, al hacerlo, me soltó de la mano.

Inmediatamente, se volvió para buscarme.

—¡No te detengas! —le grité—. Ahora voy.

Asintió y desapareció dentro del club.

Intenté seguirle, gritando en la espalda del abrigo del hombre gordo para que me dejara pasar, pero el hueco se había cerrado y no pude hacer nada. Personas que intentaban entrar bloqueaban el paso a personas que intentaban salir. Alguien gritó que Les Hiciéramos Espacio. Por encima de nosotros, los aviones seguían rugiendo y la artillería seguía retumbando.

Dejé de empujar durante un segundo y me puse de puntillas. Un hombre menudo y gris llevaba en brazos a una señora hacia fuera del café. Casi se puede decir que la arrastraba. Ella también estaba completamente gris. Sin embargo, no eran sus ropas, sino el polvo lo que les cubría el cuerpo, el cabello y los rostros, como si los hubieran sumergido en ceniza.

Alguien los alumbró con una linterna y la mujer soltó un grito, tapándose la cara con la mano y después estremeciéndose ante su propio tacto. Le salía sangre de una enorme herida en la frente; el color rojo quedaba extraño contra aquel fondo monocromático.

Mis amigos estaban allí dentro. ¿Y si Bunty había resultado herida como esa mujer?

—¡DÉJENME PASAR! —chillé con una voz que me salió del fondo de las tripas, y golpeé con los puños los gruesos abrigos que me cerraban el paso.

Roy había conseguido pasar y yo no. Solo porque era más alto y más fuerte. Además, llevaba un uniforme que mostraba que estaba preparado y sabía qué hacer y cómo ayudar adecuadamente. Pero eso daba lo mismo. En medio de todo aquel horror, esa injusticia me enfureció. Roy era amigo de William. Bunty era mi amiga. Era mi deber encontrarla. Era mi deber asegurarme de que estuviera sana y salva. «Me negaba» a ser una transeúnte más.

Seguí empujando y gritando, esta vez con más autoridad. No sirvió de nada. Empujé más fuerte.

Alguien me tomó del brazo. Sin mirar quién era, intenté zafarme. Pero la voz de un hombre, que reconocí vagamente, siguió pronunciando mi nombre.

—Emmy. Emmeline. Emmeline… SEÑORITA LAKE.

Me volví, desorientada, con la mente ya dentro del edificio, buscando a Bunty.

—Emmy —oí que decía la voz —. Soy yo.

El señor Collins me sujetó los hombros con firmeza, tirando de mí hacia él e impidiéndome ir adonde necesitaba ir.

—Mi querida niña, gracias a Dios —dijo—. Pensé que estaba ahí dentro. Estaba de guardia. El restaurante de mi amigo. —Se calló—. ¿Dónde están sus amigos? ¿La señora Tavistock?

—Tengo que entrar —dije medio dirigiéndome al señor Collins y medio a mí misma, mientras me zafaba de sus brazos y me ponía a empujar de nuevo para pasar entre el gentío.

Logré adelantarme un par de pasos hacia la puerta, mientras potenciales ayudantes llegaban a duras penas al club, ora desapareciendo en sus profundidades, ora alcanzando la puerta y prestando ayuda a más personas grises que intentaban salir.

—Ya es suficiente, señorita —dijo uno de los guardas que daba la voz de alarma cuando se producían ataques aéreos y que ahora me bloqueaba el paso—. No puede entrar ahí.

—Déjeme pasar —dije mirándole fijamente.

El guarda me miró, vestida con mi abrigo de civil. Vio mi vestido de seda, que asomaba por debajo, así como aquel estúpido alfiler de diamante en el cabello. Probablemente pensó que estaba borracha, o que era una de esas mujeres que hacían las calles de la zona, en busca de una oportunidad fácil de hurtar algo.

—Váyase, cielo —dijo.

Empecé a discutir con él, pero no bajó del burro.

—Por el amor de Dios, hombre, deje pasar a mi mujer.

El señor Collins estaba a mi lado, ladrando la orden con su voz más imperiosa.

—Es enfermera, imbécil. Déjenos pasar a los dos.

Le enseñó una tarjeta de identidad.

—Doctor Richard Green —dijo, y guardó con energía la tarjeta en su abrigo—. Ahora apártese para que podamos ayudar a estas personas antes de que sea demasiado tarde.

El guarda dudó, y yo aproveché la oportunidad. Ignorándole y con una cara que hizo que la asertividad del señor Collins pareciera benigna, me arremangué los puños y me abrí paso a empellones.

Mientras los que habían sufrido algún impacto y los heridos seguían huyendo hacia la calle, me colé dentro. Solo después pensé en lo egoísta que había sido, en cómo había escogido a quién quería ayudar, pero en ese momento solo deseaba encontrar a Bunty.

Dentro del café estaba oscuro como boca de lobo; revolví en el bolsillo del abrigo en busca de mi linterna. Ahora que estaba dentro, mi furia se esfumó. No existía cosa más importante en el mundo que encontrar a Bunty y a Bill. Mi corazón seguía desbocado, pero estaba decidida. Incluso pude conservar cierta calma.

El aire estaba lleno de humo y polvo: inmediatamente, empecé a toser. Con la mano en la boca, recordé las prácticas en la estación, donde incluso el personal administrativo había recibido clases sobre cómo actuar si nos alcanzaba una bomba.

«Hay más gente que muere de asfixia que quemada.»

«Mantén la calma.»

«Respira por la nariz y no tragues saliva.»

Empecé a bajar unas escaleras, pisando escombros y alumbrando el camino con mi linterna. Su débil luz atrapó a una hilera de cuatro personas que subían hacia nosotros, cogidos unos de otros: formaban un tren humano hacia la salida. No estaban grises como los demás, sino negros de la explosión. Un hombre lloraba. Pensé que la americana de su esmoquin se habría echado a perder, pero entonces vi que la había pasado por los hombros a una mujer que lo acompañaba. Llevaba el vestido hecho jirones. Nadie corría ni gritaba.

Sabía que el señor Collins me seguía de cerca, alumbrando con su linterna por encima de mi hombro y moviéndola en círculos para ver dónde estábamos.

—Emmy —dijo—, ¿estarían bailando? ¿Estarían en la pista de abajo?

No lo sabía. Bunty y yo habíamos estado hablando de si reservar una mesa en la pista de baile o arriba, en la galería, desde donde tendríamos las mejores vistas de la orquesta. La más frívola de las charlas se había transformado en algo de vital importancia.

Pensé que había dicho abajo. Estaba casi segura de que era abajo.

Alumbré con la linterna los palcos a mi izquierda.

La balaustrada que discurría por las escaleras se torcía, destrozada, como un palo de negra regaliz. Y luego nada. La galería ya no existía.

Asentí, más a mí misma que como respuesta al señor Collins. Sujetándome a la barandilla, bajé los escalones. A medida que avanzaba, iba aplastando cristales rotos con los zapatos.

—Bunty —grité—. Bunty, soy yo. Estamos aquí, cariño. No te preocupes, estamos aquí.

Era la voz que ponía mi madre cuando de pequeña tenía pesadillas. La llamaba y, tan pronto oía su voz, aunque los monstruos siguieran en el dormitorio, sabía que sacaría el valor suficiente para aguantar. Oía su voz acercándose por el pasillo, sosegada y tranquilizadora. Esa voz que me decía que no me asustara, que no se callaba hasta que llegaba a mi cuarto. Entonces encendía la luz y los monstruos ya no estaban.

—Bunty, estamos llegando —grité de nuevo—. Dinos dónde estás, corazón, venimos a ayudarte.

Seguía llamándola y luego me callé para aguzar el oído. No hubo respuesta. Oí lloros y gemidos. Alguien que pedía auxilio, unos llamándose a otros, alguien diciendo que las ambulancias venían de camino.

El señor Collins y yo hicimos un alto cuando llegamos a lo que había sido la pista de baile. Su mano seguía apoyada en mi hombro. Me preguntó qué ropa llevaba Bunty; recordé su vestido azul y se lo dije. Tenía volantes en el dobladillo. Dije que William se pondría su uniforme del AFS. El señor Collins dijo que me centrara en Bunty y en ver cualquier cosa, que me limitara a pensar en ella y a seguir llamándola. Debía prestar oído y no pensar en nada más. Él estaría justo a mi espalda.

Seguí alumbrando con la linterna y buscando. Había escombros, cristales y lo que debió de haber sido la galería o el techo. Ahora todo estaba esparcido por el suelo.

Y había cuerpos. Me oí a mí misma decir «Oh» y luego «Oh» otra vez. La mano del señor Collins no se había despegado de mi hombro.

—Siga llamándola —dijo cuando me detuve un momento para alumbrar algo con mi linterna. Sabía que era una persona, pero no podía distinguirla.

—No es ella —dijo el señor Collins, increíblemente amable.

Hice que sí con la cabeza y continué asintiendo porque, por muy inconcebible que fuera, que te dijeran que esa pobre alma no era Bunty era la mejor noticia del mundo. Empecé a llamarla otra vez.

Continuamos avanzando, trepando por encima de las mesas. Pasamos por delante del bajo escenario a nuestra derecha, donde debía de seguir habiendo personas, la orquesta supuse. Alguien chilló diciendo «duele, duele».

No me paré a ayudarlos y sentí asco de mí misma. Dejé atrás a personas moribundas. En aquel momento, no lo viví como una decisión. Si Bunty estaba viva, necesitaría ayuda. Por eso continué con la búsqueda.

Había gente y escombros y polvo y muchos cristales. Cada vez que encontrábamos a alguien, teníamos que agacharnos para ver si eran Bunty o Bill. Cuando compro-

220

bábamos que no lo eran, teníamos la sensación de sumar a alguien más a nuestro favor. No todo el mundo podía estar muerto. Era una lógica perversa. Durante los meses siguientes, me tendería despierta en mi cama preguntándome cómo, en cuestión de segundos, me había convertido en alguien capaz de razonar de aquel modo.

De manera inconcebible e inverosímil, mientras que unas personas habían saltado por los aires en pedazos, otras seguían sentadas a sus mesas. Renegridos por la explosión, muertos, pero intactos en sus sillas. Un hombre yacía desplomado sobre una mesa como si estuviera borracho. No le vi la cara, pero había perdido las manos.

Aparté los ojos de él y seguí llamando a Bunty. No necesité buscar al señor Collins. Sabía que no se alejaría de mi lado. Aunque el escenario a nuestro alrededor era cada vez más dantesco, nunca sugirió que nos fuéramos. Supe que durante el resto de mi vida, aunque fuera mi jefe, lo querría por eso.

Llegó más gente de refuerzo. Un hombre pidió a voces una camilla. Un grupo de enfermeras de verdad ayudaba a una anciana cubierta de sangre, y hablaban entre ellas en términos médicos. Oí la voz de Roy, en algún punto más allá del escenario. No dejaba de llamar a gritos a Bill y a Bunty, una y otra vez.

Mientras nos abríamos paso, vi a dos bailarinas arrodilladas junto a alguien. Una estaba rompiendo un mantel en retales, la otra presionaba la tela contra un cuerpo. Llevaban trajes de lentejuelas y no iban cubiertas de polvo ni tiznadas.

—Jesús, Amy, cinco minutos más y habríamos estado aquí —decía una de ellas—. Pobre chica.

Ahogando un grito, enfoqué con la linterna a la persona que intentaban ayudar. Estaba en paños menores: la explosión le había volado el vestido. Costaba distinguir su rostro. Pero tenía la cabellera rubia. No era Bunty.

Las bailarinas debían de haber estado entre bastidores o en un descanso cuando todo ocurrió. Iluminé con la linterna

221

detrás de ellas. Enormes trozos de yeso se habían deschonchado sobre el escenario.

Entonces la vi. Medio sepultada, una mujer con un vestido largo de noche. No podías distinguir el color, pero sí que era largo, con volantes en los bordes.

—Bunty —grité.

Me abalancé sobre ella como una loca y me tiré al suelo a su lado. Al arrodillarme, no reparé en los cristales y los escombros que la rodeaban. Una de sus piernas estaba atrapada y cubierta de restos, pero supe que era ella.

Bunty abrió los labios y dijo algo. El sonido fue tan débil que no alcancé a entender lo que quería decirme, pero fue suficiente para mí. Estaba viva.

—Bunty, cariño, no pasa nada —dije tocándole la cara—. Vas a ponerte bien.

Empecé a levantar los trozos de yeso a su alrededor. El señor Collins se arrodilló también y se puso a hacer lo mismo.

—No te vas a morir —continué diciéndole—. Vamos a buscar ayuda. No va a pasarte nada.

Bunty pestañeó. Dos veces. Tenía los ojos llenos de polvo y luchaba por no toser. Me miró y, con una vocecita desesperada y ronca, logró decirme algo:

—Bill.

19

Era nuestro turno

$\mathcal{D}$espués de que llegaran las ambulancias y se llevaran a Bunty, el señor Collins sobornó a un taxi para que ignorara el estado en que nos encontrábamos y siguiera al largo convoy gris hasta el hospital de Charing Cross. El resto de la noche fue un mal sueño, intentando averiguar dónde estaba Bunty y si habían encontrado a William. Tomé prestadas unas monedas del señor Collins y telefoneé a mis padres desde el hospital, pero lo único que alcancé a decir una y otra vez fue: «Bunty está herida, papá. Bill ha desaparecido y Bunty está herida».

Mi madre y mi padre condujeron durante toda la noche para llegar a casa, lo mismo que la abuela de Bunty, solo que su conductor la llevó directamente al hospital. En Charing Cross nos mandaron a mí y al señor Collins a casa. Insistieron en vendarme las rodillas cortadas y, con la misma firmeza, me dijeron que no podían decirme nada de mis amigos.

El domingo era el día que Bunty y yo tendríamos que haber estado descansando en el apartamento, reviviendo la glamurosa emoción de la víspera y esperando a que William viniera a almorzar; entonces lo hubiéramos revivido todo con él. Por el contrario, mientras madre preparaba interminables tazas de té y padre insistía en vendarme de nuevo el impecable trabajo de la enfermera, intenté no revivir nada en absoluto.

A las once menos diez de esa mañana sonó el teléfono. Era la abuela de Bunty. Respondió mi padre, diciendo varias veces con su voz de médico «Ya veo» y «Señora Tavistock, son muy buenas señales». Luego dijo «¿Y se sabe algo de William?». Tras una breve pausa añadió un «Bien, estoy seguro de que le dirán algo tan pronto lo sepan» un tanto optimista.

Luego padre se despidió y vino a sentarse junto a mí, cogiéndome las dos manos.

—Está bastante magullada, cielo —dijo cariñosamente—. Y le llevará un tiempo recuperarse. Pero te prometo, por lo que acabo de oír, que Bunty se va a poner bien, no me cabe duda. Y aunque no sabemos aún dónde está William, la señora Tavistock dice que está segura de que pronto lo sabremos. Los heridos han ingresado en varios hospitales, por eso está costando un poco encontrarlo.

Después de esa llamada, durante poco más de una hora, todo pareció ir un poco mejor.

Entonces, casi a las doce, sonó el timbre de la puerta. Animada por las noticias sobre Bunty y mi fe en las palabras de mi padre, bajé las escaleras para abrir. No estaba alegre, nada más lejos de eso, pero sí esperanzada.

Sin embargo, nada más abrir la puerta y ver a Row, lo supe.

Todavía en su uniforme de la víspera, pero sin el gorro y el sobretodo del AFS, apenas percibí la tierra y la mugre que lo cubrían. Lo único que vi fue su mirada.

—Emmy, cariño —dijo en voz baja, plantado en el ancho umbral de la puerta—. ¿Puedo pasar?

No me moví.

—¿Lo habéis encontrado? —pregunté en un susurro.

Roy asintió y me ofreció la más débil y triste de las sonrisas; sus ojos no se sumaron al gesto. Echó un vistazo al vestíbulo.

—Será mejor que nos sentemos.

Noté que mi respiración se detenía en el fondo de mi garganta.

—¿Roy?

—Nos ha dejado, cariño —dijo suavemente—. Bill ha muerto.

Cuando la gente oía esta clase de cosas en las películas,

soltaban un grito ahogado o se desmayaban o se llevaban la mano a la boca con dramatismo. Pero yo no hice nada de eso. Quise decir que no, que no podía ser verdad. Quise decirle a Roy que se equivocaba. Quise que fueran diez segundos antes, cuando aún no lo sabía.

Sin embargo, en vez de todo eso, me quedé quieta, con la sensación de que alguien me había aspirado todo el aire del cuerpo. Y luego el labio inferior empezó a temblarme, como cuando eres pequeña y no puedes detenerlo.

Intenté respirar hondo y ser británica y valiente, pero no funcionó. Por el contrario, los ojos se me llenaron de lágrimas. Cientos de ellas. ¿De dónde vienen esta clase de lágrimas y cómo llegan con tanta rapidez? ¿Siempre habían estado ahí, simplemente aguardando a que ocurriera algo horrible? Cuán ingrato era su papel.

Pobre Roy. También era horrible para él. Entró en casa y me abrazó con sus fríos y polvorientos brazos, apretándome del mismo modo que cuando habían caído las bombas sobre nosotros, cuando hizo todo lo que pudo para conseguir que saliera ilesa.

Me aferré a él. Igual que entonces, intenté alejar el brazo de Roy de cualquier peligro.

Pero esta vez no podíamos protegernos el uno al otro. Era demasiado tarde. Ya era demasiado tarde.

No podía dejar de llorar. Roy no me soltaba. Oí que decía «Ya pasó, ya pasó, cariño». Su voz era conmovedora. Sabía que intentaba con todas sus fuerzas no llorar como yo. Roy era uno de los mejores bomberos de Londres. Un bombero de hierro. Pero Bill era su mejor amigo.

Me aparté despacio de él cuando oí que mis padres bajaban las escaleras. Los ojos de Roy estaban anegados de lágrimas. Me sorbí la nariz y dejé de lloriquear, porque no era justo para él.

Madre y padre no necesitaron preguntar nada. Madre me rodeó con sus brazos y dijo «Mi vida». Pero, por mucho que quería aferrarme a ella y gritar, no pensaba dejar a Roy plantado como un pasmarote.

—Os presento a Roy —dije patéticamente—. Roy, el amigo de Bill. Mi amigo.

Roy tosió, se aclaró la garganta, se enderezó y dijo «Señor» a mi padre, ofreciéndole la mano a modo de saludo. Tuvo que ser espantoso para él tener que mostrarse tan educado de repente. Papá le dio un apretón de manos y lo agarró del brazo con la otra.

—Gracias —dijo con emoción, y supe que se lo decía por haberme cuidado—. Gracias, Roy. Por favor, entra. Bebamos algo.

En la salita del piso de arriba, mi madre hizo que Roy se quitara la chaqueta del uniforme para poder rodearle los hombros con una manta. Él dijo que estaba bien y que gracias, pero ella insistió, de manera que se sentó envuelto en la manta, como una de las personas a las que ayudaba en su trabajo. Se aferró a una copa llena de whisky.

Me senté en el sofá al lado de mi madre y no le solté la mano. También yo me tomé un whisky. Sabía igual de asqueroso que siempre. Esa iba a ser la última vez que lo bebiera.

—¿Estás seguro de que era…? —pregunté.

Roy empezó a asentir con la cabeza antes de que yo terminara la frase.

—El uniforme —dijo, mirando su vaso y luego dándole un buen trago—. Era él. —Roy tenía peor aspecto que antes.

Entonces hice la pregunta que temía.

—¿Quién…, quién se lo dirá a Bunty? ¿Cuándo será?

—No lo sé, cariño —dijo Roy—. Me quedé con Bill hasta… —Se detuvo—. Hasta que se lo llevaron. Luego fui a Charing Cross, pero estaban desbordados. Una mala noche. Entonces vine aquí. Volveré al hospital ahora.

Roy se puso en pie. Estaba exhausto.

—Ni se te ocurra —dijo padre rápidamente, levantándose a su vez. Miró a mi madre, que asintió. Supe lo que pensaban. No era justo mandar a Roy de vuelta al hospital.

Era mejor que quien le diera la noticia a la señora Tavistock fuera mi padre, no la policía o una enfermera.

—Deja que vaya contigo —dije. No quería quedarme sentada sin ser de ninguna utilidad. Quería estar al lado de Bunty—. Estoy bien, de verdad —añadí. Era mentira, pero eso era lo de menos.

Mi padre sacudió la cabeza.

—No —dijo con firmeza—. Esta vez no, mi ángel. Tú y Roy ya habéis hecho suficiente. Necesitáis descansar. Y esto es cosa mía, que soy médico.

Nos lanzó una mirada seria a los dos cuando intenté rebatirle.

—Emmy, de veras —añadió—, tengo más posibilidades de que me dejen verla si voy allí como su médico de cabecera.

Yo sabía que estaba en lo cierto. Me arrellané en el sofá, aceptando mi derrota.

Aquello sucedía todos los días, a personas en todo Londres, en todo el país, en toda Europa. En todas partes, la gente recibía las noticias más espantosas. No éramos diferentes de los demás. Le había tocado a nuestro amigo. Nos había tocado a nosotros. Pero eso no nos consolaba lo más mínimo.

Pobre, pobrecito Bill. Y, oh Dios mío, pobre Bunty. Tantas cosas con las que habían soñado, tantas cosas que habían planeado y deseado juntos. El salón no tenía un aspecto distinto del día anterior a la misma hora. Las tarjetas y los regalos sin abrir, las fotografías en sus marcos de plata; imágenes de William y Bunty en un día de verano al aire libre. Había una de él, tan ufano en su uniforme, el día que se había enrolado en el servicio. Bunty adoraba esta foto. Una cajita azul en la mesa de centro que contenía los gemelos que ella le había ofrecido como regalo de bodas. Y ahora todo había terminado.

Entonces, cuando pensé que no podría sentirme peor, recordé mi estúpida, inútil y patética pelea con Bill.

Tendría que haberme esforzado más en pedirle perdón. Tendría que haber encontrado la manera de decírselo antes. Tendría que haber llegado a tiempo al Café de París.

De fondo, oía que mi madre decía:

—Vete, Alfred, estaremos bien. —Me apretó la mano y dijo—: ¿A que sí, cariño? Estaremos bien.

Asentí. Pero nada estaría bien. No podía decírselo, del mismo modo que no tenía ni idea de cómo podría decírselo a Bunty.

¿Que había reñido con Bill y le había fallado a Bunty? ¿Que un viejo y querido amigo había muerto odiándome? No podía contárselo a nadie. Era un secreto horrible que tendría que guardarme solo para mí.

Estaba desesperada por ver a Bunty, pero solo se permitían visitas a la familia y nosotros no contábamos como tal. Sin embargo, madre y yo depositamos nuestra fe en el hecho de que la señora Tavistock era de una generación y de una clase social que difícilmente tragaría con lo que podía o no podía hacer. Si ella creía que a su nieta le sentaría bien vernos, entonces era más que probable que eso fuera lo que hiciéramos.

Entre tanto me pasé el sábado entero en el apartamento, repitiendo una y otra vez en mi cabeza qué diría y qué no. Por muy maltrecha que Bunty estuviera, yo sabía que lucharía, pero no estaba tan segura de cómo se tomaría la noticia de Bill.

¿Cómo se afrontaba una cosa así, y más cuando su boda había estado tan cerca? No sabía cómo podría ayudarla, pero estaría dispuesta a hacer cualquier cosa que necesitara de mí.

Un lunes por la mañana, antes de volver a su consulta, pues tenía pacientes a los que atender, mi padre telefoneó al señor Collins a la oficina. Este le dijo que me tomase el tiempo necesario hasta que padre estuviera seguro de que me encontraba lo bastante bien. Que ya se encargaría él de la señora Bird y que ni pensara en *La Amiga de la Mujer*. Me enviaba sus mejores deseos.

Después de esto, madre y yo pasamos otro día interminable esperando noticias del hospital. Finalmente, a última hora de la tarde, la señora Tavistock llamó para decir que Bunty estaba consciente y que podía verla durante un minuto o dos si quería. Madre y yo nos pusimos los abrigos y salimos de casa en cuestión de segundos.

No era hora de visitas, por eso supimos que alguien había movido algunos hilos. En Charing Cross, la hermana de guardia puso un semblante feroz, pero, como la señora Tavistock conocía como mínimo a alguien de la junta directiva, no tuvo más remedio que mirar para otro lado, muy a su pesar.

La señora Tavistock salió a recibirnos al pasillo del hospital. Menudita pero de espalda recta y desprendiendo aún la elegancia que le había conferido una notable belleza cincuenta años atrás, pese a sus claros esfuerzos, estaba triste y demacrada.

—Emmeline, cariño —dijo apretándome las manos y ofreciéndome una cálida sonrisa—. Espero que hayas dormido. —Se volvió hacia mi madre—. Elizabeth, qué amable de tu parte ha sido venir. Bien. Marigold… Bunty… está despierta. Los médicos han hecho todo lo que han podido de momento y la buena noticia es que creen que podrán salvarle la pierna.

Intenté que no se me notara el susto. Padre no había dicho nada de perder piernas.

La señora Tavistock me ofreció una sonrisa triste y cariñosa.

—Emmeline, me temo que Bunty está más bien pachucha. Si prefieres no verla todavía, estoy segura de que lo entenderá.

Sacudí la cabeza rápidamente y la señora Tavistock prosiguió:

—Debes saber que Bunty no ha hablado desde que le conté lo de William.

La mujer levantó la barbilla mínimamente, como para soportar el enorme esfuerzo que estaba haciendo por dentro.

—Creen que está en estado de *shock*, pero quizá contigo sí que hable, puesto que sois tan buenas amigas. No le he dicho que venías, solo por si preferías no entrar a verla.

229

Su voz era valiente, pero seguía sonando indefensa.

—Tengo muchas ganas de verla, señora Tavistock —dije. No me importaba el estado en que estuviera Bunty—. ¿Puedo entrar ya, por favor?

Con un gesto de aprobación de la hermana de guardia, que todavía rechinaba los dientes porque la abuela de Bunty se había saltado todas las reglas del hospital, me enseñaron el camino.

Solo había estado en un pabellón hospitalario una vez, cuando le quitaron el apéndice a mi hermano Jack el año antes de que estallara la guerra. La ancha habitación en la que entramos era muy parecida a la de mi hermano, con la salvedad de que esta tenía todas las ventanas selladas y las camas más juntas para poder acoger más enfermos. Cuando miré furtivamente algunas de las camas, vi que los pacientes no habían ingresado por tener apendicitis, ictericia o el brazo roto. Mostraban múltiples heridas, rostros ennegrecidos, cuerpos enteros envueltos en miles de prístinas vendas.

230

Era una realidad que no salía en los periódicos.

La hermana nos guiaba con paso enérgico.

—Tu amiga va a ponerse bien —dijo—. Sonríe, habla de cosas animadas y no saques el tema. Ya estamos, a la derecha. Puedes sentarte en esa silla. Vuelvo dentro de cinco minutos.

Levantó la voz, como si Bunty estuviera sorda.

—Señorita Tavistock, tiene una visita. Cinco minutos —me dijo otra vez, y se fue.

La cama de Bunty estaba al final del pabellón, pegada a la pared. Respiré todo lo hondo que pude e intenté poner mi mejor sonrisa como me habían indicado. La ocasión no era propicia para la mejor de las sonrisas de todos modos.

—¿Bunty? —dije con suavidad.

Yacía en posición casi completamente plana, la pierna derecha elevada sobre una especie de polea, y vendada de la cadera a los pies. Tenía el brazo izquierdo entablillado y con más vendas, y las partes de su cuerpo sin atar o vendar estaban llenas de cardenales y cortes. Prácticamente dos días después de la bomba, la cara era irreconocible. Uno de los ojos era una enorme concha de ostra hinchada, crecida hasta donde la amoratada piel amarilla y violácea podía extenderse; era como si un peso pesado del boxeo le hubiera pegado un puñetazo. Reprimí el impulso de quedarme boquiabierta. Puede que no fuera capaz de fingir una sonrisa, pero no permitiría que Bunty me viera conmocionada.

Me senté deprisa en la silla de hierro junto a la cama. Me hubiera gustado abrazarla, decirle que todos ayudaríamos a que las cosas fueran mejor, pero, claro, no podía. No puedes abrazar a alguien a quien parece dolerle cada centímetro de la piel. Quise cogerle la mano, pero estaba oculta bajo los vendajes. Me acerqué y agarré la sábana almidonada, retorciéndola y arruinando su perfección.

Bunty no había respondido a mi saludo y no había signos de que me hubiera oído siquiera. El ojo que no tenía magullado permanecía clavado en el techo.

—Bunty —repetí, tan suavemente como pude, como si el mínimo ruido pudiera causarle más daño, remover algo y empeorar su estado—. Soy yo, Emmy.

231

Su pecho subió y bajó al respirar, y vi que pestañeaba. Estaba segura de que notaba mi presencia.

—Oh, Bunts —dije, completamente perdida, pero desesperada por decir algo adecuado—. Lo siento muchísimo.

Nada.

—Estamos todos aquí. Todo el mundo está contigo y vamos a ayudarte a que te pongas buena. Vamos a ayudarte a ti y a la abuela, y padre va a hablar con los médicos para asegurarse de que sabemos exactamente qué debemos hacer para que puedas reponerte lo antes posible y...

Era insoportable. Si podía oírme, ¿cómo iba a responderme? Quizás intentaba decir algo, pero no era capaz de articularlo.

—Hum, de todos modos, cariño, los médicos tienen la seguridad de haberte curado la pierna y sé que debe de dolerte muchísimo, pero te prometo que pronto te sentirás mejor. —Hice una pausa. ¿Qué sabía yo de nada?

—Oh, Bunty —susurré, deseando que no se me quebrase la voz—. Siento tanto lo de Bill…

Bunty pestañeó, pero siguió sin decir nada. Con la cara tan magullada, era imposible descifrar ninguna expresión. Abrí la boca para proseguir, pero antes de poder articular las palabras, Bunty habló.

—Me lo contó.

Hablaba con dificultad, pero era un comienzo. Me incliné y empujé la silla metálica hacia delante para arrimarme más a ella.

—Bunty, amor —dije, acercándome para cogerle las puntas de los dedos, desesperada por hacerle saber que no estaba sola, dispuesta a decir cualquier cosa que sirviera de ayuda.

—No.

Retiré la mano a un lado de la cama.

—Me lo contó —murmuró Bunty de nuevo. Su voz era plana, sin emoción. Seguía sin mirarme.

—¿El qué? —dije tratando de animarla a hablar—. No corras, sé que cuesta.

—Tu bronca con él. Tus gritos.

Esto me pilló desprevenida. Ante la enormidad de la muerte de William, nuestras disputas tenían todavía menos sentido que antes. Me apresuré a dejar claras las cosas.

—Cielos —dije—. Sí. Tuvimos un enfado estúpido. —me detuve. No quería darle importancia—. Yo solo quería que él tuviera cuidado —terminé sin convicción.

—Para él no fue estúpido —dijo Bunty—. No tenías derecho. Te crees que puedes dar órdenes a la gente, pero no puedes. Te entrometiste.

La amargura en su voz me paró en seco.

—Bunty, lo siento. Estaba preocupada por él. Estaba pensando en ti.

En cuanto las palabras salieron de mi boca, comprendí lo necias que sonaban.

—No, no lo estabas. —A pesar de su frágil estado, Bunty parecía muy enojada—. Se supone que soy tu mejor amiga. No piensas en los demás, tú solo vas a la tuya.

—Oh, Bunts —supliqué—. Lo siento. No era mi intención.

La voz de Bunty era débil, pero no calló.

—Tú nunca tienes la «intención». Pero presionas y empeoras las cosas. Lo hiciste con Kitty. Le dijiste que peleara por su bebé, pero no funcionó y se sintió más apenada todavía. Hasta te piensas que puedes dar consejos a desconocidas en la revista, pero no puedes. No tendrías que haberte entrometido —dijo otra vez.

Yo me apretaba las manos con tanta fuerza que parecía que los nudillos se me fueran a salir de un momento a otro. Un sentimiento de pánico se apoderó de mi garganta. Bunty hablaba como si me odiara.

—No quería que supieras que Bill había estado en peligro. Le dije que lo sentía, y hablamos y quería pedirle perdón otra vez, pero no tuve la oportunidad. Pensaba hacerlo en cuanto llegara al Café de París.

Era un catálogo de excusas bastante pobre. A cada palabra, me odiaba más a mí misma.

—No habías venido —dijo Bunty, y finalmente su voz flaqueó un poco—. Bill estaba preocupado.

—No sabes cuánto lo siento —dije, buscando las palabras adecuadas—. No tenían personal en la estación. Pensé que no debía marcharme y dejarlos solos.

—Él estaba preocupado por ti. Dijo que quería ir a buscarte por si seguías enfadada.

—Pero no estaba enfadada —dije, consternada, y asustada por lo siguiente que pudiera decir—. No estaba enfadada.

Bunty volvió lentamente la cabeza y me miró por fin. Su pobre cara magullada presentaba un estado más que lamentable.

—Bill no quería estropear las cosas. Dijo que iba a buscarte para solucionarlo.

Estaba exhausta, pero prosiguió:

—Entonces es cuando murió. Mientras te buscaba.

Pensé que el mundo se había desmoronado la noche del

sábado, que todo era oscuro y horrible, que nada podría ser peor. Resultó que me había equivocado.

Me recliné en mi silla mientras las lágrimas me rodaban por la mejilla.

No sabía qué decir para arreglar las cosas, aparte de lo mucho que lo sentía, más que nada en mi vida. Lo habría dicho mil veces hasta que Bunty lo entendiera. Pero ella no quería escucharme. Cuando empecé a hablar, me cortó, la voz fría de nuevo, pero clara como el agua.

—Para.

El raudo paso de la hermana sonó detrás de mí.

—Volveré —dije—. Otro día, cuando te encuentres mejor, y hablamos.

Bunty me miró con toda la tristeza del mundo.

—No vuelvas más. No quiero verte.

Luego apartó la cabeza.

La hermana empezó a apremiarme para que saliera y me levanté despacio de la silla.

—Lo siento mucho —susurré mientras una lágrima enorme corría por la magullada e irreconocible mejilla de Bunty.

Bunty no dijo nada más.

20

Confía en mí, escribe

Quería, más que nada en el mundo, desoír las órdenes de Bunty y visitarla más veces. Tenía que explicarle lo ocurrido con Bill y convencerla. Aquella imagen de mi amiga en el hospital, dolorida y apenada, no me abandonaba. Lo peor de todo fue que no podía dejar de darle vueltas a lo que Bunty había dicho: que Bill me estaba buscando cuando lo mataron.

Podías aderezarlo como quisieras, pero estaba muy claro. Había muerto por mi culpa.

La señora Tavistock y mi madre me esperaban fuera del pabellón. Asumieron que estaba blanca como una hoja por el impacto de ver a Bunty tan maltrecha. Le dije a la señora Tavistock que Bunty no quería hablar, lo cual era cierto, pero no era toda la verdad de la historia, claro. Luego dije que, si no les importaba, prefería que me diese el aire y volver sola a casa. Madre empezó a protestar. La señora Tavistock me cogió de las manos y me dijo que era muy buena chica por intentar ayudar y que descuidara, que todo se arreglaría más pronto que tarde.

Apenas podía soportarlo.

Las dejé atrás y corrí tan rápido como pude para salir del hospital. Bajé volando las escaleras, sin oír los chasquidos y los gritos de «Cálmese» y «Caray» mientras cruzaba a toda prisa la recepción y salía a la negra calle.

La señora Tavistock era muy amable, pero no conocía a su nieta tan bien como yo. Bunty no quería verme. Yo seguiría intentándolo, pero sabía que mi amiga se mantendría en sus trece. Era solo cuestión de tiempo que yo tuviera noticias de su abuela diciendo que Bunty no estaba en disposición de recibir visitas.

Había una pequeña cafetería al lado del hospital, abierta para el personal del turno de noche. Con paso inseguro, entré allí a tomarme una taza cargada de té, antes de enfrentarme al autobús de vuelta a casa. La cafetería estaba calentita. Olía a carne reconstituida y a jabón carbólico, pero no era acogedora.

—Joven, ¿se encuentra bien? —dijo el simpático hombre detrás del mostrador. Tenía unos cincuenta años, un bigote frondoso y un fuerte acento—. Está más pálida que la hierba seca. Soy checoslovaco —añadió, visiblemente acostumbrado al prejuicio de que todo el que tuviera acento extranjero simpatizaba sin duda con el enemigo.

—Estoy bien, gracias —dije, deseando que no me hiciera más preguntas, pues mi compostura pendía de un hilo. Si se mostraba más amable conmigo, acabaría derrumbándome—. ¿Puede servirme una taza de té, por favor?

—Claro —respondió—. Siéntese. Voy a buscarle azúcar secreto, ¡chist! —Me guiñó un ojo y señaló una mesita en la esquina.

Asentí e intenté decirle «gracias», pero me salió como una especie de hipo y él sacudió un paño de cocina mirándome paternalmente. Me pregunté cuántas personas saldrían dando tumbos del hospital y entrarían a diario en este restaurante, con sus vidas patas arriba.

Se puso a canturrear mientras preparaba la taza de té más cargada que había visto desde el inicio de la guerra, y la sirvió con un panecillo de higos que dejó en el platillo con la clara instrucción de «Coma y beba, invita la casa. No pierda el color de las mejillas».

Revolví el té y estudié los alentadores carteles colgados en las paredes. Uno recomendaba plantar patatas; otro sugería invertir en bonos de ahorro. Ambos garantizaban el éxito en ser parte vital del esfuerzo bélico. Un tercer cartel mostraba a muchas mujeres uniformadas de los distintos servicios. «¡Haciendo una gran labor!», proclamaba.

Seguí revolviendo el té. Sentí que yo hacía cualquier cosa salvo una gran labor. Mi simpático amigo checoslovaco cantaba en un suave tono de barítono que, en otro tiempo y en otro mundo, habría ocupado su lugar en un coro. Sin embargo, aquí estaba, velando gratis por una perfecta extraña mientras se veía obligado a mencionar de pasada sus orígenes cuando saludaba a la gente, no fueran a verle como una amenaza.

El mundo se había vuelto un lugar horrible y loco.

Pugnando por levantar la barbilla, di un sorbo a mi té. Al instante me mareé por aquel sabor dulce tan poco habitual. No podía ni empezar a pensar en el siguiente paso.

Bunty y yo siempre, «siempre», hablábamos cuando nos peleábamos, aunque eso ocurriera raras veces. Ella era mi mejor amiga, y yo, la suya. Y habíamos jurado que así sería toda vida. Solo que ahora, al menos en lo que a Bunty concernía, la muerte de su prometido era culpa mía. Era todo demasiado grande, demasiado horrible.

En la mesa de la esquina que tenía enfrente alguien había dejado los periódicos del día y un par de revistas muy sobadas. No me pareció ver *La Amiga de la Mujer* entre ellas, pero me hizo pensar en la absurda ironía de pretender aconsejar a las lectoras cuando mi vida era un completo disparate. La señora Bird me haría papilla si le enviaba una carta con lo ocurrido.

Me agaché para abrir mi bolso, sacando el cuaderno de notas que llevaba conmigo a todas partes. Siempre andaba apuntando ideas para responder a algún problema espinoso que alguien pudiera plantear. En este momento quería resolver lo que iba a decirle a Bunty, cómo explicarle las cosas cuando se me presentara la oportunidad. Quizá podía ponerlo todo en negro sobre blanco y así aclarar mis ideas; luego se lo enviaría en forma de carta. Y ya decidiría ella cuándo leerla.

No tenía un plan preconcebido, pero ponerme a escribir me sirvió para creer que, al menos, estaba haciendo algo. No pensaba tirar la toalla justo cuando Bunty más necesitaba a sus amigos. Eso no.

237

Queridísima Bunty:

No sé por dónde empezar o cómo decir lo que quiero que entiendas, pero, en vista de que te disgustarás mucho, te escribo con la esperanza de que puedas leer esto. Deseo más que nada en el mundo que sepas lo mucho que pienso en ti, y deseo con todas mis fuerzas que las cosas te vayan mejor un día.

Sé que has sufrido muchas heridas, pero que es mucho peor (lo sé de verdad) haber perdido a Bill. Apenas me atrevo a escribir su nombre, pues debes de odiarme mucho. Las palabras se quedan cortas para empezar a describir cuánto lo lamento.

Él tenía toda la razón. No fue una estupidez. Nos peleamos y le dije cosas horribles por querer ser demasiado valiente en el trabajo y correr tantos riesgos. Bunty, fui una verdadera estúpida. Lo hice mal, y cuando quise disculparme lo hice aún peor. Yo intentaba protegerte y me preocupaba que a él pudiera pasarle algo malo, pero no tenía que haber dicho nada. Era su trabajo y lo hacía de maravilla. Todo el mundo sabía eso. Una amiga que fui de los dos.

238

Las palabras me salían a borbotones, pero ninguna mejoraba nada. Todo aquello no eran más que excusas. Si yo fuera Bunty, seguramente rompería en pedazos aquella carta y jamás volvería a abrir otra que viniese de mí.

Apoyé los codos en la mesa de la cafetería y noté que se me hundían los hombros. El hombre seguía canturreando mientras barría el suelo.

Se detuvo un momento y levantó la vista.

—Bébaselo —dijo, señalando mi taza de té—. Antes de que se enfríe.

Esbocé media sonrisa como respuesta y me miró cariñosamente.

—Y escriba —dijo—. Escriba a quien escriba, si la quieren, lo entenderán.

Ojalá tuviera razón. Supongo que tenía mal aspecto (en consonancia con lo que sentía en mi interior), pues el tipo apoyó la escoba en una pared y se acercó. Luego me dio unas palmaditas en el hombro.

—Créame —dijo—. Tengo muchos clientes. Escriba.

Su amabilidad me conmovió, lo mismo que su intento de ayudarme con el té y las canciones y el azúcar secreto.

—Gracias —dije—. Lo haré.

«Tenía» razón. Mis palabras no eran muy buenas; de hecho, no sabía si empeorarían las cosas, pero lo único que podía hacer era intentar explicarme lo mejor posible para que Bunty supiera la verdad. No podía esperar que me perdonase, pero ella tenía que saber cuánto habría deseado poder cambiar lo sucedido.

Di un trago largo al té todavía caliente y cogí de nuevo la estilográfica.

Bunty, pensé que podría arreglar las cosas en el Café de París. Pensé que habría tiempo. Me equivoqué y lo lamentaré toda mi vida.

No puedo imaginar lo horrible que es esto para ti y comprendo que no puedas perdonarme. Daría lo que fuera por cambiar las cosas y cambiarme por Bill, te prometo que lo daría. Lo digo en serio. Por favor, créeme.

Dicho esto, voy a concluir. Intentarás con todas tus fuerzas recuperarte y salir de esta, ¿verdad? Todos te queremos con locura y no es posible imaginar la vida sin que vuelvas a estar bien.

Por favor, Bunty, quiero que sepas que siempre serás mi mejor amiga del mundo y que siempre estaré aquí si me necesitas.

Lo siento muchísimo.

Con mucho amor y siempre tuya,

Emmy xx

Me recliné en mi silla un momento. No sabía qué más podía decir, pero no quería parar. Era como mi última oportunidad de hablar con ella.

Y eso no podía soportarlo. Tenía que añadir algo más.

P. S.: Seguiré escribiéndote por si tienes ganas de abrir mis cartas. Pondré una nota en los sobres para que las enfermeras sepan que soy yo y puedan tirarlas si así lo prefieres. Em.

Habría seguido escribiendo.

Cerré el cuaderno despacio. Copiaría la carta y la enviaría nada más llegar a casa.

Bunty había perdido a William y por culpa de eso me odiaba con inquina, lo cual podía entender. Pero yo no renunciaría a ella. Yo siempre sería su amiga, lo quisiera o no.

21

La guerra era repugnante

Acerté con Bunty. Esa misma tarde, la señora Tavistock vino al apartamento y dijo que, si bien mejoraba a marchas forzadas y se iba a recuperar en menos de lo que canta un gallo (no creí ni una sola de esas palabras), lo mejor sería que no la visitara por ahora. Había que dejar que los médicos y las enfermeras hicieran su trabajo.

Por mi parte, no tenía ni idea de cuánta información tenía la señora Tavistock, pero dije «Sí, claro», y hasta conseguí añadir algo sobre lo tremendas que eran todas las enfermeras y lo inteligentes que habían sido los médicos. Sonó como si estuviera ensayando una obra de teatro en el West End.

Solo me permití preguntarle a la señora Tavistock si podría escribirle a Bunty. Crucé los dedos: no sabía qué sería de mí si la respuesta era negativa. Por un instante creí que dudaba, pero entonces se recobró y dijo: «Desde luego». Nunca había sentido tanto alivio.

También se mantuvo inflexible con que siguiera viviendo en el apartamento de arriba, cosa por la que me sentí eternamente agradecida. Aunque estuviera rodeada de recuerdos constantes de Bunty y William, lo que implicaba tener que luchar contra mi culpabilidad cada segundo que pasara allí, eso significaba que, de alguna manera, seguía siendo parte de la vida de mi mejor amiga. Pero sobre todo deseé que significara que Bunty no había sido capaz de contarle a su abuela que William había muerto por mi culpa.

No obstante, quedarme en el apartamento entrañaba

una condición. Mis padres insistieron en que de momento dejara Londres y volviera a casa para descansar. Eso me hacía tremendamente infeliz. Yo no necesitaba un descanso. No era yo quien había resultado herida. Que me relegaran al campo me hizo sentir como un fraude. Pero era evidente que mis padres y la señora Tavistock lo habían estado discutiendo. A pesar de la conversación que mantuve con mi madre, no me quedó otra que ceder. O eso, o la señora Tavistock cerraba la casa.

La abuela de Bunty siempre me había tratado con mucho cariño, pero supe reconocer cuándo me derrotaban. Roy dijo que hablaría con el capitán Davies (de la estación de bomberos) y con el señor Collins. No debía volver a *La Amiga de la Mujer* de inmediato. Así pues, no tenía motivos para quedarme. Desde luego, regresar no hubiera supuesto ningún problema para mí, pero, sinceramente, me aliviaba mucho no tener que enfrentarme a nadie tan pronto.

Aunque quería darle las gracias al señor Collins por toda su ayuda la noche del ataque aéreo, no habría sabido por dónde empezar. Había sido extraordinariamente amable en el Café de París: no se había despegado de mí en todo el rato y había intentado encontrar a Bunty. No sabía si habría podido encontrarla yo sola. Tampoco estaba segura de si habría sido capaz de entrar por mí misma en el Café de París si él no le hubiera mentido al guardia de la puerta diciéndole que era enfermera. Y ahora volvía a portarse como un cielo en todo lo relativo a la revista.

Y luego estaba Charles, claro. No hacía ni dos semanas que habíamos estado bailando y riendo. Tras darnos aquel beso de despedida, habíamos prometido que nos escribiríamos. Había sido emocionante y divertido; una suerte de promesa en el horizonte. ¿Qué debía escribirle ahora? ¿Cómo podría explicarle lo sucedido a alguien que apenas conocía? Aparté aquel problema a un rincón de mi cabeza.

La mañana del martes, mi madre y yo tomamos el tren a Waterloo. Mientras llovía a mares y madre entablaba una educada conversación sobre las carestías con una anciana, apoyé la cabeza en la ventana del vagón de segunda clase y cerré los ojos.

El regreso a casa no pudo ser más distinto de mi última visita, cuando Bunty y yo luchamos contra Jack en la nieve, cuando todo el mundo se había mostrado entusiasmado con mi nuevo empleo accidental y sonoramente furioso con los defectos de Edmund. Esta vez reinaba el silencio en la casa. Little Whitfield era un pueblo pequeño y todo el mundo conocía a William y a Bunty, lo íntimos que éramos. Amigos preocupados dieron leves golpecitos en la puerta en vez de hacer sonar al timbre, e incluso los pacientes de padre parecían ir y venir de su sala de consulta sin que se oyera ninguna de las habituales conversaciones sobre el sarampión de los niños o el lumbago del abuelo.

Me encerré en mi antiguo dormitorio, mirando el bonito papel pintado de flores, y solo bajaba para las comidas, que no tocaba, o para vagar por el jardín, donde no tenía que ver a nadie. En plena noche, con mi cuarto en penumbra, miraba el cielo por la ventana, casi deseando que apareciera un avión causando otra catástrofe. No a nadie que no fuera yo, claro.

Seguí diciéndome a mí misma que debía animarme, pero no podía. Lo único que lograba hacer era escribir a Bunty, como había prometido. Cartas breves, apagadas, pero esperanzadas. Día tras día. No tenía ni idea de si las leería.

Me obligué a escribir también a Charles. No me apetecía, pero había sido muy amable. Además, como había conocido a Bunty y a William, habría sido más que maleducado no contarle lo que había sucedido. No pude decirle que todo había sido culpa mía, así que escribí una carta más que breve.

Querido Charles:

Espero que esté muy bien.

No sé si su hermano le habrá puesto al corriente, pero me temo que tengo muy malas noticias. Apenas puedo soportar decirlo, así que imagínese.

Verá, se produjo un ataque aéreo cuando Bunty, William y yo

243

estábamos fuera celebrando su compromiso. Bombardearon el Café de París y Bill murió.

Bunty resultó herida y está bastante mal. Yo estoy bien porque llegué tarde y me libré, y el señor Collins (lo siento, no puedo llamarle Guy) estaba allí y me ayudó a encontrar a Bunty. Fue muy amable, debe sentirse muy orgulloso de él.

Lamento mucho escribirle con unas noticias tan horribles. Había prometido trasmitirle alegría.

Por favor, no se preocupe, porque Bunty es una mujer de hierro, y padre dice que se recuperará muy pronto. Ojalá yo pudiera ayudar. Sin embargo, él insiste en que las enfermeras son fuera de serie. Así que está en muy buenas manos.

He venido a casa de mis padres unos días, pero volveré al apartamento muy pronto.

Cuídese mucho, ¿lo hará?

Atentamente,

Emmy x

244

No se me ocurría qué más decirle. Mi padre envío la carta por mí, pues yo no quería ni salir de casa.

Era fácil estar en casa. No tenía nada que hacer, salvo poner cara alegre para mis padres y decir que cada día me encontraba un poco mejor. Madre intentó que me interesara por cosas como coser sábanas para el esfuerzo bélico o recoger huevos. Incluso quiso que visitara a los vecinos para ver su nuevo perro. Lo hacía por mi bien, pero era en vano. Yo no era una inválida y sabía que me sobraría tiempo para pensar y repensar en todo lo sucedido.

Una semana después de llegar a casa de mis padres, estaba sentada en el viejo y húmedo columpio de madera en el jardín, mirando los primeros narcisos que se abrían paso en la hierba. Me recordaron la primera vez que salí con Edmund. Teníamos diecisiete años y solo íbamos a dar un paseo, pero llegó a la puerta de casa con un ramo de flores. Se le veía un poco nervioso. Sacudí la cabeza para deshacer el recuerdo. Que él se largara con una enfermera había sido una bofetada en la cara, dada lo apacible y sencilla que había sido mi vida hasta ese momento. Sin embargo, ahora me parecía tan insignificante...

¿Y qué hizo Bunty entonces? Prepararme un trago, decirme que Edmund era tonto de remate y que jamás le iría mejor que a mí. Se puso de mi lado sin dudarlo un segundo. Como siempre, se había comportado como la mejor amiga del mundo.

—Menuda idiota —me susurré a mí misma, y luego más fuerte—: Menuda maldita idiota estoy hecha.

Si concedieran premios a la autocompasión, yo me llevaría la palma. Si Bunty hubiera estado en mi lugar y siguiera siendo mi amiga, por muy mal que fueran las cosas jamás habría entrado en semejante espiral de melancolía. Habría peleado.

Tenía que volver a Londres y trabajar. Era la única manera de sacudirme tanta desesperación. Se lo haría entender a madre y a padre; al fin y al cabo, yo era quien había tenido la fortuna de salir indemne.

Bajé del columpio, caminé de vuelta a casa y subí a hacer la maleta.

Regresar al apartamento yo sola fue lo primero que puso a prueba mi determinación de seguir adelante. Cuando abrí la puerta y encendí el interruptor de la pared al final de la tarde, casi todo parecía igual, pero casi todo había cambiado. Encontré el frío salón silencioso y solitario. Madre había quitado las tarjetas y los regalos de boda sin abrir: los había puesto fuera de la vista. Todo estaba insoportablemente ordenado, aparte de mi cartuchera y mi máquina de escribir, que yacían en la mesita de teca donde Bunts y yo solíamos comer y yo escribía mis cartas secretas para *La Amiga de la Mujer* cuando ella estaba en el trabajo. En mi dormitorio se apilaban un montón de cartas nuevas escondidas, a las que había tenido la intención de contestar lo antes posible. No sabía que haría con ellas de ahí en adelante.

Antes, contestar las cartas de las lectoras le había dado

un sentido a mi vida. Incluso cuando Kathleen estuvo a punto de descubrirme y decidí que no incluiría ninguna más en la revista, pensé que seguir escribiendo en secreto podría ayudar a las lectoras. Ahora me dolían las palabras de Bunty en el hospital: «Presionas y empeoras las cosas. Incluso piensas que puedes dar consejos a desconocidas en la revista, pero no puedes.»

Tenía razón. En lugar de perder el tiempo mandando cartas por correo, debería hacer algo decente para el esfuerzo bélico. Durante la semana que había pasado en casa de mis padres, concluí que lo mejor sería dejar de hablar del tema y presentar una solicitud al curso de formación para ser mensajera motorizada del Servicio contra Incendios a jornada completa. O intentar incorporarme a otro de los servicios. Para ser sincera, me traía sin cuidado cuál con tal de hacer algo útil.

Hiciera lo que hiciera, sería más de lo que estaba haciendo en ese momento. Ya nunca tendría que permanecer al final de la calle mientras los bomberos salvaban a gente. Tampoco necesitaría a alguien como el señor Collins para persuadir a nadie en una emergencia. Decidí investigar a fondo sobre los distintos servicios. No podía permitirme cometer otro error y aceptar un trabajo que no se ajustara a mis expectativas. Entre tanto, pediría hacer más turnos en la estación de bomberos y me aplicaría al máximo en *La Amiga de la Mujer*. Y cumpliría las normas a rajatabla. Lo de escribir a las lectoras se había acabado. Nada de interferir en las vidas ajenas.

Tener un plan me levantó el ánimo.

Al día siguiente regresaría a la oficina, pero antes debía hacer algo mucho más importante: volver a la estación de bomberos por primera vez desde lo que pasó en el Café de París.

Noté que los nervios me traicionaban.

El mueble-bar con forma de globo en el rincón me miró saludándome. Pero negué con la cabeza. Envalentonarme con el alcohol no me ayudaría. Por el contrario, me levanté del sofá y abrí sistemáticamente cada una de las habitaciones del apartamento, encendí una a una las luces, y por ningún motivo en absoluto, salvo por no quedarme apalancada comiéndome la cabeza, limpié cada milímetro de aquel apartamento, que ya estaba más que limpio.

A las seis y media de la mañana siguiente, sin haber dormido nada, estaba aseada y vestida con mis ropas más elegantes. *La Amiga de la Mujer* no me asustaba, pero ver a Roy y a las chicas, así como a todos los amigos de William sí que lo hacía, y muchísimo. Sabía que cuanto más lo prolongara peor sería. Así pues, mientras los pilotos de la Luftwaffe abandonaban Londres y (estaba segura) eran perseguidos hasta Alemania por nuestros muchachos, me puse mi abrigo, me calé la boina de lana hasta las orejas y me dirigí en la oscuridad a la estación.

Los equipos de Carlton Street seguían fuera atendiendo llamadas con sus motores y sus bombas de agua, así que llegué a un pabellón vacío. Después de hacer corriendo todo el camino, porque se había puesto a llover, me detuve un momento para recuperar el aliento y asearme un poco.

Me quité la boina y me quedé sola en el pabellón, respirando fuerte. Las chicas de B Watch estarían terminando su turno: Thelma, Joan y Mary, y quienquiera que me estuviese sustituyendo. Se me hizo un nudo en la garganta. Ojalá que no fuera Vera.

No obstante, lo que era seguro es que el trance iba a ser difícil. Mis amigas serían un cielo, lo cual me haría sentir fatal, pero iba a ser mucho peor enfrentarme a su tristeza. Hasta ahora solo había pensado en Bunty y en la señora Tavistock. Y, egoístamente, en mí. No en los amigos de William. Él era muy popular en Carlton Street, muy querido.

«Venga, dale duro», me dije en voz alta. Cabeza erguida, hombros hacia atrás. «Si hacen preguntas sobre Bunty, diles que Mejora A Pasos Agigantados», pensé.

Abrí la puerta lateral y entré, pasando por delante del húmedo muro donde todo el mundo aparcaba sus bicicletas.

247

Subí las oscuras y empinadas escaleras. Otro hondo suspiro cuando el corazón me dio un vuelco del miedo.

La sirena de alerta había terminado hacía una hora; cuando el primer signo del alba apareció en el horizonte, las chicas del turno de noche seguían al pie del cañón en la centralita, recibiendo mensajes de los residentes de Pimlico que se aventuraban a salir de sus casas y descubrían los estragos de la noche. A esa hora, las llamadas avisaban de personas que habían quedado atrapadas, de edificios a punto de desmoronarse o de los crueles incendios de última hora que se producían inesperadamente cuando el viento arreciaba y todo el mundo creía que la cosa se había apaciguado.

La centralita tenía el mismo aspecto de siempre: teléfonos y cuadernos sobre las mesas, el mapa de llamadas en la pared (mostrando el destino de cada equipo); junto a la puerta, el reloj grande que marcaba el final de un turno. Joan estaba al teléfono, escribiendo furiosamente, y Thelma y Mary pasaban a limpio notas de las llamadas recibidas durante su turno. No había nadie más que ellas. Thel y Mary levantaron la vista cuando entré en la sala y se pusieron en pie de inmediato, sus sillas rascando el suelo. Mary miró a Thelma para intentar averiguar qué debía hacer a continuación, pero Thelma ya se acercaba a mí. Su rostro imitó una sonrisa de Todo Va A Arreglarse. Yo logré devolverle un gesto similar.

—Hola —dije, y me paré cuando Thelma me abrazó con fuerza.

—Oh, cariño —dijo, y luego otra vez con voz temblorosa en mi cabello—: Oh, cariño. —No me soltaba—. Bendita seas. Bendita seas.

Demasiado conmocionada para hablar, hice de tripas corazón para no derramar más lágrimas. No quería decepcionar a las chicas, así que me limité a asentir y a abrazarla a mi vez.

—Cuánto lo siento, Emmy —dijo Mary, que había seguido a Thelma a mi lado.

Me dio unas tímidas palmaditas en la espalda; cuando la miré, vi lágrimas en sus ojos. Thelma se había quedado sin nada que decir. O, más bien, lo que sucedía es que no podía abrir la boca. La abracé con un brazo y alcancé a Mary con el otro. Joan terminó su llamada y, tras poner a toda prisa la nota en el pincho de las llamadas, se unió a nosotras.

—Oh, Em —dijo, y me aparté de Thelma para abrazarla a ella también.

Joan siempre había sentido debilidad por William. Solía decir que esperaba que sus niños se parecieran a él cuando fueran mayores.

—Lo sé —dije, intentando sonar reconfortante, no desesperanzada, que era como me sentía.

Los ojos de Joan estaban anegados de lágrimas. Se abrazó a mí, lo mismo que Thelma, procurando ofrecerme una sonrisa valiente.

—Nuestro pobre muchacho —dijo, negando con la cabeza.

Un lagrimón desafió mis órdenes y rodó por mi mejilla. Aquello no tenía que ver realmente con ninguna de nosotras. Tenía que ver con la pérdida de un joven decente y valeroso que no había tenido tiempo de empezar siquiera a hacer todas las cosas que se merecía. Mis sentimientos de culpabilidad no eran lo importante. Lo importante era que Bill nos había dejado. Allí, en medio de la centralita, resultaba imposible de creer.

Joan, Thelma y Mary, como miles de personas, se dedicaban día y noche —cada día y cada noche— a sacar adelante su trabajo en las condiciones más aterradoras. Todos los días ayudaban a salvar a extraños que no conocían y que jamás verían. Sin embargo, hoy se trataba de su amiga. Las sonrisas forzadas y los buenos deseos estaban muy bien, pero a veces no quedaba otra que reconocer que lo que estaba sucediendo era simplemente horrible. La guerra era repugnante, atroz, injusta.

Por una vez, no sonó ningún teléfono.

Cuando me separé lentamente de Joan, me sequé la cara y tomé su mano y la de Mary. Asimismo, ambas buscaron la mano de Thelma. Durante un momento, las cuatro nos

249

quedamos plantadas en medio de la centralita, cogidas de las manos como si fuéramos una sociedad secreta especial.

La primera que habló fui yo, pues quería, a toda costa, que se sintieran un poco mejor, o ayudarlas a sobrellevarlo con más facilidad.

—Vamos, chicas —dije con voz trémula, pero lo mejor que pude. Miré a Mary y añadí cariñosamente—: Vamos, mentones en alto.

Solo hacía cuatro meses que su hermano había desparecido en África. Sabía que las lágrimas de Mary por William se mezclaban con el recuerdo por su hermano. Apreté su mano con más fuerza y deseé trasmitirle el consuelo de una hermana mayor. Ella intentó devolverme una sonrisa valiente.

—Buena chica —dije—. Ese es el espíritu.

Thelma cogió la batuta.

—Miradnos —dijo, sorbiéndose la nariz—, así no vamos a ninguna parte, ¿no? En uniforme y todo eso. —Se quedó sin fuelle.

Joan intentó continuar valientemente.

—¿Qué diría Bill, eh? —dijo, intentando arrancarnos una sonrisa, pero zozobrando sin remedio—. Oh, cariño —concluyó—. Oh, cariño.

Lo intentaban con todas sus fuerzas, pero era difícil de soportar.

—Bueno —dije despacio—, creo que Bill se pondría muy triste si nos viera a todas tan disgustadas, pero lo entendería. Y probablemente intentaría animarnos.

No estaba bien hablar en su nombre, pero pareció surtir efecto. Todas asintieron e intentaron mostrar su mejor sonrisa.

El ruido de un motor nos llegó desde el piso de abajo. El primero de los equipos había vuelto de un aviso.

Mary puso cara de pánico y rebuscó un pañuelo en su bolsillo. Las demás hicieron lo mismo. Ninguna quería que los muchachos las vieran llorando.

—Tranquilas —dije—. Estarán aparcando. Voy a bajar a verlos dentro de un minuto.

—Gracias, cariño —dijo Thelma, que a continuación se sonó la nariz enérgicamente. Pareció reunir fuerzas antes de preguntar cómo estaba Bunty.

—Mejora a pasos agigantados —dije, ofreciéndoles aquella respuesta ensayada—. Aunque probablemente le llevará algún tiempo reincorporarse por completo.

—Le transmitirás nuestro amor, ¿quieres? —apuntó Thel, y yo asentí medio mareada.

Pude oír el gruñido de más bombas de agua que llegaban y unos cuantos gritos y llamadas entre los hombres. De un momento a otro, uno de ellos subiría destrozando las escaleras para pedir algo de té.

—Voy a bajar a verlos —dije, deseando sonar optimista y animada y todas aquellas cosas que andaban tan lejos de mí.

—Tendrán ganas de verte, claro —respondió Joan.

¿Las tendrían? Me quedé pensativa. Si ellos supieran la verdad… Con una última sonrisa a las chicas, bajé las escaleras para enfrentarme a los amigos de William.

251

22

Siempre suya, señora Wardynski

Cuando salí de la estación, sintiéndome una cobarde absoluta, fui a casa por el camino más largo para no pasar por delante del señor Bone, el vendedor de periódicos. Estaba segura de que estaría al corriente de lo sucedido y me sentía incapaz de enfrentarme a otra conversación desesperadamente triste, sobre todo sabiendo que abriría la herida de la pérdida de su hijo. La gente empezaba a poblar las calles de camino al trabajo y mantuve la cabeza gacha, deseosa de esquivar a cualquier persona conocida. Ya empezaba a reconocer una curiosa mirada en su rostro cuando me veían. Un destello de pánico, seguido de un atisbo de sonrisa bienintencionada, mientras buscaban qué decir o, peor aún, trataban de disimular su propia tristeza.

Pasé por delante del pequeño parque de juegos, como siempre, y me paré un momento a observar a dos niños que jugaban con su perro. Los críos chillaban y el cachorro de terrier ladraba con emoción, indiferente al frío, la humedad y los tremendos cráteres que constituían el escenario de sus juegos. La niñita llamó al perro, que corrió hacia ella meneando la cola. Ella lo cogió entre sus brazos y lo abrazó con fuerza mientras el perro le lamía la cara, las patas traseras colgando, pues ella era demasiado pequeña para sujetar todo su cuerpo. El animal dejó felices manchas de barro en su abrigo.

Deseé correr por el parque infantil, y jugar y chillar y reír como si no pasara nada. Ojalá Charles estuviera conmigo. Me tomaría de la mano y me diría que todo se solucionaría. Aunque nada fuera a solucionarse, me habría gustado oírselo decir. Algo en él transmitía seguridad, sin arrogancia, una calma que me hacía sentirme a salvo, como si no hubiera nada que no pudiera arreglarse.

Me controlé. No tenía sentido ablandarse pensando en él. Dios sabe qué pensaría de toda esta penosa historia cuando volviera a casa. No podría seguir engañándole durante mucho más tiempo sobre la recuperación de Bunty. ¿Qué pensaría de mí después? No hacía tanto que nos conocíamos y, aunque le había escrito con mucha frecuencia y había recibido sus primeras cartas de ultramar, aún estábamos al principio de la relación.

Me estremecí y, cruzando los brazos sobre el pecho para protegerme de la humedad, reanudé la marcha. Me lavaría la cara y me pondría presentable para ir a la oficina. Luego podría poner en práctica mi plan de mantenerme lo más ocupada posible hasta que consiguiera un empleo que ayudara en aquella guerra, hasta que pudiera dejar *La Amiga de la Mujer*.

253

Cuando me reincorporé al trabajo, todo el mundo sin excepción se mostró adorable conmigo. Kathleen incluso me esperaba en la tercera planta junto al ascensor; después de darme un abrazo, un abrazo apenado, recorrimos juntas los dos pisos hasta la oficina. Me rodeó con su brazo y me dijo una y otra vez lo mucho que lo sentía.

Apenas había cruzado las puertas del pasillo de *La Amiga de la Mujer* cuando aparecieron la señora Mahoney y el señor Brand, que me ofrecieron sus más cálidas palabras. El señor Collins debía de haberles contado lo ocurrido; fueron muy cariñosos conmigo. Deseando cambiar de tema, les di las gracias y les aseguré que me encontraba perfectamente para volver a trabajar. Kath pilló la indirecta y me hizo pasar a su pequeño despacho. Empecé a quitarme el abrigo cuando la señora Bird asomó por la puerta. Estaba resplandeciente.

Aquel conjunto negro emplumado y ese sombrero le daban el aspecto de un cuervo muy grande de camino a la iglesia.

—Ah, Emmeline —dijo con un tono prosaico, pero a un volumen aceptable y llamándome por mi nombre de pila, cosa que no había pasado antes—. Pensé en venir a ver cómo estaba. —Frunció los labios y adoptó un aire serio—. He oído que ha pasado por un mal momento. Días difíciles.

No era nada propio de la Editora Interina acercarse al despacho de Kathleen, en lugar de ladrar órdenes desde fuera. Fue un gesto tan asombroso como amable.

—Gracias, señora Bird —contesté—. Y gracias por darme una semana libre.

—Ningún problema —dijo, restándole importancia—. El señor Collins me puso al corriente de todo. Mal asunto. No son personas, son alimañas. Ha hecho bien en volver. ¿Floja?

Negué con la cabeza. No estaba acostumbrada a la señora Bird en modo compasivo. Miré a Kathleen que, petrificada en su sitio, nos observaba.

—Gracias, señora Bird —repetí—. Me encuentro bien, de verdad, gracias.

—Mejor así —contestó con una mezcla de entusiasmo y alivio al comprobar que yo no estaba haciendo nada tan odioso como llorar—. Lo mejor es mantenerse ocupada. Consagrarse al trabajo.

Me pregunté si era un buen momento para decirle que tenía la intención de dejar *La Amiga de la Mujer* y solicitar un empleo a jornada completa en el esfuerzo bélico, pero la señora Bird continuó.

—Bien. El señor Collins me ha dicho que tiene unas horas extras para usted. Perfecto para que recupere el ritmo.

Había vuelto a su habitual y preferido comportamiento de apisonadora humana.

—Hemos hablado de una tarde extra a la semana, y todo el día del lunes. Pero sigo necesitándola con mis cartas. La señorita Knighton tiene suficiente con el resto.

Asentí agradecida. Era justo lo que necesitaba por el momento. Si añadía más turnos en la estación, podría evitar darle vueltas a la cabeza. Lo único que tendría que hacer sería trabajar y dormir.

—No obstante, he de advertirle —dijo la señora Bird, maniobrando con sus cejas hasta formar una mirada que se volvió lechosa— que hemos tenido cierta Correspondencia Indigerible últimamente. Mucho. Desagradable, de hecho.

Las cartas. Ahora no, pensé. Ahora no.

La señora Bird me lanzó una mirada fulminante.

—Maldad, señorita Lake. No puedo imaginar qué les ha dado a nuestras lectoras, pero me temo que la señorita Knighton ha tenido que cortar varias cartas sumamente inaceptables en su ausencia.

Kathleen asintió y pareció avergonzada. Esperé, conteniendo la respiración.

—Espero, como es natural, que no se trate de Una Moda Asquerosa, pero le pido que abra bien los ojos y me informe de cualquier carta que sea de Mal Gusto. No debemos movernos en esa dirección.

—Desde luego —dije—. Estoy segura de que son cosas que pasan y ya está. —Me mordí la lengua. Tendría que ser más lista, no soltar un tópico tan absurdo y que podía irritar aún más a la señora Bird.

—Mmm —replicó ella amenazante, y luego se volvió hacia Kathleen—. Estaré en la sala de juntas discutiendo lo de los cubos de incendios.

Acto seguido, se fue.

Kath y yo nos miramos cuando las puertas de las escaleras se cerraron con un golpe.

—Ha sido muy amable —dije—. No me lo esperaba, la verdad.

—En el fondo, la señora Bird no es mala —dijo Kath—. Solo es...

Y entonces las dos dijimos al mismo tiempo:

—Asertiva.

Esto me provocó una leve sonrisa; la primera en muchos días. No era gran cosa, pero tenía que reconocer que era un alivio estar de vuelta. Nadie en *La Amiga de la Mujer* conocía a William o a Bunty. Egoístamente, no tener que preocuparme por el dolor de los demás me facilitaba las cosas.

Me senté en el borde de mi mesa y le pregunté a Kathleen si el señor Collins ya había llegado.

—Llegará de un momento a otro, me parece —dijo—. Está preocupadísimo por ti, Emmy —añadió—. Ha estado muy callado y bastante insoportable, si te soy sincera. —Miró hacia la puerta—. Estoy segura de que se alegrará mucho de verte.

No supe qué responder a eso, pero esperé que no montara un numerito. Para cambiar de tema decidí correr el riesgo y preguntar por La Moda Asquerosa de la que había hablado la señora Bird. Deseé con todas mis fuerzas que no hubiera despertado de nuevo las sospechas de Kath.

—¿Entonces hemos recibido correspondencia con sustancia? —pregunté, con el deseo de parecer que solo mostraba interés en concentrarme en el trabajo.

Me dolía la cabeza por la falta de sueño. Quería relegar a un rincón de mi mente lo sucedido. Ojalá Kath colaborara y no colgara un cartel moral de NO PASAR.

En su favor, cabe decir que entró al trapo. Se quitó una pelusa de la rebeca de lana e hizo una mueca.

—Pues sí. Algunas han sido un poco excesivas, si entiendes lo que quiero decir. Como tú no estabas, todos arrimamos el hombro. Incluso la señora Bird se encargó de algunas cartas en persona. Hemos estado recibiendo unas cuantas más de lo habitual, ¿sabes? —Kath se calló y miró detrás de ella, luego alargó la mano y cogió un montoncito de cartas—. Estas llegaron con el segundo correo de ayer. No las he abierto todavía, pero la señora Bird abrió personalmente una cantidad parecida. Resulta que había dos embarazos y una que preguntaba cómo conseguir el divorcio. No le hizo maldita la gracia.

Fingí cara de compasión.

—La señora Bird dijo que si estas eran la clase de personas que querían leer la revista, entonces tendríamos que tener una mirada severa sobre lo que estábamos escribiendo. Luego deberíamos tomar medidas para Subir El Listón.

Me encogí de hombros, perpleja, pero la cosa no sonaba bien. Kath cogió carrerilla y se puso a revisar distraídamente las cartas.

—Lo más triste de todo fue que recibimos una carta encantadora de una mujer que decía que la señora Bird la había ayudado mucho. Intenté enseñársela ayer porque pensé que le agradaría saberlo, pero me dijo que no tenía tiempo. La guardé pensando que a ti te animaría. —Kath me miró como disculpándose—. Lo siento, sé que difícilmente podría animarte, pero como siempre te interesas tanto por las lectoras, pensé…, bueno… En cualquier caso puedo tirarla y ya está.

—Oh, no, por favor. Me encantaría verla —dije.

Kathleen abrió el primer cajón de su escritorio y me entregó la carta. Tras darle las gracias, la añadí al resto del segundo correo del día anterior para poder leerla a solas y no dar pie a más comentarios sobre el tema. Luego me escabullí al pasillo para abrir todo el correo y esperar a que el señor Collins llegara.

Apenas había pasado unas horas en la antigua oficina de reporteros antes de mi semana de baja, pero ya le tenía cariño. Allí, al menos, tenía la sensación de estar en una oficina de periodistas de verdad: un pálido reflejo de mi sueño de ser corresponsal. Yo tenía una imagen romántica de *La Amiga de la Mujer* en su momento de máximo apogeo, con la oficina abarrotada de escritores en bullente actividad, compartiendo ideas, cigarros y bocadillos. Ojalá algún día volviera a ser así, cuando terminara la guerra. Encendí la luz y abrí una ventana. El olor a cerrado seguía oponiendo una obstinada resistencia al cambio. Luego me senté a la mesa de escritorio que había escogido. Estaba cerca de la puerta, así podría ponerme rápidamente en posición de firmes cuando el señor Collins me llamara; además, más allá de la ventana tapiada, me ofrecía una vista bonita aunque parcial de las azoteas de los edificios del otro lado de la calle.

Era hora de ponerse manos a la obra. Abrí la carta que Kath me había guardado.

257

Querida señora Bird:

Quería escribirle para agradecerle el consejo que tan amablemente me envió en respuesta a mi carta de hace unas semanas.

Me recordará como «Enamorada», la chica del piloto polaco,
con quien su madre le había dicho que no se casara.

Se me revolvió el estómago. Así que esto es lo que Kath
había querido enseñarle a la señora Bird. Me había librado
por los pelos.

Pues bien, señora Bird, he de decirle que mi nombre es Dolly Wardynski o, mejor dicho: señora de Mieczsław Wardynski.
¡Nos casamos ayer!

Me oí exclamar «¡Oh!» al tiempo que me llevaba la mano
a la boca con sorpresa. En medio de algo horrible, aquello era
maravilloso.

258

Leí su consejo cien veces y lo sopesé todo con mucho cuidado,
como dijo que debía hacer. Concluí con seguridad que no me importaba mudarme a Europa con Mieczsław después de la guerra,
o a América o adonde fuera. Sé que será difícil, pero, mientras
estemos juntos, no me importa. No obstante, pensé en todo ello
con el mayor de los cuidados, y mi marido (¡es tan emocionante
escribir esto!) y yo lo hablamos muy sensatamente, y él me dio
todas las garantías del mundo de que todo iba a salir bien.

He estado preocupada por mi madre, ¡pero usted me ayudó
a ser valiente! Mi madre y mi padre no están entusiasmados
con la noticia, pero estoy segura de que al final darán su brazo
a torcer.

Señora Bird, no puedo agradecerle lo suficiente su amabilidad.
Mi esposo se juega la vida en su trabajo, y ninguno de los dos
sabe realmente lo que pasará mañana. Sin embargo, ahora que
soy su esposa, me siento la chica más feliz del mundo.

Siempre suya,

Sra. de Mieczsław Wardynski (Dolly)

Escocia

Enamorada lo había conseguido. Fuera, un débil pero valiente sol intentaba hacerse un sitio entre las nubes de marzo. Mi alegría por Dolly solo se vio mermada por el triste hecho de que no podía contárselo a nadie. A nadie de *La Amiga de la Mujer*, naturalmente. Pero, cielos, cuánto disfrutaría Bunty si escuchara un final feliz tan encantador.

Volví a aterrizar en el suelo de un batacazo.

Pues claro que no podía contárselo a Bunty. ¿Cómo se me había ocurrido siquiera? La carta de una extraña que ahora tenía todo lo que Bunty había perdido no podría sentarle peor. Y, en cualquier caso, no había sido sincera con ella y le había ocultado que seguía escribiendo cartas en secreto. Era un pesado recordatorio de que, como mejor amiga suya, mi manera de proceder dejaba mucho que desear.

Con la moral por los suelos, apenas oí al señor Collins cuando entró en la sala. Solo levanté la mirada cuando cogió una silla de otra mesa y se sentó a mi lado.

No dijo nada, pero se inclinó hacia mí con aire pensativo, las manos cruzadas entre las rodillas. Era mi jefe día tras día, el hermano de mi nuevo novio fuera del trabajo, y ahora un hombre con el que había compartido la experiencia más terrorífica de mi vida. El excéntrico, temperamental, gracioso y ahora heroico señor Collins. No era de las personas que daban rienda suelta a sus emociones, pero por su mirada supe que luchaba por encontrar las palabras oportunas. Habría sido completamente inadecuado, pero infinitamente más reconfortante, permitirme rodearle el cuello con mis brazos y empaparle el abrigo entero como una lechuga en remojo. Pero eso habría sido en un mundo al revés.

Al final acercó la mano para tocarme el brazo, lo cual, dado que estábamos en la oficina, era todo un hito.

—¿Está bien? —dijo sosegadamente—. No tiene por qué estar aquí. Lo sabe, ¿verdad?

Asentí y solté mi respuesta estándar de que me encontraba bien. Él enarcó las cejas, pero no respondió. Una de las cosas que había aprendido en las últimas semanas es que no podías engañarle.

259

—Voy a presentar mi renuncia —solté—. Y solicitaré el ingreso en las fuerzas armadas a jornada completa.

El señor Collins asintió.

—Ya veo —dijo.

—Lo he pensado durante toda la semana. Quiero hacer algo que sea más útil —le intenté explicar—. Esto no es suficiente. Y, de todas maneras, van a empezar a llamar a las mujeres muy pronto. Así que voy a presentar mi renuncia.

Me preparé para un discurso del tipo Te Estás Precipitando.

—Lleva razón —dijo el señor Collins—. Puedo entenderlo. ¿Es esta su dimisión?

Cogió la carta de Dolly que seguía teniendo en la mano, pero, antes de poder detenerle, empezó a leerla.

—Santo cielo —dijo, asombrado—. Henrietta ha servido de ayuda. Está claro que los milagros existen.

—A veces lo hace —repuse rápidamente.

—Bien —dijo el señor Collins, dejando la carta en la mesa. Se volvió en su silla y miró por la ventana—. Un día agradable. La primavera ya está aquí.

Sin mirarme, siguió hablando como contemplando el paisaje.

—Es bueno saber que nuestra vieja revista no es una total pérdida de tiempo. Es una pena que se vaya. Tenía algunas ideas con las que esperaba que me ayudase. —Se volvió y me sonrió, muy cariñosamente—. No se preocupe. Sé que Bunty la necesita.

Una de dos, o el señor Collins leía las mentes, o tenía un sexto sentido. Yo quería enrolarme, pero si era del todo sincera (y un poco para mi propio asombro), no quería separarme tan pronto de él y de Kathleen.

—Me gustaría quedarme hasta que me acepten —dije.

Asintió ausente, con la mirada fija en uno de los tablones de anuncios.

—Buena idea —dijo—. A veces, con eso de las admisiones, son lentos como caracoles. Ah, sí, ahora recuerdo ese artículo —añadió, examinando más de cerca un recorte amarillento clavado en la pared. Cualquiera diría que estaba infinitamente más interesado en eso que en conseguir que me quedara—. Lo escribió un muchacho. No estaba tan mal.

Me pregunté si el Gobierno tenía idea del fichaje que sería el señor Collins para sonsacar cualquier clase de información al enemigo. Deberían dejarlo a solas con algunos espías.

Me vine abajo.

—Hum, la señora Bird me ha dicho que necesita usted mi ayuda. Discúlpeme si no he sonado amable.

—Dadas las circunstancias, creo que está usted a la altura de un soldado de caballería —dijo el señor Collins, que me miró a los ojos—. Ahora cuénteme cómo está Bunty y yo le explicaré qué es lo que necesito.

23

Con mucho amor, Emmy

*D*e repente, el señor Collins tuvo una desmesurada cantidad de trabajo que requería mi ayuda. Parecía improbable que estuviera compinchado con la señora Bird y en una misión secreta para mantenerme ocupada, pero, en cualquier caso, así me tenía. Además de pasar a máquina su trabajo, me pidió que le diese ideas para historias que pudieran gustar a la gente de mi edad. Un día me sorprendió de veras.

—¿Puede escribirme quinientas palabras sobre su trabajo en la Brigada contra Incendios? —dijo—. A nuestros lectores podría interesarles. Y una visión desde dentro sería estupenda.

Lo miré asombrada ante la idea de que *La Amiga de la Mujer* pudiera publicar algo escrito por mí, y luego lo intenté. Me dijo que no estaba mal como primer intento. Entonces me preguntó si quería ayudarle con un artículo gracioso sobre La Secretaria Ideal. Después me pidió que hiciera algunas pesquisas para él o que escribiera cartas a organizaciones solicitando información. Quiso que le diera ideas para escribir artículos que pudieran atraer a las chicas de mi edad y compuse una lista de sugerencias. Era interesante y mantenía mi mente ocupada. Hacía que me sintiera más cerca de ser una periodista de verdad. No es que siguiera albergando ese sueño, pero disfrutaba haciendo este trabajo y le estaba muy agradecida.

Trabajé largas jornadas en la oficina, hasta mucho más tarde de la hora prevista para volver a casa. Además, acepté todos los turnos posibles en la estación de bomberos. Volvía al apartamento a dormir, comer y escribir a Bunty (y a Charles de vez en cuando), pero, aparte de eso, no paraba. De lo contrario, sabía que me pondría a darle vueltas a lo sucedido.

Hice todo lo que pude para rellenar mi tiempo, pero lo más importante que dejé de hacer fue escribir a las lectoras. No importaba la ayuda que necesitaran o lo mucho que las ignorara la señora Bird.

Finalmente estaba haciendo lo que Bunty me había dicho que hiciera.

Me pareció que habían pasado cien años desde que me pidió que parase, aunque yo, con ciertos remordimientos, seguí haciéndolo. En aquellas circunstancias, no habría podido soportarlo.

Era horrible desairar a las lectoras, pero me mantuve en mis trece. El código moral de la señora Bird continuaba siendo tan impenetrable como siempre: o bien descartaba las cartas, o bien enviaba respuestas que habrían asustado a la mayoría de las personas, no digamos ya a aquellas que estaban atravesando un mal momento.

Estuve a un tris de contestar a una chica a la que la señora Bird despacharía al instante, pero no envié la respuesta. Cuando llegué a la firma, me detuve y rompí en pedazos mi contestación. Se había acabado lo de escribir y mentir.

En cambio, no dejé de escribirle a Bunty (todos los días), con la esperanza de que leyera algunas de mis cartas. Era como vivir en el papel y no en el mundo real. Lo prefería. Podía borrar cosas o empezar de cero si me expresaba mal. Pero Bunty no contestaba.

Así pues, seguí escribiendo, a veces de cosas importantes, como el funeral de William, pues, aunque me senté en la iglesia pensando que era la última persona del mundo que debía estar allí, pensé que Bunty querría saber un día lo hermoso que había sido.

A menudo escribía de cosas intrascendentes, de pequeñeces que a ella pudieran gustarle. Y que alguien me preguntaba por ella o le enviaba sus mejores deseos se lo contaba.

De hecho, era algo que me pasaba constantemente. Todos querían saber cómo estaba. Todos le deseaban lo mejor.

Miércoles 19 de marzo de 1941

Queridísima Bunty:

Hoy hemos pensando todos en ti.

Madre telefoneó para contarme que esta mañana el reverendo Wiffle había celebrado una misa especial por ti y por Bill.

Madre confeccionó los ramos para la iglesia. Escogió tus narcisos favoritos del jardín. Dijo que las flores y la misa…, que todo había sido precioso. Seguirán estando allí el viernes por Bill.

Con mucho amor,

Emmy x

Sábado 22 de marzo de 1941

Queridísima Bunty:

Sé que, si lees esto, te resultará muy duro, y siento mucho si es demasiado. Pensé que quizás un día querrías saber cómo fue el funeral, así que aquí va, por si acaso.

Oh, Bunts, ayer habrías sido la chica más orgullosa del mundo. Había casi trescientas personas en la iglesia. El padre de Bill vino de Cardiff, por supuesto, y lo primero que hizo fue preguntar por ti.

El pueblo entero estuvo presente. Muchos de los antiguos profesores de Bill; el señor Lewis hizo la lectura y le salió muy bien.

Todos los muchachos que pudieron bajaron desde Carlton Street, y la misma cantidad se acercó desde las brigadas locales también. El capitán Davies hizo el panegírico más hermoso. Dijo que Bill era uno de los mejores hombres, el mejor con diferencia. A continuación, me entregó las tarjetas que había escrito. Las he incluido en esta carta para ti.

Roy y Fred trajeron un libro. Está lleno de mensajes para ti y de cosas que la gente quería decir sobre Bill. Lo incluyo también en este paquete, y tu abuela te lo llevará todo para asegurarse de que no se pierda en el envío.

Cantamos el himno «Me comprometo a ti, mi país», y luego el Coro de la Brigada entonó «Oh, Jesús, he prometido», como tú habías pedido. Padre dijo que cuando cantaron «No temeré la batalla si tú estás a mi lado», pensó que el techo de la iglesia iba a hundirse. Lo cantaron con todo el corazón.

Creo que voy a dejarlo de momento.

Pensando en las dos.

Con mucho amor,

Emmy x

Sábado 29 de marzo de 1941

Queridísima Bunty:

Tu abuela nos ha dicho que te encuentras un poco mejor. No sabes lo felices que estamos.

Thelma ha dicho que quería enviarte cremas de menta, porque su Stanley ha gastado todo el azúcar de este mes para hacer algunas para ti. Pero aseguró que, después de probar una, tuvo miedo de que el resto terminara aplastado en el correo. Así que, para ahorrarse decepciones, esperará hasta que te pongas buena. También le preocupa que, si nadie se las come, terminen echándose a perder.

Pensé que esto te haría sonreír.

Con mucho amor,

Emmy x

Martes 8 de abril de 1941

Queridísima Bunty:

¿Cómo te encuentras? No estoy segura de si estarás leyendo estas cartas, pero me digo a mí misma que sí, y así me parece estar charlando contigo.

Hoy Kathleen ha preguntado por ti. Le he dicho que estabas mejorando muchísimo. Me ha pedido que te envíe este chal. Ha estado de baja otra vez por culpa de las amígdalas y lo ha tricotado mientras yacía en cama. Es para cuando te dejen salir al aire libre. Espera que te guste.

Con mucho amor,

Emmy x

P. S.: Le he preguntado a padre y me ha dicho que no hay peligro, la lana no transmite la amigdalitis.

Lunes 14 de abril de 1941

Queridísima Bunty:

Tu abuela dice que sales del hospital. Estoy tan contenta, de verdad, qué alegría.

Será maravilloso para ti volver al campo, y todos se alegrarán como locos de verte. Londres será raro sin ti. Sé que no nos hemos visto, pero ha sido bonito pensar que estabas cerca.

El señor Collins pregunta cómo estás. Le he dicho que de maravilla.

Buen viaje.

Con mucho amor,

Emmy x

P. S.: Estoy pensando en ir a casa el fin de semana que viene porque es el cumpleaños de madre, lo digo por si necesitas que te lleve algo del apartamento.

Y yo seguí escribiendo todos los días.
Pero Bunty no contestó.

24

Querida señora Bird ¿puede ayudarme, por favor?

*I*ntenté que mis cartas a Bunty abarcaran cosas que pudieran ser de su interés, o que, incluso, la hicieran sonreír. Apenas mencionaban mi día a día. Cualquier dato alegre habría dado la impresión de que me divertía mientras ella seguía contra las cuerdas. Por otro lado, cualquier dato triste habría dado la impresión de que era una quejica.

Nada me parecía satisfactorio, pero hice cuanto pude.

También le escribí a Charles; cartas sobre nada en concreto y que intentaban ser entretenidas. Le hablaba de cosas mundanas, cotidianas, que a él le gustaban porque, decía, mostraban una Vida Normal. Charles lamentó muchísimo lo de William, por supuesto. Le dio mucha pena lo que nos había pasado. Empecé a recibir cartas suyas con regularidad. Me habrían parecido encantadoras de no ser porque me sentía una farsante por contarle la maravillosa recuperación de Bunty, cuando en realidad hacía semanas que no la veía.

Casi un mes después de que aquella bomba cayera, no pude soportarlo más. Finalmente, le escribí para contarle la verdad, aun a riesgo de que no me contestara.

Queridísimo Charles:

Muchísimas gracias por sus últimas cartas; ayer llegaron dos juntas, lo cual fue precioso.

Siento no haber escrito esta semana. He estado postergándolo porque hay algo muy serio que debo contarle sobre el Café de

París. Tendría que habérselo contado hace semanas, después de que ocurriera, pero he sido una cobarde.

Verás, justo antes de esa noche, William y yo reñimos; fue una pelea horrible, y yo fui una estúpida y le acusé de tomar demasiados riesgos en el trabajo. Es todo muy feo como para entrar en detalles, pero dije cosas muy injustas y nunca tuve la oportunidad de disculparme como debía. Cuando visité a Bunty en el hospital, ella me contó que Bill estaba preocupadísimo y, como yo llegaba tarde al baile, él fue en mi busca para hacer las paces. Y entonces fue cuando lo mataron.

Bunty está disgustadísima y no la culpo por ello. Cuando le cuento que está mejorando, es porque se lo he oído a su abuela.

Charles, he sido una pésima amiga para ella y no tengo excusa. Siento mucho escribirle con un relato tan horrible, pero ya no puedo seguir mintiéndole. Si no quiere volver a escribirme, lo entenderé perfectamente.

Prométame que tendrá mucho cuidado, por favor.

Suya,

Emmy xx

P. S.: No le he contado esto a nadie del trabajo, pero si cree que debe decírselo a su hermano, lo entenderé, desde luego.

Envié la carta por correo con el corazón en un puño. No esperaba que me respondiera. Cuando llegó su siguiente carta, me costó reunir el ánimo suficiente para abrirla.

Mi querida Emmy:

Le escribo con prisas porque cambiamos de campamento otra vez esta noche, pero tenía que escribirle sin demora. Acabo de leer su carta (n.º 14) y desearía estar a su lado más que nada en el mundo. La rodearía con mis brazos y le diría que pienso que ha sido muy valiente con todo lo sucedido en el Café de París. También voy a ser duro con usted ahora y quiero que me prometa una cosa: no se culpe por lo ocurrido. Ni por un segundo. ¿Me oye, querida?

Puede que nos conozcamos desde hace poco, pero sé que usted nunca haría nada que hiriera a William o a Bunty. Sé que se preocupa mucho por ellos. Espero que no esté fuera de lugar decir que vi en William a un hombre muy decente y estupendo, y estoy seguro de que, como tal, entendería que usted solo quería su bien.

Debe de ser terrible para usted estar tan preocupada por Bunty. Su amiga recapacitará con el tiempo, estoy seguro.

Siga adelante, querida —escríbame cuando pueda—, sus cartas me alegran el corazón, pero dígame si está triste o inquieta, y no me importará, lo prometo.

Suyo con amor,

Charles xxx

P. S.: No mencionaré nada de esto a Guy. x

Nunca antes había escrito «con amor». Leí la carta decenas de veces. Era un verdadero alivio. Se había portado conmigo mejor de lo que jamás habría pensado. Era un pequeño rayo de esperanza que me infundió ánimos en los peores días, aunque no creí que tuviera razón con lo de que Bunty recapacitaría finalmente.

De todas maneras, seguí escribiendo a Bunty. Cada vez que echaba una carta al buzón lo hacía con los dedos cruzados para que respondiera, pero no servía de nada. La señora Tavistock mantenía a madre y a padre informados, y ellos me llamaban a mí con las novedades. Siempre se producían Muchísimos Progresos, aunque siempre venían matizados con un Pero Bunty Está Cansadísima o un Los Médicos Dicen Que Necesita Reposo. Ya ni siquiera padre tenía noticias suyas, porque la señora Tavistock había contratado a una enfermera privada para cuidar de ella, además de a algún médico muy moderno que, al parecer, era Increíblemente Bueno.

La echaba tanto de menos. Y también extrañaba a William. Aunque todos en la estación ponían su mejor cara, sabíamos que había dejado un enorme vacío. Luchaba por aceptar que ya nunca volveríamos a vernos.

Después de que trasladaran a Bunty de Londres a la

campiña, mis probabilidades de verla disminuyeron, pero tenía que reconocer que una parte de mí se alegraba de que estuviera más alejada del peligro. Hitler, que había fracasado hasta el momento, decidió aprovechar una gran oportunidad de aniquilarnos. Como el tiempo mejoró, la Luftwaffe no desaprovechó la oportunidad. Los ataques, si bien intermitentes, se reanudaron con más fuerza. Era casi peor que cuando llegaban cada noche. Nunca sabías si el blanco seríamos nosotros, en Londres, o si le tocaría el turno a Bristol, Sunderland o Cardiff. No nos procuraba ningún alivio que alguien, en algún otro lugar, se estuviera llevando la peor parte. Hitler no iba a llegar muy lejos con sus ataques, eso estaba claro, pero incluso Joan, que contaba con la resiliencia de un gladiador, preguntó con pesimismo si Ese Bicharraco del Demonio nunca se cansaría de intentarlo.

Los turnos extra en la estación de bomberos y las muchas horas en *La Amiga de la Mujer* me habían mantenido ocupada. La verdad es que daba las gracias por ello. Odiaba estar sola, pero no me apetecía nada salir con las chicas, por mucho que ellas insistieran en que las acompañara.

Habían transcurrido casi dos meses desde la noche del Café de París. En aquella época, a pesar de la fuerza que podía darnos el sol de mayo, a veces tenía la sensación de haberme convertido en una especie de autómata que aguantaba como podía, con una energía algo extraña. Aun así, sabía que el derrotismo no me iba a llevar a ningún sitio.

Una reluciente mañana en que la primavera parecía estar diciéndole al verano que espabilara y se pusiera a trabajar, crucé el vestíbulo para subir a *La Amiga de la Mujer* saludando con la mano a la recepcionista.

Entré en el ascensor, preguntándome si podría echarme un sueñecito rápido durante el trayecto de los tres pisos. Dos periodistas de *The Evening Chronicle* comentaban una gran historia de última hora, pero sin mencionar ningún nombre. Unos meses antes, yo habría aguzado el oído como una loca, al acecho de la pista de una exclusiva. Ahora cerré los ojos y deseé que el ascensor se quedara parado para poder sentarme en el suelo y dar una cabezada.

—Buenas, Kath —grité al abrir las puertas que daban al largo y oscuro pasillo de *La Amiga de la Mujer*.

Asomé la cabeza por la puerta del despacho de Kathleen, camino de aquel otro más grande que había hecho mío casi de forma permanente. Kathleen disfrutaba tanto como yo charlando un poco. Sin embargo, vi que su silla estaba vacía y que no había abrigo en el perchero.

La señora Bird salió de su despacho con semblante airado. La madre de Kathleen había llamado para decir que tenía un acceso de amigdalitis con muy mala pinta: tendrían que extirparle las amígdalas con Guerra O Sin Ella. Fue una demostración de debilidad por parte de la señora Bird.

—Deberían de haberla operado de pequeña —dijo—. Señorita Lake, tendrá que arrimar el hombro. El señor Collins tendrá que apañárselas sin usted.

Después de esto, volví a instalarme en la habitación de Kath: me dieron una montaña de papeleo para mecanografiar, antes de enviarme a un recado en el norte de Londres que implicó algunas palabras afiladas y un paquete con un fuerte olor a granja.

Cuando concluyó el día, profesaba un renovado respeto por Kathleen. Para ser alguien que no pasaba mucho tiempo en la oficina, la señora Bird generaba una ingente cantidad de trabajo. No era una cosa «tranquila» precisamente. Verificar la copia de todos los patrones, tarea que a Kathleen le llevaba unos diez minutos, a mí me llevó horas. Kath siempre sabía dónde estaba todo, tenía los teléfonos y las direcciones de los colaboradores de la revista en su cabeza. Además, sin armar el menor alboroto, siempre encontraba la manera de resolver cualquier cosa. A mí también me destinaban a interminables misiones: ora a entregar Importantes Paquetes para las Buenas Obras de la Señora Bird, ora a hacer cola para conseguir Suministros Vitales sin los que aquella mujer no podía arreglárselas.

Al final de esa semana, nuestro pequeño equipo no veía la hora de que Kathleen se reincorporara al trabajo. Yo me aplicaba con ahínco por entender las instrucciones gritadas y codificadas de la señora Bird (aunque con escaso éxito); el señor Collins tuvo que espabilar y empezar a hacer casi todas sus tareas administrativas él solo; y la señora Newton, de Anuncios, tuvo que venir más a menudo. La señora Bird no paraba de quejarse de que todo aquello era un engorro. Y, la verdad, nadie se atrevía a discutírselo.

Como consecuencia, tuve poco tiempo para repasar las cartas de las lectoras. Así pues, al lunes siguiente, llegué temprano para ponerme al día con el correo. Había un alegre montoncito de correspondencia, empezando por una carta en relación con la columna de cine del señor Collins, que le pedía una fotografía firmada. Eso me gustó. No podía esperar a ver la expresión del señor Collins. Seguro que le provocaba algún tipo de ataque.

Seguí con lo mío y abrí un sobre dirigido a «Henrietta al habla». La carta era de una lectora que, a sus cuarenta y cinco años, se peleaba con una Barbilla Difícil. Era exactamente la clase de escrito que era del gusto de la señora Bird, aunque sentí pena por Barbilla Difícil, pues seguramente recibiría un rapapolvo por aquella terrorífica vanidad, y A Su Edad.

La siguiente era más bien rara, no obstante. Escrita a máquina (no manuscrita) y sin sello ni dirección de la remitente, iba dirigida a la señora Bird. La firmaba Ansiosa.

Volví al principio y empecé a leerla.

> Querida señora Bird:
> ¿Podría ayudarme, por favor?
> Me da vergüenza escribirle, pero no sé qué otra cosa puedo hacer. Verá, estoy decepcionando a todo el mundo. A principios de este año resulté herida en un ataque aéreo y ahora pienso que he perdido los nervios. Cada vez que oigo metralla o ruidos fuertes, me sobresalto. No me gusta salir a la calle ni dejar la casa, y tengo miedo de no volver a ser como era antes.

Me detuve un momento. Ya antes había leído cartas como esa. Lectoras que habían pasado por aquel mismo trance tan horrible, pero que ahora se sentían avergonzadas porque creían que jamás serían capaces de pasar página.

No era justo que se sintieran así. ¿A quién le cabía en la cabeza que alguien pudiera superar, sin más, una experiencia tan horrible? En aquel momento, era más consciente que nunca. Antes de la bomba del Café de París, sentía lástima por las mujeres que escribían contando sus miedos, el súbito pavor que seguía al ruido de los disparos y de las explosiones, el simple temor a la oscuridad. Cosas que nunca antes habían experimentado. Contesté a algunas de ellas intentando ser amable. Y llegué a pedirle a la señora Bird que respondiera a una de esas cartas en la revista. Pero nada, no hubo manera.

—Fuerza de voluntad, señorita Lake —dijo—. Eso es lo que necesitan esas mujeres. El nerviosismo no ganará la guerra. Deberían recobrar la compostura y espabilar.

Era la señora Bird en su peor versión: cualquier indicio de debilidad se rechazaba de plano. Aquella mujer esperaba que nuestra resistencia no conociera límites, que fuera una fuerza imbatible. Si se enfrentaban a un mundo así, no era de extrañar que la gente tuviera miedo.

Por lo que yo sabía, era perfectamente razonable tener miedo de que te lanzaran una bomba. A nadie que estuviera en sus cabales podría resultarle indiferente. Y eso no significaba que fueras débil o que no quisieras luchar.

Me mordí el labio superior. Quizá no estaba siendo objetiva.

Pero no, no era eso. Aquella lectora (y todas las demás que habían escrito a la señora Bird, cualquiera de nosotras, para el caso) tenía motivos legítimos para dudar. Por mi parte, estaba convencida de que necesitaban un hombro amigo, no que las abroncaran por su pusilanimidad.

Volví a la carta.

Le prometo que no me estoy rindiendo en absoluto. Volveré

al trabajo en cuanto me lo permitan, y eso me ayudará a intentar superarlo. Pero me inquieta saber que estaré nerviosa, lo cual es antipatriótico y está mal, y me siento muy cobarde por ser tan vil.

Perdí a mi prometido hace poco y, como lo mataron, no creo que quiera volver a amar a nadie en mi vida.

Me incliné más sobre las palabras.

Ni siquiera quiero hablar con la gente, ni aun con mis mejores amigos.

¿Era posible que fuera Bunty?

Lo echo muchísimo de menos, ni siquiera puedo decirle cuánto, pero sé que hay mucha gente que está peor que yo y que debería espabilar. Hay cientos de chicas de mi edad trabajando para la guerra, al cuidado de sus familias y sacándolo todo adelante, y a mí me avergüenza reconocer que me he vuelto asustadiza, especialmente cuando oigo sirenas o aviones.

Supongo que a estas alturas pensará que soy muy débil, pero temo que vuelvan a suceder cosas espantosas. En su revista escribe sobre lo que debemos hacer por el esfuerzo bélico. ¿Qué debo hacer yo cuando lo único que siento es que soy una inútil y estoy sola?

Cordialmente,

Ansiosa

Dejé la carta en la mesa, me recliné en mi silla y miré por toda la oficina, como si la respuesta pudiera estar ahí, mirándome.

Luego emití un chasquido de frustración y miré el sobre. El matasellos era de Cheltenham. Eso no estaba nada cerca de Bunty, y yo sabía a ciencia cierta que ella no conocía allí a nadie.

Aun así...

Había sido una locura pensar que la carta podía ser

suya. Toda una estupidez. Si Bunty necesitaba hablar, me habría escrito a mí, no a la señora Bird, de entre toda la gente. Dejé escapar un fuerte suspiro, completamente desanimada.

Pobre Ansiosa. Volví a leer la carta y me sentí fatal por esa chica, visiblemente decaída. ¿Y si Bunty sentía lo mismo que ella? ¿Desmoralizada e incapaz de confiar en su mejor amiga?

Tenía que contárselo a Bunty. Tenía que contarle lo de esa chica. ¿Y si eso la ayudaba, o ponía las cosas en su sitio?

Querida Bunty:
Quería hablarte de una chica que ha escrito a la señora Bird, una chica asustada que se sentía fatal, que no tenía ganas de ver a nadie y estaba avergonzada por estar asustada.
Me ha hecho pensar en ti…

Pues sí, claro, este era exactamente el tipo de carta que una estaría deseando recibir después de que te hubieran hecho puré y de perder a tu prometido por culpa de la mujer que ahora te escribía para contarte lo destrozada y avergonzada que debías de sentirte.

Me sacudí los pensamientos sobre mi amiga. En el fondo no importaba que la carta no fuese de Bunty, porque seguía siendo enormemente triste. Una lectora que lo había perdido casi todo, pero que estaba desesperada por recuperarse y hacer más, responder a la llamada de arrimar el hombro.

Comprendí que no solo sentía pena por esa chica. Me sentía orgullosa de ella. Enormemente orgullosa por ser tan valiente como para reconocer que estaba asustada.

A fin de cuentas, ¿podía decir alguien que nunca se había sentido así, aunque solo fuera una vez? ¿Reconocerlo en secreto? ¿Solo ante nosotros mismos y así no decepcionar a nadie?

Recordé cómo William y los muchachos habían intentado sacar a los niños de la casa bombardeada. Yo me había quedado en la acera con un susto de muerte, sintiéndome inútil, aterrorizada por si uno de ellos moría aplastado. Había tenido miedo al correr hacia Coventry Street, temiendo lo que pudiera encontrarme, mientras las bombas caían sobre el Café de París. Y recordé la cantidad de veces que me había sobresaltado cuando sonaba el teléfono por la mañana temprano, o de madrugada, por si traía malas noticias.

Sin embargo, nunca se lo había dicho a nadie, porque no era eso lo que uno hacía. Los periódicos y la radio, y aun las revistas como la nuestra, solo hablaban de valentía, arrojo y espíritu. Narraban las batallas reñidas, los progresos realizados. Hablaban de nuestros logros, de sacar adelante los hogares, de que, cuando los hombres regresaran a casa, debían encontrarlo todo como antes, pues para eso estaban luchando. Te aconsejaban que estuvieras guapa, sobre qué peinado llevar y que no te descuidaras, porque así le demostraríamos a Hitler que nunca podría derrotarnos. Y, además de conservar intacto el hogar después de seis meses de bombardeos, esperábamos que nuestras lectoras lucieran una blusa bonita y lo que quedaba de carmín para las citas especiales y los idilios, cuando sus hombres volvían a casa de permiso.

¿Con qué frecuencia decíamos «bien hecho» a nuestras lectoras? ¿Con qué frecuencia les decía alguien a las mujeres que estaban haciendo un buen trabajo? ¿Que no tenían que ser de acero a todas horas? ¿Que no pasaba nada si un día se sentían más desanimadas?

Sabía cómo se sentía Ansiosa, sabía que necesitaba una amiga.

Hacía semanas de la última vez que había escrito a una lectora, cumpliendo a rajatabla mi promesa de no meterme en líos o de no decepcionar a Bunty. Nada de cartas, nada de colarlas en la revista. Hacer como si no existieran, daba igual si yo pensaba que podría ayudar, y mucho.

Pero esto era diferente. A esta tenía que responderle, y tratar de ayudarla. Abrí el primer cajón de mi escritorio, saqué una cuartilla nueva y la coloqué en mi máquina de escribir.

Querida Ansiosa:

Muchísimas gracias por su carta. Siento muchísimo que lo haya pasado tan mal. Todos deseamos que se recupere sin demora y le enviamos nuestro más sincero pésame por la pérdida de su prometido.

Sin darle más vueltas, pasé al estilo de hermana mayor que siempre había intentado utilizar para las cartas de las lectoras. Intenté parecer la clase de persona en la que confiarías, comprensiva y amiga cuando las cosas se tuercen.

Dicho esto, quizá le sorprenda lo que voy a decirle, pero quiero que sepa que ha hecho muy bien escribiéndome esa carta. Voy a ser muy clara con usted a este respecto y debe escuchar y tomar nota de mi consejo. No es una cobarde, no está decepcionando a nadie, debería sentirse muy orgullosa de sí misma por sacar fuerzas de flaqueza cuando las cosas van tan mal.

Ha resultado herida y ha perdido a alguien a quien quería mucho. Ni se le ocurra pensar ni por un momento que sentirse abatida o asustada es de cobardes o está mal. Estoy segura de que a nuestras lectoras no les importará si digo que muchas de nosotras entendemos cómo se siente.

Todas estamos haciendo cuanto podemos por garantizar que ganaremos esta guerra. Y, gracias a chicas como usted, la ganaremos. Sentirse abatida cuando le ha ocurrido algo malo muestra que es una persona normal y muy decente. Cualquier persona en sus cabales se sentiría abatida si perdiera a un ser querido.

Esta forma de pensar es exactamente por la que luchamos y gracias a la cual cierto loco nunca ganará.

Hice una pausa. «Sabía» que no me equivocaba y quería que Ansiosa lo supiera. Tecleé más rápido, armando gran estruendo con la máquina; las teclas casi saltaban de su sitio a medida que ganaba velocidad.

En todo el mundo civilizado, las mujeres como usted cuidan de sus seres queridos y salen adelante en tiempos muy difíciles, igual que usted intenta hacer ahora. Si Hitler se saliera con la suya, a nadie le preocuparían los demás o nada más que su persona y sus atroces ideas.

Pero, querida, debe saber que existe el fascismo y que Hitler es un loco.

El día en que dejemos de preocuparnos o de mostrar humanidad será el día en que nos rindamos. Así que no se preocupe si tiene ganas de llorar. Puede que no lo vea, pero es posible que se haya esforzado demasiado en ser valiente. No tenga reparos en hablarlo con sus amigos. No es antipatriótico contarle sus penas a una amiga íntima, y puede que descubran que pueden ayudarse la una a la otra.

Vacilé antes de intentar escribir la última parte de mi carta. ¿Había algo que pudiera decir que sirviera de ayuda?

Por último, me temo que no existe una respuesta sencilla sobre volver a enamorarse. Dese tiempo. Nunca tendrá que olvidar a su amor perdido y no tiene que buscar a otro enseguida. Ojalá tuviera una varita mágica para su caso… Por desgracia, no la tengo. Pero no se le olvide que no está sola.

Todo el mundo en *La Amiga de la Mujer* sabe que usted y otras muchas lectoras hacen un esfuerzo tremendo y están siendo extraordinariamente valientes.

Sentimos un orgullo desmedido por estar a su lado.

Y entonces paré. Normalmente firmaría con un «Atentamente, la señora H. Bird» y escribiría rápidamente la dirección en el sobre, pero entonces recordé que no tenía dónde mandar esa carta.

Solté el cabezal y saqué la cuartilla de la máquina, dejándola en mi mesa antes de apoyarme sobre los codos y hundir los dedos en mis cabellos.

La señora Bird nunca consideraría responder a esa carta en la revista. Aunque arrojara toda precaución por la ventana e intentara colarla en «Henrietta al habla», era demasiado larga como para traspapelarla entre las otras cartas y esperar que nadie reparara en ella. Ocuparía la mayor parte de la Página de Problemas ella sola. No había nada que hacer, salvo tirar la carta y mi respuesta al cubo de la basura.

Una mordaz ráfaga de viento sopló por la ventana abierta revolviendo los papeles encima de mi escritorio. Los aplasté con la mano para protegerlos.

No lo haría. No quería que esa carta se perdiera. Esa chica merecía algo mejor que ser ignorada. Nuestras lectoras merecían algo mejor. Bunty merecía algo mejor.

Me levanté de mi mesa y fui a cerrar la ventana. Luego fui caminando hasta el otro extremo de la habitación y volví otra vez. En cualquier momento, la señora Bird entraría dando órdenes a voz en cuello antes de salir de la oficina rumbo a una de sus Buenas Obras y delegando en los demás todo el trabajo. Echábamos mucho de menos a Kathleen. Habíamos tenido más follón desde su baja por enfermedad de lo que yo había visto en todas las semanas que llevaba en *La Amiga de la Mujer*.

¿Quién, después de todo, tendría tiempo de verificar «Henrietta al habla»? Con Kathleen fuera de la oficina, ¿quién repararía siquiera en que la Página de Problemas tenía un aspecto un poco distinto del habitual? ¿Quién repararía en que solo consistía en una carta y una respuesta?

Era una idea descabellada.

Mientras el corazón me latía salvajemente en el pecho, metí la carta junto con mi respuesta en un sobre grande marrón y escribí a mano en la cara delantera: SRA. MAHONEY: ESPECIAL HENRIETTA AL HABLA - PARA SU IMPRESIÓN.

Una voz familiar tronó desde algún punto del pasillo.

—¿SEÑORITA LAKE? ¿HAY ALGUIEN AQUÍ?

Como siempre, sonó como si alguien estuviera usando un megáfono.

279

—Ya voy, señora Bird —grité, levantándome y preparándome para más gritos.

—NO HACE FALTA QUE GRITE —respondió.

Tras dejar el sobre para la señora Mahoney en la bandeja de salida de mi escritorio y diciéndome que todo iría bien, corrí a atender su llamada.

25

Me llamo Eileen Tredmore

*E*l sobre marrón llegó hasta la señora Mahoney y los ti-pógrafos. Si tuve remordimientos de conciencia, algo que, en la quietud de la noche, de «todas» las noches, tenía, ya era demasiado tarde. La carta de Ansiosa y mi respuesta saldrían publicadas en la revista. Y ocuparían casi toda la media página de «Henrietta al habla». Nunca había hecho nada tan arriesgado.

Intenté sacármelo de la cabeza y concentrarme en otras cosas. Pronto llegó el día de Echar Las Campanas Al Vuelo, cuando, una semana después, Kathleen se incorporó al tra-bajo. Yo iba hacia su despacho con suministros de papelería cuando su carita sonriente asomó por las puertas principa-les de la oficina. Saludó entusiasmada con las dos manos, llamando mi atención al tiempo que susurraba un «hola». Todavía le dolía la garganta, pero estaba aquí.

—¡Oh, Kath, qué dicha volver a verte! —dije dándole un abrazo enorme.

Estaba feliz de tener a mi amiga de vuelta, y no era por-que fuera a asumir toda la carga de la señora Bird. La oficina había parecido un cementerio sin ella.

—La señora Bird ha sido como un oso con migraña el tiempo que has estado fuera —dije—. Y ha estado diciendo cosas buenas de ti.

Lo dije como un cumplido, pero Kathleen me miró asus-tada.

—No, es bueno —dije enseguida—. Dice que sabes qué

es cada cosa, lo cual es más de lo que puede decir del resto de nosotros.

—Caramba —dijo Kathleen con voz áspera.

Las dos sabíamos que eso era lo máximo a lo que la señora Bird podía llegar.

—Estará contenta de tu vuelta —dije, sabiendo de sobra que la señora Bird preferiría tirarse debajo de un autobús antes que reconocerlo.

Kathleen estaba encantada, y eso era lo importante. Se lo merecía más que nadie. Era fantástico tenerla de vuelta en la oficina, y yo me sentía con más ánimos que unas semanas antes.

De pie en el pasillo, a pesar de que se suponía que no debíamos hacer ruido, Kath y yo nos pusimos a charlar tranquilamente. A mí me habían enviado a otra Misión de la señora Bird el día anterior, que consistía en ir a Fortnum & Mason a buscar mantequilla en lata. No tenía mucho que ver con mis primeros sueños de convertirme en Corresponsal de Guerra, pero lo convertí en un relato divertido para que Kath pensara que todo iba sobre ruedas.

Me encontraba representando una parte espectacular de la anécdota, en la que hacía el papel de los dos asistentes de ventas, un hombre con un periquito y yo misma, cuando llegó el señor Collins, relativamente a su hora por una vez. Kath insistió en que contara de nuevo la historia desde el principio. Actué con más dramatismo incluso; por primera vez desde hacía siglos, el pasillo se llenó con el sonido de nuestras risas. Moviendo una grapadora en el aire para imprimir más efecto a mis palabras, rematé la historia.

—Y entonces dijo: «No lo creo, ¿usted sí, Gladys?» —concluí con una floritura, y mis colegas rieron con más ganas.

Fue en ese momento cuando llegó la señora Bird.

Nada más verla, supe que ocurría algo muy malo.

Por primera vez, la señora Bird estaba callada. Se había deslizado por el pasillo, casi como yendo sobre ruedas, sin alborozo ni anuncios en voz alta. Su semblante era rígido, no solo adusto, que era lo habitual. Tenía una mirada cargada de veneno.

Kathleen y el señor Collins le daban la espalda, pero cuando mi sonrisa se borró, ambos se volvieron y se hicieron rápidamente a un lado del pasillo para cederle el paso. La señora Bird no les hizo el menor caso. No me quitaba los ojos de encima.

El señor Collins la miró primero a ella y luego a mí.

—Buenos días, señora Bird —dijo él con perfecta educación.

La señora Bird no respondió.

—Buenos días, señora Bird —repetimos Kathleen y yo.

Ella seguía mirándome. Nunca había visto a nadie con una mirada tan gélida. Nadie se movió. Entonces, todavía sin desviar la mirada, rebuscó en su enorme bolso negro y sacó un trozo de papel.

—Esto —dijo con voz siniestra— es una carta.

Si sus gritos me habían parecido más bien espeluznantes, no eran nada comparado con lo de ahora. Estaba blanca como el papel y parecía que iba a explotar.

—Esta es una carta que han enviado con mi nombre —dijo entre dientes—. En ausencia de personal de apoyo, yo misma la abrí ayer. Señorita Lake, ¿le gustaría saber qué dice?

Logré decir que sí con la cabeza.

Todavía sin quitarme los ojos de encima, la señora Bird entregó el trozo de papel al señor Collins.

—Señor Collins, si es tan amable.

El señor Collins le cogió la hoja sin hablar.

Deseé, más que esperarlo, que el señor Collins apuntara algún comentario, que dijera algo para quitarle hierro al asunto. Algunas veces era capaz de hacerlo. Esta vez, sin embargo, se limitó a hacer como le ordenaban.

«Querida señora Bird —empezó—. Soy la señora Eileen Tredmore. Creo que se ha puesto en contacto con mi hija personalmente, a la que conocerá como señora de Mieczsław Wardynski.»

El señor Collins levantó la mirada hacia la señora Bird y luego hacia mí. Yo tenía que estar más pálida que la señora Bird. Era tal la cantidad de sangre que había abandonado mi rostro en un instante que tuve que recuperar el aliento para asegurarme de que no iba a desmayarme. En cuanto oí el nombre, supe que, finalmente, me habían pillado.

—Siga leyendo, señor Collins —dijo la señora Bird.

El señor Collins se aclaró la garganta tímidamente y prosiguió:

—«La señora Wardynski es mi hija. Se llama Dolly Tredmore y tiene diecisiete años. Hasta el mes pasado vivía conmigo y con mi esposo en nuestra casa de Uxbridge, en Middlesex.»

Tragué saliva. Tenía la garganta más seca que un desierto. Diecisiete era una edad terriblemente temprana para casarse, incluso durante la guerra. No se me había ocurrido que Dolly pudiera ser tan joven. Tendría que haber necesitado el permiso de sus padres para casarse. «He estado preocupada por madre —había escrito—, ¡pero usted me ayudó a ser valiente!»

Yo había dado por hecho que habría hablado del asunto con sus padres.

—«Debería usted saber —leyó el señor Collins— que hace unas semanas mi hija se fugó a Escocia para casarse con un hombre de veintiún años del que cree estar enamorada. En contra de nuestros deseos, sin nuestro consentimiento y, como he descubierto recientemente, basándose en su consejo.»

El señor Collins dejó de leer y, alisándose los cabellos con la mano que tenía libre, se volvió hacia la señora Bird:

—Disculpe, señora Bird, pero no entiendo nada.

Finalmente, ella desvió sus acerados ojos de mí.

—Pienso que descubrirá, señor Collins —dijo ella—, que la señorita Lake ha estado jugando a un jueguecito.

Empecé a pensar frenéticamente. ¿A santo de qué había decidido la señora Bird que esto venía de mí? Y, más concretamente, ¿qué podía alegar yo en mi defensa?

—Yo…

—Falsificó mi firma. Gravemente —espetó la señora Bird, que estaba a un tris de perder los nervios—. La señora Tredmore tuvo la gentileza de incluir la carta que su hija había recibido, en papel con membrete de *La Amiga de la Mujer*, firmado con una tinta negra azulada como «Señora Henrietta Bird». Una notificación espantosa que, ciertamente, yo no escribí, con una firma en color que nunca uso. Aunque, tengo la convicción, es una de las preferidas de la señorita Lake. Por no mencionar el hecho de que usted, señorita Lake, es la única persona que tiene acceso a la correspondencia de mis lectoras.

Se me acercó amenazadoramente.

—De verdad, señorita Lake —dijo la señora Bird—, que no creo que sea un caso a la altura de Agatha Christie, ¿no le parece? A menos que vaya a sugerir que hay alguien más implicado.

No tenía más alternativa que confesar.

—Lo siento —dije con un hilo de voz—. He sido yo. Solo quería ayudar.

Si había creído que confesar era buena idea, me equivoqué de pe a pa. El señor Collins y Kathleen se volvieron rápidamente a mirarme, boquiabiertos. El horror de Kathleen era terrible, pero mucho peor fue ver el semblante del señor Collins, absolutamente horrorizado.

—No sabe cómo lo siento, señora Bird —repetí—. No quise hacerme pasar por usted.

A medida que las palabras salían de mi boca, sonaban cada vez menos convincentes. ¿Cómo podía nadie escribir una carta entera, firmarla con otro nombre, escribir las señas, enviarla y aun así no querer hacerse pasar por otra persona?

Me había acostumbrado demasiado a escribir las cartas. Si bien había escrito en nombre de la señora Bird, la preocupación y las palabras de consejo eran mías. Había tenido todo el sentido del mundo para mí. La señora Bird ni siquiera miraría esas cartas y yo solo intervenía para ayudar.

285

Ahora sonaba ridículo.

Seguía sujetando la grapadora que cinco minutos antes había meneado en el aire, en mi actuación para hacerles reír. Mis manos estaban ahora tan sudorosas que me costaba sostenerla. Con frecuencia me había preguntado qué sucedería si me descubrían, pero nunca había imaginado cabalmente el efecto que tendría en mis amigos.

Kathleen, haciendo algo que la honraría de por vida y excediendo la llamada del deber, habló.

—Quizá, señora Bird —susurró—, ha sido un estúpido error. Estoy segura de que Emmeline no quería…

No podía dejar que Kathleen se inmolara por mí. Ya era cosa segura que iban a despedirme. Sería peor aún si encima arrastraba a mi amiga conmigo.

—Tranquila, Kathleen —intervine—. Gracias, pero no pasa nada. Esto es todo culpa mía. Lo siento muchísimo de verdad, señora Bird. Iré a buscar mis cosas ahora.

Hice ademán de ir al despacho a buscar mi abrigo y mi sombrero. No estaba muy segura de si la señora Bird llamaría a los guardas de seguridad o si me echaría ella misma a la calle.

Pero la señora Bird no pensaba hacer nada de eso.

—¿Exactamente QUÉ cree que está haciendo? —gritó, finalmente perdiendo los estribos—. Sinceramente, ¿no creerá que puede largarse de aquí tan ancha? Señorita Lake, ¿ha perdido usted el juicio?

Su rostro había adoptado ahora un furioso tono morado.

—¿Cuántas? —siseó—. ¿Cuántas de estas ha escrito?

Kathleen me miró con desesperación, deseando claramente que dijera: «Solo esta».

—No estoy segura —dije, lo cual era cierto. Hice algunas sumas en mi cabeza. La verdad es que eran unas cuantas si las juntabas todas—. Hum. Posiblemente unas… ¿treinta? ¿O unas pocas más?

Noté que me sonrojaba. Si los otros pensaron que era porque me sentía culpable, se equivocaban. Era porque había perdido la cuenta.

No me atreví a pensar siquiera en las cartas que había colado en la revista. Si la señora Bird las descubría, no quería ni pensar en cómo reaccionaría.

—¿Treinta? —dijo Kathleen con un grito ahogado, los ojos como platos.

Incluso la señora Bird quedó desconcertada.

—Santo cielo, Emmy —dijo el señor Collins entre dientes, y la señora Bird lo fulminó con la mirada.

No me atrevía a mirarle. Él tenía la cabeza gacha y no me miraba. Mantuvo los ojos clavados en el suelo.

Tenía que reconocer que treinta parecía una cantidad considerable. No era posible explicarlo como un error bienintencionado. Había actuado a espaldas de todos a una escala gigantesca.

—Ya veo —dijo—. ¿Todas ellas firmadas con mi nombre?

Asentí miserablemente. Quise decir que todas habían sido para personas a las que quería, a las que nosotros, *La Amiga de la Mujer*, queríamos haber ayudado. Que unas cuantas lectoras habían escrito para dar las gracias, incluidas las que habían leído los dos problemas publicados en la revista, y que se habían sentido fortalecidas por la respuesta. Y que, de hecho, pensara lo que pensara su madre, Dolly Wardynski se había casado con el hombre al que amaba y ahora era inmensamente feliz. Pero no dije nada de esto, porque, a la desnuda y fría luz del pasillo de *La Amiga de la Mujer*, escribir cartas con el nombre de otra persona, fuera cual fuera la razón, estaba llana y sencillamente mal.

—Señorita Lake —dijo la señora Bird—, ¿se da cuenta de lo serio que es esto? No sé ni por dónde empezar. Fraude, calumnia, difamación… La policía se tomará esto muy en serio.

—¿La policía? —dije con un gritito.

—Desde luego.

La señora Bird hizo una pausa. Antes de que pudiera hablar más, el señor Collins intervino.

—A ver, un momento de tranquilidad todo el mundo. Vamos a mantener la calma, mucha calma —dijo mientras la señora Bird lo miraba furiosa—. Henriet…, señora Bird, por favor. —Luchaba por encontrar las palabras adecuadas—. La señorita Lake se ha comportado como una chica joven muy estúpida. —Me lanzó una mirada casi tan furiosa como la de ella—. Pero estoy seguro de que podemos resolver este delicado asunto sin necesidad de llamar a la policía.

Vi claramente que cavilaba a toda velocidad.

—Al fin y al cabo, sería, bueno…, mala publicidad. Sí. Esto podría perjudicar incluso a Launceston Press.

Era un argumento inspirado; tuve ganas de abalanzarme sobre él y darle las gracias cien mil veces.

—Estoy seguro —concluyó— de que esto puede solventarse como es debido sin que salga de las paredes de esta redacción.

—Ya he informado a lord Overton —dijo la señora Bird.

Lord Overton. Ahora sí que me dio un buen mareo. El hombre que estaba a cargo de todo. El hombre al que yo hubiera querido impresionar por encima de todo.

Teníamos todas las de perder, pero el señor Collins no claudicaba.

—Y bien que ha hecho —dijo, logrando combinar heroicamente respeto, encanto y preocupación al mismo tiempo—. Lord Overton sabrá sin ninguna duda qué es lo mejor que hay que hacer en este caso. En consulta con usted, desde luego.

La señora Bird frunció los labios y, durante mucho rato, se quedó pensando. Puede que hubiera perdido los estribos y estuviera a dos pasos de llamar a la policía, pero también era enormemente leal a Launceston y al nombre de Overton.

—Hmm —dijo—. Veremos. —Luego se enderezó en toda su admirable estatura y, como si tener que dirigirse a mí fuera la tarea más desagradable de su vida, dijo simplemente—: Señorita Lake, ha distorsionado mi imagen, la de la revista, sus empleados y sus colegas, que quizá vieron en usted a una amiga. Si tiene la fortuna de que no presente cargos contra usted, y no hay garantía de eso, que sepa que el cese de su empleo y las referencias que escriba de usted significarán el fin de cualquier carrera que quiera seguir.

Está suspendida de sueldo, con efecto inmediato. Señor Collins, a la sala de juntas.

Dicho esto, se volvió sobre sus talones y salió por la puerta.

Se produjo un silencio incómodo. Kathleen ponía cara de tierra, trágame, y el señor Collins parecía tener una lucha interna buscando algo que decir.

La señora Bird llevaba razón. Había decepcionado espantosamente a mis amigos.

La expresión de su rostro era horrible.

—Kathleen, señor Collins —empecé a decir—. Lo siento mucho, muchísimo. Solo quería ayudar. No creí que…

El señor Collins levantó la mano para hacerme callar.

—Emmy —dijo, mirándome finalmente—, ¿qué cuernos ha hecho?

Kathleen parecía más afligida que antes. Si el señor Collins no encontraba las palabras, ¿qué esperanza quedaba entonces?

Abrí la boca para intentar disculparme de nuevo, pero el señor Collins me cortó.

289

—No —dijo—. No quiero saberlo, la verdad. Usted solo espéreme aquí hasta que vuelva. Y, por el amor de Dios, intente no hacer ningún otro destrozo entre tanto.

Y luego se fue.

Durante un rato, Kathleen y yo guardamos silencio. No tenía ni idea de qué estaría pensando, pero yo buscaba desesperadamente en mi cabeza algo que decir que la convenciera de que solo había deseado hacer el bien. Me importaba enormemente lo que pensara.

Finalmente, habló. Tenía una mirada espantosamente triste y pude ver que sopesaba cada una de sus palabras.

—No te preocupes —dijo despacio—. El señor Collins lo solucionará. Todo saldrá bien.

Querida Kathleen. Querida y bondadosa Kathleen, siempre buscando el lado bueno de las cosas.

En ese momento, las puertas de *La Amiga de la Mujer* se volvieron a abrir y yo di un respingo a casi un metro del suelo, esperando ver a la señora Bird flanqueada por la policía. Pero para mi ilimitado alivio era Clarence, que llevaba en la mano un fardo con el nuevo número de esta semana.

—Buenos días —dijo un tanto desconcertado. Claramente, se olió que pasaba algo—. Vengo a traeros vuestros ejemplares.

—Gracias, Clarence —dijo Kathleen, y por una vez el chico no se puso rojo ni apareció el pánico en su voz.

Me pasó el fardo a mí como si fuese una bomba sin detonar y salió por la puerta poniendo pies en polvorosa.

—Bueno —dijo Kath, forzando una sonrisa—, al menos tenemos algo que leer mientras esperamos.

No tuve agallas de devolverle la sonrisa mientras la seguía al minúsculo despacho.

—Me dejarás que te lo explique, ¿verdad, Kath? —dije.

—Desde luego —contestó con voz ronca—. De todas maneras, se supone que no puedo hablar.

Kathleen empezó a quitarse el abrigo y el sombrero, inclinándose para colgarlos en el perchero del rincón.

Dejé el fardo de revistas en su mesa. Como de costumbre, los impresores habían envuelto los ejemplares en una sección más grande e integral de la revista. La familiar sección de la página de «Henrietta al habla» me miró fijamente.

Ahí estaba. Clara como el día. La carta de Ansiosa que yo había incluido en la revista.

26

Absolutamente nada que perder

*E*n cuanto el señor Collins regresó de la sala de juntas, le conté lo de la carta que había incluido en la revista. Impresas, la carta y mi respuesta habían ocupado casi toda la página. Cuando finalmente la realidad me sacudió, hasta yo me pregunté en qué había estado pensando.

Supuse que el señor Collins se pondría furioso. En vez de eso, después de un momento de incredulidad, se mostró totalmente derrotado, y eso fue mucho peor. Después de decir Santo Cielo (dos veces), se quedó muy callado antes de dar una respuesta.

—Lo siento mucho, Emmy —dijo—, pero no sé cómo voy a arreglar todo esto.

Y entonces me mandó a casa.

No sabía qué hacer.

Fui andando de vuelta al piso, aturdida, sin apenas fijarme en lo que me rodeaba, y tardé mucho más que la hora que solía durar el trayecto. Por lo general, si volvía andando de *La Amiga de la Mujer*, jugaba a mi juego favorito por Fleet Street. Intentaba adivinar quién era periodista, quién volvería corriendo a la oficina con una exclusiva de máximo nivel. Hacía apenas unos meses pensaba que podría contarme entre ellos. Pero aquel día iba cabizbaja. Ya no tenía nada que ver con el periodismo.

Sin demasiado entusiasmo busqué un autobús, pero no quería sentarme ni estarme quieta. Si me sentaba en el autobús, es probable que apoyara la cabeza en las manos y gritara. En vez de eso, puse todo el empeño posible en recomponerme. Menudo fraude de persona estaba hecha.

Para todo el mundo era un día laborable normal. Mientras recorría Victoria Embankment, me preguntaba si alguien podría adivinar que estaba totalmente acabada. Todo el mundo parecía tener algún sitio al que ir, algo importante que hacer. Mozos de correos pasaban corriendo con sus paquetes, funcionarios con aires de importancia iban de camino al Ministerio de Abastecimiento, mujeres de los suburbios parpadeaban bajo el sol de mayo mientras esquivaban sacos de arena o salían del metro.

Quería huir, esconderme, o sencillamente dejar de existir durante un tiempo. ¿Cómo iba a arreglar las cosas?

No sabía cuánto tiempo tendría que esperar para tener noticias del señor Collins o de la señora Bird. La idea de esperar en el apartamento en silencio, rodeada de recuerdos de Bunty y Bill, era demasiado. Supuse que podría volver a casa de mis padres, pero la idea de contárselo todo me llenaba de vergüenza.

Volví caminando el largo trecho a casa. Me paré junto a Millbank y perdí la mirada en el Támesis. Aquella noche tendría que presentarme en la estación de bomberos con una sonrisa alegre y mirarlos a todos a los ojos. ¿Qué pensaría Thelma de mí? ¿De nuestras charlas secretas y consideradas sobre las lectoras? ¿Pensaría que la había estado utilizando por sus consejos?

Y, en cuanto a decírselo a Charles, solté un gemido, motivo por el cual una señora que iba empujando un cochecito me miró alarmada.

¿Se lo contaría el señor Collins? Entendería que le escribiera de inmediato para informar a su hermano del tipo de chica con la que había estado a punto de salir. No podía soportar esa idea. Charles había sido tan amable en sus cartas, había mostrado tanta preocupación por lo del Café de París… Siempre se había mostrado optimista, dándome ánimos con todo, y había sido particularmente honesto cuando le escribí sobre William. Pero estaba segura de que me había pasado de la raya. Daba igual si se enteraba por su hermano o por mí, porque seguro no querría volver a saber de mí cuando estuviera al corriente de la verdad.

Todo empeoraba a cada paso. Había defraudado a mucha gente. Y, lo peor de todo, tendría que darle explicaciones a mi mejor amiga.

Mi querida y adorada Bunty. Ahora, más que nunca, deseé que siguiéramos siendo amigas. Bunty sabría qué hacer. Por supuesto, entendería que se pusiera furiosa contra mí por estropearlo todo en el trabajo. Pero sabía que se pondría de mi lado.

Cuando por fin llegué al apartamento, ya estaba decidida. No tenía absolutamente nada que perder.

Antes de que fuera oficial y mi familia y mis amigos descubrieran la verdad, procuraría hablar con Bunty una vez más. Un intento más para decirle en persona lo mucho que lo sentía.

El teléfono estaba en el vestíbulo de la planta baja. Era de color verde jade, lo cual resultaba inusual y tremendamente ostentoso. Bunty había convencido el año anterior a la señora Tavistock de que lo comprara. La señora Tavistock lo odiaba y decía que era el tipo de cosa que podría encontrarse en casa de actores de amantes, pero lo compró a pesar de todo.

293

Sonreí con tristeza al sentarme junto a la consola de palisandro. Entonces, antes de que pudiera cambiar de idea, comuniqué con el operador para establecer la conferencia.

—Hola, ¿la señora Vincent? —le dije al ama de llaves de la señora Tavistock cuando se estableció la comunicación—. Emmeline Lake al aparato. ¿Podría hablar con la señora Tavistock, por favor?

La señora Vincent vaciló y después dijo que vería si la abuela de Bunty estaba en casa. Esperé, poniéndome de pie por los nervios y retorciendo el cable verde del teléfono entre los dedos. Después de varios minutos, oí que alguien cogía el auricular.

—Emmeline, qué agradable sorpresa —dijo la abuela de Bunty—. ¿Estás bien?

—Sí, gracias, señora Tavistock —mentí—. ¿Usted está bien?

La señora Tavistock afirmó que sí, y después preguntó si hacía buen tiempo en Londres. Confirmé que hacía bueno y le pregunté qué tiempo hacía en Little Whitfield, donde resultaba que también hacía bueno.

Todo, al parecer, iba de primera.

Al final, después de aguantar una conversación tortuosamente amable sobre las flores tardías de primavera en el jardín de la señora Tavistock, conseguí reunir suficiente valor.

—Señora Tavistock —dije, lanzándome—, ¿sería posible hablar con Bunty, por favor? Es decir, si se encuentra con bastantes fuerzas para saludar.

Era la primera vez que me atrevía a preguntar desde el hospital. Seguí retorciendo el cable del teléfono, que corría el riesgo de tensarse hasta romperse.

Contuve la respiración. A pesar de que mi vida era un desastre y espantosamente desesperanzadora, si pudiera saludar a Bunty, si ella me dejara preguntarle cómo se encontraba, todo lo demás dejaría de importarme.

La señora Tavistock tardó un rato en contestar. Se aclaró la garganta y dijo con mucha suavidad:

—Lo siento, Emmeline. Bunty no se encuentra del todo bien para hablar por teléfono.

Se hizo un corto silencio mientras yo buscaba una respuesta. Tenía un Plan B en la manga y quizá pudiera pillar a la señora Tavistock con la guardia baja.

—De acuerdo —dije, procurando sonar alegre—. Entonces quizá podría pasar por allí a verla. Sería solo un minuto. No tendría ni que levantarse para ir al teléfono ni hacer nada que la pueda fatigar. Solo tendría que quedarse donde está. Solo sería un minuto.

Pero la señora Tavistock no era fácil de convencer.

—Lo siento, Emmeline —dijo—. Bunty no recibe ninguna visita. Verás, se ha ido. Lo siento, Emmy —repitió—. Bunty no quiere hablar.

27

El mismísimo lord Overton

La señora Tavistock no pudo darme detalles sobre el paradero de Bunty, pero dijo que le transmitiría mis mejores deseos. Después de aquello, perdí toda esperanza. Pasé los días siguientes dando largos paseos junto al río y procurando no pensar en el futuro. O en cualquier otra cosa.

Una semana después, fue casi un alivio que me llamaran de Launceston House, aunque fuera para enfrentarme al mismísimo lord Overton. En lo que a la señora Bird concernía, despedirme al instante era la salida fácil. Con la publicación de la carta de Ansiosa en la revista, resultaba casi inevitable que cumpliera su amenaza de denunciarme. No sabía qué podría hacer en ese caso.

A las doce y media, el día en el que tenía que enfrentarme a uno de los hombres más influyentes del mundo del periodismo en una audiencia disciplinaria, no había ni rastro del señor Collins. Pensé que estaría allí, pero no: estaba sola. No podía culparle por amedrentarse. Me pregunté si volvería a verle a él o a su hermano.

Nunca antes había visto al propietario y director de Launceston Press, pero, mientras esperaba en el despacho de lord Overton con mi mejor traje y preguntándome lo enfadado que estaría, lo reconocí de inmediato. Se parecía al retrato a tamaño real que dominaba la marmórea entrada del vestíbulo, y aunque no hubiera existido tal retrato, grandes fotografías suyas, con aspecto de hombre de Estado, muy severo, lucían en todas las plantas del edificio. Ahora lo tenía delante, una figura prominente de pobladas cejas blancas, sentado detrás de una gigantesca mesa de teca, exactamente como una vez imaginé que sería el jefe de la Editora Interina de *La Amiga de la Mujer*.

A un lado del escritorio estaba sentada la señora Bird con cara de granito, rígida, con una furia latente y el enorme abrigo negro emplumado puesto.

—Y bien, señorita Lake —dijo lord Overton, mirando a través de sus gafas de media luna lo que yo imaginé que sería un documento con la lista de mis ofensas—, ¿he de entender que usted aconsejó intencionadamente a las lectoras de *La Amiga de la Mujer* suplantando el nombre de la señora Bird?

Dicho así parecía mucho peor.

Lord Overton parecía estar hablando con alguien que hubiera perdido por completo la razón.

—Sí, señor —dije yo—. Me temo que sí. Aunque no diría que intencionadamente —añadí, lo cual hizo que la señora Bird casi se cayera de su silla.

—¡Protesto! —gritó, volviéndose hacia lord Overton fuera de sí.

El director enarcó una ceja.

—Lord Overton —dijo la señora Bird, agitándose en su asiento—, no solo suplantó mi nombre, sino que abusó de él y del de *La Amiga de la Mujer* y del de Launceston Press... con la porquería más peligrosa y desinformada. Tiemblo al pensar en qué les habrá dicho a otras lectoras. Y, además de eso —prosiguió, mientras lord Overton parecía querer hablar—, se ha comportado con una falta de ética absoluta, congraciándose con los empleados veteranos para medrar en su carrera. Ver para creer.

Lord Overton se quedó mirándome por encima de sus gafas, dijo «mmmm» y desvió la vista a su informe.

—Señorita Lake —dijo—, esto parece un catálogo de engaños realmente extraordinario. Y repito: «extraordinario». ¿Tiene algo que decir en su defensa?

La señora Bird estaba siempre tan enfadada por todo que ya casi me había acostumbrado. Hoy estaba encolerizada, pero me lo había esperado y no me sorprendió en absoluto. Lord Overton, en cambio, era distinto. Apenas unos meses antes, me había emocionado tanto la idea de trabajar en su empresa que ni siquiera presté atención durante mi entrevista. Estaba desesperada por causarle buena impresión, pero todo lo que sabía de mí estaba escrito en el dichoso informe que tenía en la mano. «Un catálogo de engaños.» No era de extrañar que me mirara como si fuera rematadamente tonta, un insulto a su imperio editorial.

No podía permitir que pensara tan mal de mí. No podía negar las acusaciones, pero batiría el cobre antes de caer.

Lord Overton esperaba una respuesta. Respiré hondo.

—Señor —dije—, me gustaría decir lo mucho que siento todas las inconveniencias que he provocado. Me he disculpado con la señora Bird incondicionalmente y entiendo que mis actos son indefendibles.

Proseguí sin tomar aliento. por si acaso pensaba que había concluido.

—No obstante, lord Overton, no pretendía suplantar la identidad de la señora Bird ni hacer nada que mancillara su nombre. Solo respondí a las lectoras porque la señora Bird dijo que ella no lo haría porque sus problemas eran inaceptables… Y la lista de cosas que obviar es muy larga. —Lancé aquello como comentario al margen—. De todas formas, muchas de ellas parecían muy tristes, preocupadas y abatidas. En algunos casos escribían como último recurso. Y algunos de sus problemas son sencillamente espantosos. Todas ellas se esfuerzan al máximo, y sus maridos están lejos, o no tienen a sus hijos con ellas. O si los tienen, se sienten desesperadas también por si les cae una bomba, como les ha ocurrido a algunas. Y están cansadas y…, y a veces se sienten «solas», y cuando eso ocurre, se enamoran del hombre que no deben y…

—SEÑORITA LAKE.

La señora Bird gritó hasta desgañitarse. Se había levantado de un brinco con cierta agilidad y parecía clarísimo que iba a pegarme.

297

—DE VERDAD, ESTO ES INACEPTABLE.

Yo no tenía nada que perder.

—No, señora Bird —dije, alzando la voz—. Está usted siendo injusta.

La señora Bird se llevó la mano al pecho mientras abría la boca.

—De verdad que lo siento muchísimo —le dije rápidamente a lord Overton, bajando la voz de nuevo y, por todos los medios, procurando parecer una adulta razonable, no una niña petulante—. Pero, a decir verdad, señor, yo solo quería ayudar. Quizá no sepa gran cosa, pero sé lo que es ser joven y sentirse un poco perdida, y sé lo que las demás revistas dicen y hacen por sus lectoras —dije, casi rogando—. Responden a los problemas modernos. También venden muchos ejemplares —añadí.

Me quedé sin fuelle, y concluí descorazonada. Había ensayado lo que había deseado que fuera una defensa bien pensada y bastante digna, pero no hice uso de ella. Este tenía que ser el final.

Se oyó un golpecito seco en la puerta, que se abrió de golpe antes de que lord Overton tuviera la oportunidad de decir «adelante». El señor Collins entró presuroso en la sala. Estaba más desaliñado que de costumbre, con el pelo sucio y la corbata a media asta. No eran formas de presentarse en una audiencia así, pero a mí me daba igual. Me encantó verlo allí.

—Buenas tardes —dijo—. Lord Overton, señora Bird. Les pido disculpas por el retraso.

La señora Bird puso cara de Pero ¿Qué Pintas Trae?, pero frunció el ceño silenciosamente mientras lord Overton saludaba al señor Collins y aceptaba cordialmente sus disculpas. Observé que su relación era familiar, aunque no se trataran del todo como iguales.

—Bueno, Collins —dijo el director—. Menudo lío se ha armado, ¿no le parece? Un espectáculo deplorable. La señora Bird me informa de que fue usted quien contrató a la señorita Lake, ¿no es así?

—Así es, señor —respondió el señor Collins.

—Sin consultarlo conmigo —interrumpió la señora Bird.

—Si no recuerdo mal, señora Bird —dijo el señor Collins cortésmente—, usted estaba fuera de la oficina, y además se encontraba muy ocupada durante esa época.

—Importante Trabajo de Guerra —le cortó la señora Bird, aprovechando la oportunidad de dirigir la discusión—. Lord Overton, he de decir que el señor Collins no puede opinar en este caso sin ser imparcial. Me temo que mantiene Relaciones Personales con la acusada.

Las cejas de lord Overton se enarcaron hasta sus cabellos.

—Dios santo —dijo—, ¿es eso cierto?

Miré al suelo sin saber qué me avergonzaba más: que se dirigieran a mí como La Acusada, lo cual me hacía parecer una asesina, o el hecho de que la señora Bird acabara de sugerir algo tan peregrino.

—Creo que la señora Bird se refiere a mi hermano menor —dijo el señor Collins con absoluta tranquilidad—. La señorita Lake conoció a Charles y se está carteando con él mientras está en el ejército. No es ningún secreto. De hecho, creo que es algo muy decente. Las cosas ahí fuera son tan duras… Lo siento, señor…, quería decir que son muy duras.

Incluso el señor Collins sabía que era preferible no decir palabrotas.

—Las cosas como son. Seguro que está haciendo un buen trabajo —dijo lord Overton—. Esto no es relevante para esta discusión. —La señora Bird protestó, pero no le hicieron caso—. Bueno —prosiguió lord Overton dirigiéndose a mí—, señorita Lake, aunque admiro la pasión con la que habla de nuestras lectoras…

El corazón me dio un vuelco. La señora Bird intentó interrumpirle, pero lord Overton alzó la mano para pedir silencio. Por un momento, me sentí esperanzada. Pero fue solo un momento.

—Pero el hecho sigue siendo que, sin pedir permiso, decidió mantener correspondencia en nombre de la señora

Bird. Comprenderá que eso es del todo inaceptable. Por muy buena intención que haya tenido, ha dañado la reputación tanto de su Editora Interna como de *La Amiga de la Mujer*. De verdad que no puedo…

—Por favor, no me despida, lord Overton —dije desesperada.

—Señor, ¿puedo decir algo? —preguntó el señor Collins al mismo tiempo.

—¿Cómo? —dijo lord Overton, que empezaba a perder la paciencia—. Tengo otra reunión. Bueno, adelante, Collins, pero vaya al grano.

—Gracias, señor. Lo haré —asintió el señor Collins—. Vengo ahora mismo del Departamento de Publicidad. Tengo cierta información que me parece que querrá oír. —Sacó su cuaderno de periodista del bolsillo y lo abrió casi por el final, sin dejar de hablar mientras buscaba la página—. Verá, resulta que *La Amiga de la Mujer* parece estar recobrando su vigor.

Lord Overton dijo «Mmm» y «Prosiga».

—Según el señor Newton, nuestro contable, las suscripciones han aumentado significativamente durante los dos últimos meses, y las lectoras han dado el visto bueno a los artículos en los que la señorita Lake ha participado directamente. Varias novedades que yo he introducido han sido idea suya, y ha hecho que la cosa mejore también en la sección de ficción. No voy a aburrirle con todo esto —añadió, apurado al ver que lord Overton alzaba la mano para mandarle callar—. Pero además…

—De acuerdo, Collins, con esto basta —dijo Lord Overton.

—ESTO ES UN ESCÁNDALO —bramó La señora Bird, haciendo que todos diéramos un respingo—. El señor Collins está siendo totalmente parcial. ¿He de recordarle la pésima carta antipatriótica que imprimió a mis espaldas la semana pasada? ¿Dedicarle casi una página entera de solidaridad a una lectora angustiada? Cualquiera diría que trabajamos para Hitler. Lord Overton, no le haga caso.

—Eso salió por error —mintió el señor Collins sin alterarse—. Los ingresos de publicidad han subido un noventa por ciento —continuó.

—¿De veras? —preguntó lord Overton, interesado—. ¿En qué periodo?

—Durante las últimas cuatro semanas —dijo el señor Collins como sin darle importancia—. Quizá tengamos que añadir una hoja más, siempre que podamos hacernos con suministros de papel. El señor Newton cree que tenemos muchas posibilidades de darle un giro a las cosas.

—Lord Overton, de verdad que debo…

—MUCHAS GRACIAS, Henrietta —estalló lord Overton—. De verdad, la he oído perfectamente. En fin. Antipatriótica. Yo no diría tanto. Le enseñé la carta en cuestión a mi mujer y ella consideró que era una respuesta del todo amable. Me gustó bastante la parte en la que llamaba bufón a Hitler.

—POLÍ-tica, lord Overton —chasqueó la señora Bird, recordando a mitad de la palabra que no debía gritar—. En *La Amiga de la Mujer* ¿dónde acabará la cosa? En bolchevismo, ahí acabará.

—Malas noticias para «¿Qué hay en la cazuela?» —susurró el señor Collins—. Yo diría que nada más que coles.

—Difícilmente yo lo llamaría bolchevismo —dijo lord Overton, que parecía empezar a aburrirse—. Yo diría más bien que puso a ese lunático en su sitio. Y ahora: ¿podrían todos guardar silencio?

La señora Bird parecía que iba a morir allí mismo.

Todos permanecimos en silencio. Lord Overton chascó la lengua y se puso a cavilar sobre el asunto. Al final habló de nuevo.

—Lo siento —dijo—, pero el hecho es que la señorita Lake… Por el amor de Dios, ¿esa es mi secretaria? ¿Y qué ocurre ahora?

Todos miramos hacia la puerta. Pudimos oír que la secretaria de lord Overton le decía a alguien, con firmeza, que no podía recibirle ahora.

—De ninguna manera —oímos que decía.

301

—Lo siento mucho —dijo una voz femenina—, pero es que tengo que…

La puerta del despacho se abrió de par en par.

—¿Qué demonios es esto? —dijo lord Overton, ahora llevado al límite.

—¡Espere! —exclamé ante mi sorpresa. Después añadí suavizando la voz—: Espere.

Ahí, en la entrada, peleando resueltamente por mantener la puerta abierta sin dejar caer una enorme bolsa de correo hasta los topes, estaba Clarence.

Y con él, pálida, raquítica, con una cicatriz morada en la frente y apoyando todo su peso en un bastón, estaba Bunty.

El señor Collins cruzó la sala y le ofreció el brazo. Bunty se apoyó en él y pasó lentamente.

«Bunty había venido.»

Se me escapó una mezcla de sollozo y carcajada, un sonido irreconocible de persona chiflada.

No tenía la más leve idea de qué hacía aquí, pero no importaba. No importaba que estuviera al borde del despido y que todo lo demás fuera un desastre. Bunty estaba mejor, o al menos camino de estarlo, y había venido, y yo tendría la oportunidad de hablar con ella.

De pronto, me entró miedo. Tendría que dar bastantes explicaciones. No podría ir corriendo a decirle lo mucho que lo sentía y ya está. ¿Y si había venido por alguna razón que yo desconocía y no para verme a mí? ¿Y si aún me odiaba?

—Hola, Em —dijo Bunty, con la sonrisa más valiente del mundo iluminándole el enjuto rostro.

Ignorando su aspecto, tan frágil, pasé por delante de lord Overton y le di un abrazo enorme.

—Lo siento mucho —dije. Sentí que debajo del abrigo no había más que pellejo y huesos—. Lo siento muchísimo.

—No te preocupes —dijo Bunty—. De verdad. No pasa nada.

—¿Alguien podría decirme qué está sucediendo?

Bunty se apartó de mí y, con su sonrisa más encantadora, se presentó:

—Lord Overton, siento mucho interrumpirlo. Me llamo Marigold Tavistock, y yo escribí la carta que se publicó en la revista de la semana pasada. La carta a la que Emmeline contestó. Y este es Clarence, a quien he conocido abajo.

El semblante de lord Overton decía claramente No Tengo Ni La Más Remota Idea De Quién Es Toda Esta Gente.

Me quedé mirando a Bunty con la boca abierta mientras ella continuaba:

—Clarence acaba de traer esto. Está lleno de cartas, señor. Dirigidas a *La Amiga de la Mujer*. A las lectoras les ha gustado lo que Emmy ha escrito. Al parecer, también les ha gustado mi carta.

—Señor —dijo Clarence, para sorpresa de todos, incluso del propio Clarence, pues sonó como un barítono perfecto, como salido de un coro masculino de Gales.

Estupefacto, prefirió dejarlo ahí y se concentró en observar desde cierta distancia y en actitud tan noble como su nueva voz.

Lord Overton tenía la expresión de alguien que se pasea por una exposición de arte moderno y no se molesta en fingir que nada de aquello tiene sentido. Entornó los ojos y miró con recelo. La señora Bird se había quedado sin palabras, pero estaba roja como un tomate y no paraba quieta. Como si, de un momento a otro, fuera a poner un enorme huevo debajo de su emplumado abrigo.

—¿Cómo es posible que lo haya visto tanta gente? —dijo lord Overton—. *La Amiga de la Mujer* tiene una tirada de hormiga. Sí sí, sé que las suscripciones han crecido, pero ¿tanto?

El señor Collins se movió inquieto.

—Esto…, bueno…

—¿Qué ocurre, Collins? ¿Qué ha hecho ahora?

—Bueno, señor, le hablé de la carta de la señorita Tavistock a un amigo periodista de la Asociación de la Prensa —dijo el señor Collins—. Les pareció un enfoque bastante curioso sobre las jóvenes en la retaguardia y la difundieron: sinceridad, valentía y todo eso. Le han dado bastante cobertura. De hecho, nos ha venido muy bien.

303

—Lord Overton, señor, he pensado que quizá querría ver alguna de las cartas —dijo Bunty—. Por eso he pedido a Clarence que las suba todas.

No tenía ni idea de cómo Bunty se había enterado de todo esto. Estaba casi tan asombrada como lord Overton.

—Llegarán más, estoy segura —dijo Bunty—. Oh, lord Overton, por favor, no despida a Emmeline ni llame a la policía. Ha sido una estúpida de remate, pero no lo hizo con maldad, y de veras que no volverá a hacerlo.

Bunty miró al director y le ofreció una sonrisita tan triste que casi me eché a reír. Yo también intervine, asegurándole que haría todo lo que se me pidiera a partir de entonces.

—Me temo, señoritas —dijo lord Overton, impasible—, que esto es una cuestión de negocios, no de miraditas y caras tristes, por conmovedoras que resulten. De todas formas, aquí nadie va a llamar a la policía… Henrietta, antes de que diga nada, entiendo exactamente cómo se siente y no la culpo. Todo este asunto es deshonroso. Pero no voy a dejar que mi organización se convierta en el hazmerreír de todos. —Impaciente, miró el reloj historiado que había en la repisa y pareció impacientarse—. El arresto de una aprendiza de periodista daría mucho juego a la competencia. Y en cuanto a la prensa sensacionalista…

—Lord Overton —interrumpió una voz ahogada a mi lado—, he de protestar. Esto es un ultraje. Voy a tener que dimitir. Todo este asunto —dijo la señora Bird, cogiendo carrerilla— es un disparate. Consultaré a un abogado.

Lord Overton inspiró profundamente.

—Henrietta —le dijo, casi en un aparte—, ha amenazado con dimitir semanalmente desde que volvió.

—Podría demandarlos —dijo la señora Bird.

—No lo haga, se lo ruego —dijo lord Overton con un tono más dócil—. Sería toda una novedad.

Por un espantoso momento pensé que el señor Collins iba a ponerse a reír, pero logró transformar su risa en una tos. Lord Overton no habría sido más incendiario ni prendiéndole fuego al abrigo de la señora Bird.

—Ya veo —dijo ella, reuniendo dignidad de cada fibra de su cuerpo—. Siendo así…

Con un último y majestuoso meneo de plumas y crepé, la señora Bird pasó por delante de todos nosotros y salió de la estancia.

Lord Overton volvió a suspirar, no sin regocijo esta vez.

—Bueno —dijo cuando la puerta se cerró de un portazo—, por muy entretenido que haya sido este episodio, y es que no me divertía tanto desde que mi abuelo me hizo pasar una semana en la sala del correo en 1889… Sí, joven, no me mire así… —Clarence había olvidado sus nobles modales. Casi se desmaya—. Decía que este asunto ya me ha robado demasiado tiempo. Señorita Lake, no voy a tomarme esto a la ligera. La señora Bird tiene toda la razón. Su comportamiento ha sido intolerable. No ha sido un desastre total, en vista de la cantidad de cartas recibidas, pero la cuestión no es esa. No puede ir por libre, fijando sus propias reglas.

—No, lord Overton —dije, poniendo toda mi atención—. No se repetirá.

—Necesita que alguien la guíe y la tenga vigilada como un halcón.

—Sí, señor.

—Pero parece entender bien a la juventud.

Me miró pensativo.

—Y si esta reacción nos dice algo es que usted ha tocado una tecla. *La Amiga de la Mujer* lleva décadas en la familia, aunque he de admitir que estaba algo dejada. Preferiría que no zozobrara y pereciera. Seguiré hablando de esto con el señor Collins. Ahora, por favor, señorita Lake, salga de mi despacho y llévese consigo a sus amigos.

No me moví. El señor Collins puso los ojos en blanco con gran teatralidad.

—Aún No Ha Perdido Su Empleo —dijo lord Overton, aclarando lo obvio, pues yo parecía corta de entendederas—. No vuelva hasta el lunes.

Luego se volvió hacia el señor Collins.

—Collins —dijo el director—, va a tener que encargarse de ella. Y para demostrar que la señorita se lo tomará en serio, quiero que la tirada se duplique en los próximos tres meses. Si logra usted eso, quizá permita que la señorita Lake se quede con nosotros.

—Eso está hecho, señor —dijo el señor Collins con brío.

Lord Overton me miró de nuevo y bajó las cejas.

—Jovencita, tiene usted mucha chiripa. Muchísima chiripa. Ahora, márchense y déjenme tranquilo. —Hizo una pausa, y estoy segura de que le vi reprimir una sonrisa—. Y, por el amor de Dios, que Henrietta no se entere de que he dicho «chiripa».

28

Nunca te has rendido

*E*mpecé a darle las gracias profusamente a lord Overton, pero él ya se había vuelto y se dirigía a la licorera de cristal. El señor Collins me hizo una seña para que saliera antes de que el director cambiara de opinión. Mientras Clarence volvía a sacar fuera la bolsa de correo y bajaba las escaleras corriendo, Bunty y yo le seguimos con sigilo.

Cuando la puerta se cerró detrás de nosotras, la guie hasta un amplio sillón Chesterfield en la sala de espera, fuera de la oficina de lord Overton. Parecía exhausta y espantosamente frágil.

La secretaria de lord Overton, la señorita Jackson, nos miró desde su mesa, adonde había regresado para cumplir con su cometido de centinela. Pensé que nos iba a decir que nos fuéramos, pero me equivoqué.

—Está bien —dijo, poniéndose en pie—. Podéis sentaros. No queremos que se nos desmaye nadie y que nos descoloque las cosas. —Sonrió a Bunty—. Acabo de leer tu carta para *La Amiga de la Mujer*. No te preocupes. Has sido muy valiente. Bien hecho.

Bunty me miró sorprendida, pero satisfecha.

—Bueno —añadió la señorita Jackson—, os doy cinco minutos, mientras le preparo el té a lord Overton.

—Creo que su señoría se ha pasado a algo un poco más fuerte —expliqué.

La señorita Jackson me miró.

—Hmm. Le habéis causado buena impresión, ¿eh?

—dijo, y después se volvió de nuevo hacia Bunty—. A ti también te traeré una taza. Siéntate, y si te encuentras tan mal como aparentas, mete la cabeza entre las rodillas. Sin ánimo de ofender.

A continuación nos dejó a solas.

Durante un rato, ninguna de las dos dijimos nada. Habían pasado tantas cosas… A estas alturas, concluido el drama del día, Bunty estaba visiblemente agotada. Luché por encontrar las palabras.

—Desde luego, has empujado a lord Overton a la bebida —dijo ella, alzando la vista hacia mí con un esbozo de sonrisa. Después se quedó sin fuelle y se miró los zapatos.

Alentada por el hecho de que este era exactamente el tipo de comentario propio de la antigua Bunty, volví a intentarlo.

—Gracias por…, bueno, por venir hoy —titubeé—. ¿Cómo lo has sabido?

—Vi mi carta —contestó Bunty—. En *La Amiga de la Mujer*. Y tu respuesta. Sabía que la habías escrito tú, pero no podía creer que apareciera allí. Por lo que habías dicho, supuse que la señora Bird no lo habría permitido. Así que me las arreglé para ponerme en contacto con el señor Collins, que me lo contó todo. Dijo que estaba intentando arreglar las cosas, pero que era un poco complicado. —Hizo una pausa—. No pude evitar pensar que era culpa mía. A fin de cuentas, si yo no hubiera enviado la carta, tú no habrías respondido en la revista. La escribí desde la casa de reposo a la que me enviaron. Albergaba la esperanza de que adivinaras que era yo.

Fue perdiendo fuerza al tiempo que una ola de angustia le barría la cara antes de proseguir.

—Sé que eso fue una estupidez —dijo—. Tenía que haberte escrito a ti. Pero no me vi capaz. Después de tantas semanas sin responderte… —Después se puso terriblemente triste—. Lo siento mucho, Em. Tenía que haber hablado contigo. Me he portado fatal.

La miré asombrada.

—¿Que «tú» te has portado fatal? —dije, sentándome en una silla a juego—. Pero, Bunts, todo es culpa mía.

Había ensayado un millón de veces en mi cabeza lo que le diría si tenía la ocasión, pero ahora Bunty estaba aquí, en el despacho de lord Overton (ni más ni menos), y me resultaba difícil encontrar las palabras precisas. Me asustaba muchísimo hablar de lo que había ocurrido.

—Lo he estropeado todo —dije al fin—. No me refiero a *La Amiga de la Mujer*, aunque sé que fui una idiota por escribir a las lectoras. Pero eso no importa.

Respiré hondo.

—Lo estropeé todo con Bill —proseguí—. Tenías razón. Es culpa mía que muriera.

Bunty empezó a decir algo, pero yo negué con la cabeza y me dejó continuar.

—Nos peleamos por nada. No era asunto mío y tenía que haberme quedado al margen. —Sentí que mi voz se quebraba—. No debí llegar tarde al… —Me costaba nombrar aquel lugar—. Al Café de París. Ha sido todo culpa mía. Lo siento mucho, Bunty. De verdad.

Ella me cogió de la mano y la estrechó con fuerza.

—No, Em. No ha sido culpa tuya. No ha sido culpa de nadie. —Se mordió el labio, concentrándose en sus palabras—. Lo digo en serio. Bill me contó lo de las peleas. Me dijo que habías intentado arreglar las cosas, pero que él no te dejó.

Me miró directamente a los ojos.

—Emmy, no fue culpa tuya. Ni se te ocurra pensarlo. Si él no hubiera ido a buscarte y yo no hubiera ido a buscar los teléfonos para llamarte, ambos habríamos vuelto a nuestros asientos.

Su voz se estremeció, pero no apartó la mirada.

—Em —susurró—, «todos» los que estaban en esa sección murieron. Todos. —Tragó saliva con fuerza—. Al principio te culpé a ti, Em, pero no fue culpa tuya. Estaba furiosa por haberlo perdido. Creo que lo único que quería era hacerle daño a alguien. Yo soy quien debería pedir disculpas. Y, de hecho, ¿sabes que fue lo peor de todo?

Negué con la cabeza. Los ojos de Bunty se llenaron de lágrimas.

—Pues la idea de perderte a ti también. Ya tenía bastante con la muerte de Bill. Pero, sin ti, habría sido como quedarme sola. No sé en qué estaba pensando cuando lo hice.

—No puedo ni imaginarlo.

—No he sabido gestionarlo bien —explicó Bunty—. Lo que dije en la carta iba en serio. Soy un fiasco. En cambio, tú sigues adelante. No te rindes.

—Me rendiría —dije rápidamente—. Caramba, si yo hubiera estado en tu lugar, me habría subido por las paredes. Además, mira la que he armado aquí. He sido una maldita inútil de narices.

Bunty se enjugó los ojos de nuevo y logró sonreír.

—¿Todos los periodistas maldicen o qué?

Le devolví la sonrisa.

—Eso parece. Tampoco es que yo pertenezca al mundo del periodismo, la verdad. He estado al margen hasta ahora, prácticamente. Que aparecieras con Clarence y con toda esa correspondencia, me ha salvado. Tú y el señor Collins y su historia de los ingresos de la revista.

—No —dijo Bunty—. Han sido tus cartas, Em. Me salvaron cada día. Leía todas las que me enviabas. Incluso cuando no sabía qué contestarte, tú nunca te rendiste. Y por mucho que se torcieran las cosas, por mucho que me desesperara, siempre sabía que llegaría una carta tuya. Siempre confiaste en mí. Así que al final supe que tenía que hacer lo mismo.

No sabía qué decir. Había muchas posibilidades de que me echara a llorar justo cuando la señorita Jackson regresara. Intenté concentrarme en el presente y no en el pasado.

—Todavía me cuesta creer que hayas venido a la oficina, Bunts. Y que interrumpieras así a lord Overton. Ha sido como una escena de película. Siempre tan heroica…

—No ha sido premeditado —dijo Bunty, sorprendida consigo misma—. Se suponía que había vuelto a Londres para ver cómo me sienta ir al apartamento. A mi abuela le preocupa un poco. Ahora mismo me está esperando allí. De hecho —prosiguió—, a mí también me preocupa un poco. Lo que pasa es que, bueno, ya sabes, ver las cosas de la boda…

—Madre y yo recogimos un poco —dije cariñosamente——. Tuvimos mucho cuidado.

Ella pareció agradecida pero inquieta.

—¿De veras? Gracias.

—Por supuesto, todo sigue allí. Para cuando tú quieras verlo.

Bunty volvió a morderse el labio. Yo insistí.

—Bueno —dije—, ¿tienes previsto regresar?

Ella asintió.

—A no ser que te hayas buscado otra compañera de piso —logró decir.

—Bueno, Clarence es muy joven —dije.

—Y el señor Collins es muy viejo —dijo Bunty a propósito, al verme mortificada—: Qué pena que no tenga un hermano pequeño.

Ambas nos echamos a reír.

—Nunca hablabas de Charles en tus cartas —prosiguió Bunty—. ¿Va todo bien?

Asentí.

—Eso espero. No pensé que pudiera interesarte.

—Qué boba eres, pues claro que me interesa —dijo Bunty—. Quiero saber todo lo que ha ocurrido. Te he echado muchísimo de menos, Em.

Por detrás de la puerta de madera de roble que conducía a la oficina de lord Overton se oyó una carcajada profunda.

Bunty y yo intercambiamos miradas.

—Eso es buena señal —susurró Bunty.

—Cruza los dedos —dije yo—. Volverás a Londres, ¿verdad, Bunts?

Asintió.

—Si no te importa que vaya dando bastonazos por la casa —dijo, mirando su bastón y dando en el suelo un golpe seco con la punta.

—No seas tonta —dije—. De todas formas, dentro de poco estarás pululando por ahí como si nada.

—Voy a tardar una eternidad en subir al piso —observó Bunty—. Le he preguntado a la abuela si no le importa que

311

usemos algunas de las habitaciones. A decir verdad, no es que le emocione que vuelva, pero dijo que, si queríamos, no había problema.

Bunty no necesitó explayarse más. Yo sabía que no era por las escaleras. Nuestro apartamento estaba lleno de recuerdos.

—Podríamos tener un inquilino —propuse animadamente.

—¿Te imaginas la cara de la abuela si lo hacemos? —bromeó Bunty—. Le daría un ataque.

—Alguien que tenga su visto bueno —sugerí entre risas—. Un noble en apuros. O quizás alguien del Instituto de la Mujer.

—¿Y del trabajo? —añadió Bunty, mostrándose muy interesada—. En el Ministerio de Guerra hay toneladas de personas que necesitan alojamiento.

—Gente *top secret* —dije yo—. O incluso...

—¡ESPÍAS!

Lo exclamamos al mismo tiempo.

—Podríamos alquilar el sótano —añadí.

—Oh, sí —dijo Bunty, urdiendo un nuevo plan—. Sería estupendo. La señora Harewood, la vecina, conoce a muchos Tipos Interesantes. Europeos Desplazados, Franceses Libres...

—Y todos necesariamente infiltrados —interrumpí, fingiendo saber mucho—. De nuestro bando, claro.

—Claro —dijo Bunty—. La verdad, Em, creo que es una gran idea. Podríamos acoger a todo tipo de personas interesantes. —La carita delgada de mi mejor amiga se iluminó—. Oh, Emmy —dijo—, ¡estoy tan contenta de haber vuelto!

—Y yo —dije, sonriendo—. Venga, Bunts. —La tomé del brazo mientras ella apoyaba su peso en el bastón para levantarse—. Vamos a casa. Hay que poner en marcha este nuevo plan.

Nota de la autora

*L*a idea de *Querida señora Bird* nació cuando encontré casualmente un ejemplar de una revista femenina de 1939. Fue un hallazgo maravilloso: una mirada a otra época, a un mundo del que podía leer todo tipo de cosas, desde recetas de estofado de sesos de cordero hasta cómo tejer tu propio traje de baño.

Pero lo que más me gustó fue la «PÁGINA DE PROBLEMAS». De entre las cientos de cartas que leí mientras investigaba para la novela, muchas me arrancaron una sonrisa: cosas como qué hacer con las pecas, o lo fastidiosa que es la gente que empuja en las colas. Pero sobre todo me asombró el ingente número de cartas con que las mujeres se enfrentaban a situaciones de una dificultad inimaginable en una de las épocas más duras de la historia.

Las lectoras de la revista a veces se sentían solas, pues hacía años que no veían a sus seres queridos, o sabían que ya no los volverían a ver. Otras se habían fijado en el hombre que no debían, o habían «perdido la cabeza» y se habían metido en problemas y no contaban con la ayuda de nadie. Algunas se enfrentaban a apuros con los que cualquiera de nosotros podría identificarse, pero, desde luego, en circunstancias que, espero, no volvamos a vivir. Muchas escribían pidiendo consejo sobre decisiones que tendrían una repercusión definitiva en sus vidas.

Estaba claro que las revistas femeninas de la época de la guerra aportaban cosas a sus lectoras que iban más allá del ir tirando, del sacar el máximo partido a las raciones o del tejer y coser, por muy importante y necesario que fuera todo esto.

Las respuestas de las consejeras sentimentales también me sorprendieron. No solo eran las clásicas cartas para infundir ánimo y mantener la calma. En la mayoría de los casos ofrecían comprensión, apoyo y sugerían ayuda práctica.

Paulatinamente, las revistas se convirtieron en un puente hacia un mundo del que yo quería escribir, una inspiración para personajes que querían hablar y para las aventuras que querían correr.

Cuando enseño mi colección de revistas y hablo de *Querida señora Bird*, me encanta ver que, en cuestión de segundos, todo el mundo se siente atraído por las vidas de las mujeres británicas durante la guerra. Puede que estemos en la era digital, pero muchos conocemos todavía las revistas, las leemos y las disfrutamos, pues el hacerlo parece transportarnos al pasado con más facilidad. Cuando abro una revista de esas que ahora tienen casi ochenta años, siempre me pregunto dónde se leyó por primera vez: ¿la lectora estaba sentada en la cocina, como yo? ¿O la leía a hurtadillas durante la pausa del almuerzo, sentada en el autobús, enfrascada en un relato mientras pasaba junto a edificios bombardeados? ¿La leería en voz alta a sus amigas en un refugio para distraerse durante un ataque aéreo? Nunca lo sabré, claro, pero en mi cabeza a veces alzo mi taza de té a su salud y deseo que todo le fuera bien.

Muchas cartas de las lectoras de *Querida señora Bird* se inspiraron en las cartas y en los consejos, los artículos y los reportajes publicados en estas revistas de época de guerra. Me parecieron sugerentes, emocionantes e inspiradores. Mi admiración por las mujeres de aquella época nunca deja de crecer: nuestras madres, abuelas, bisabuelas y sus amigas, algunas de las cuales espero que lleguen a leer y a disfrutar de la historia de Emmy y Bunty. Es un privilegio poder adentrarse en su mundo y recordar lo magníficas que fueron todas estas mujeres y niñas.

A. J. PEARCE

Agradecimientos

$\mathcal{M}$e siento muy agradecida a la mejor gente del mundo, que me ha brindado su ayuda y su apoyo, y que ha apoyado *Querida señora Bird* en su proceso de convertirse en un libro. Sin vosotros seguiría sentada en mi despacho, mirando por la ventana y preguntándome si alguna vez sería capaz de escribir un libro.

Mientras escribía la novela, leí muchísimo: libros y periódicos, desde luego, y cientos de revistas de la época. Quisiera dar las gracias a todos los que prestaron oído a mis preguntas sobre la vida en tiempos de guerra, en especial a mis padres, que recibieron interminables visitas, llamadas de teléfono y correos electrónicos para interrogarles sobre su infancia, y a la señora Brenda Evans, que se dejó embaucar cuando podría haber estado disfrutando de sus reuniones familiares. Vaya también mi especial agradecimiento a la señora Joyce Powell, que, junto con su hija Jane James, contestó tan amablemente a mis preguntas sobre el trabajo para el Servicio de Bomberos Auxiliares. Señora Powell, usted me inspiró el espíritu de Emmy, Bunty y las chicas de B Watch en las escenas de ataques aéreos. Espero haberles hecho justicia a usted y a sus amigas…, y perdóneme las licencias poéticas que me he tomado. Si hay errores de contenido, la culpa corre de mi cuenta, faltaría más.

Gracias a Jo Unwin, mi estupenda agente, que es cariñosa y lista, audaz y divertida, y la mujer guerrera por antonomasia. Has logrado que todo resultara de lo más divertido. A Saba Ahmed, Isabel Adomakoh Young y Milly Reilly, gracias por hacer que siempre me sintiera como una escritora de verdad.

A todo el equipo de Picador y Pan Macmillan, gracias por vuestro apoyo y entusiasmo con *Querida señora Bird* desde el principio, especialmente a Paul Baggaley, Anna Bond, Katie Tooke, Kish Widyaratna, Camilla Elworthy y Nicholas Blake. Y, por supuesto, millones de gracias a Francesca Main por su seriedad, amabilidad y absoluto saber editorial. Es realmente un honor trabajar con todos vosotros.

A Deborah Schneider, de Gelfman Schneider, que hizo realidad el sueño de tener un editor en Estados Unidos; me siento muy agradecida contigo y con todo el personal de Scribner, en especial Nan Graham, Emily Greenwald y Kara Watson, que con tanta gracia apechugan con manuscritos que llegan repletos de anglicismos de hace ochenta años.

A Alexandra McNicoll, Alexander Cochran y Jake Smith-Bosanquet de C+W por enviar a Emmy y a Bunty por todo el planeta, jugándose las relaciones internacionales a diario por enviar a la señora Bird con ellas. ¡Espero de todo corazón que tengáis un mapa bien grande con montones de librillos de madera pinchados con tachuelas!

A todos mis brillantes amigos, especialmente: Katie Fforde, Jo Thomas, Penny Parkes, Judy Astley y Clare Mackintosh, gracias por vuestros ánimos y fe en mí desde el principio, y por decirme que me pusiera manos a la obra. ¡Katie, eres mi heroína y siempre lo serás! A Julie Cohen, por ser la mentora más paciente, perspicaz e inspiradora: una jefa de ala de la escritura de primer orden. Y a Shelley Harris por leer el rudimentario primer borrador y tener la generosidad de hacerme creer que un día un agente de verdad tendría a bien leerlo.

A Janice Withey e Inca, que caminaron cientos de kilómetros conmigo mientras perseguía una y otra vez mi sueño. Me dejasteis hablar y no me mandasteis callar ni una sola vez: ¡os merecéis el oro de una maratón! A Gail Cheetham por escuchar y comprender qué es lo que más me importa. Y a Rachel y a Chris Bird, que vivieron esta aventura casi desde el primer día y siempre estuvieron ahí, contra viento y marea. La señora Bird se sentiría orgullosa de llevar vuestro apellido, aunque evidentemente se sentiría consternada ante la idea del vino y los tentempiés que nos pasamos por encima de la verja.

Y gracias a Brin Greenman, Nicki Pettitt, Mary Ford, Sue Thearle y Ginetta George. Hay millones de cosas que os debo, pero, por encima de todo, atesoro el que todos dierais por hecho que sería capaz de escribir un libro. Con vosotros como amigos, apuesto lo que sea a que será posible lograr casi cualquier cosa.

Por último, a mamá, papá, Toby y Lori. Por todo. Seremos pocos en número, pero no hay familia en el mundo que sea más poderosa de corazón. Gracias.

Este libro utiliza el tipo Aldus, que toma su nombre
del vanguardista impresor del Renacimiento
italiano, Aldus Manutius. Hermann Zapf
diseñó el tipo Aldus para la imprenta
Stempel en 1954, como una réplica
más ligera y elegante del
popular tipo
Palatino

Querida señora Bird
se acabó de imprimir
un día de invierno de 2018,
en los talleres gráficos de Liberdúplex, s.l.u.
Ctra. BV-2249, km 7,4, Pol. Ind. Torrentfondo
Sant Llorenç d'Hortons (Barcelona)